A LENDA DA SERPENTE BRANCA

SHER LEE

A LENDA DA SERPENTE BRANCA

TRADUÇÃO
Yonghui Qio

PLATAFORMA21

TÍTULO ORIGINAL *Legend of the White Snake*
Copyright © 2024 by Sher Lee
Todos os direitos reservados.
© 2024 VR Editora S.A.

Plataforma21 é o selo jovem da VR Editora

GERENTE EDITORIAL Tamires von Atzingen
EDITORAS Thaíse Costa Macêdo e Marina Constantino
ASSISTENTE EDITORIAL Michelle Oshiro
PREPARAÇÃO Bárbara Prince
REVISÃO Juliana Bormio e Ariadne Martins
ILUSTRAÇÃO DE CAPA © 2024 by Kuri Huang
DESIGN DE CAPA Joel Tippie
ADAPTAÇÃO DE CAPA E PROJETO GRÁFICO
    Pamella Destefi e P.H. Carbone
DIAGRAMAÇÃO Pamella Destefi e P.H. Carbone
PRODUÇÃO GRÁFICA Alexandre Magno

Dados Internacionais de Catalogação na Publicação (CIP)
(Câmara Brasileira do Livro, SP, Brasil)

Lee, Sher
A lenda da serpente branca / Sher Lee; tradução Yonghui Qio
— São Paulo: Plataforma21, 2024.

Título original: Legend of the White Snake.
ISBN 978-65-88343-93-7

1. Ficção chinesa 2. LGBTQIAPN+ - Siglas I. Título

24-226434   CDD-895.13

Índices para catálogo sistemático:

1. Ficção: Literatura chinesa   895.13
Eliane de Freitas Leite - Bibliotecária - CRB 8/8415

Todos os direitos desta edição reservados à
VR Editora S.A.
Av. Paulista, 1337 – Conj. 11 | Bela Vista
CEP 01311-200 | São Paulo | SP
plataforma21.com.br | plataforma21@vreditoras.com.br

Para Fred, minha alma gêmea

致高源,我的知己

Prólogo

Sete anos antes

A SACA DE JUTA sobre a cabeça do príncipe Xian tinha cheiro de ração animal. Suas mãos estavam atadas diante do corpo, os dedos dos pés em carne viva pelas mordidas que levou de ratos famintos na cela sem janela onde seus captores o haviam aprisionado durante dois dias e duas noites.

Mas Xian não havia chorado. Pelo menos, não enquanto eles estavam por perto.

Crescer no palácio sendo o filho de dez anos de uma consorte entre meios-irmãos rivais lhe ensinara uma lição: o orgulho não era apenas uma armadura. Era tudo que ele possuía.

Estavam seguindo seu percurso. As rodas deslizaram por cima de um buraco, e a cabeça de Xian quicou contra a lateral da carroça. Um odor úmido de grama fez seu nariz coçar, e sua pele se eriçou quando ele reconheceu o cheiro. Sua mãe costumava levá-lo para brincar à beira do lago fora do palácio, e Xian achara belas as nuvens verdes e azuis perpassando a água, mas ela lhe disse que certas eflorescências de algas eram perigosas, até mesmo letais.

Ele estava mais uma vez perto de casa. Tão perto que conseguia se imaginar às margens do Lago do Oeste. As três ilhas, flutuando na água. A Ponte Quebrada, que não estava de fato quebrada, apenas aparentava estar quando a neve derretia de um dos lados. O Pagode Leifeng ao longe, uma sentinela na margem Sul.

A carroça diminuiu a velocidade até parar. O coração de Xian acelerou. Os cavalos relincharam enquanto botas pisoteavam de um lado para outro a terra endurecida pelo verão. Truculentos, os homens o tiraram de dentro da carroça e arrancaram a saca de sua cabeça.

Xian estreitou os olhos devido à repentina luminosidade na clareira da floresta. Viu-se cercado por mercenários armados – mas do outro lado da abertura estava o general Jian, o oficial em quem seu pai mais confiava.

– Príncipe! – A testa do general Jian estava franzida de preocupação. – Está ferido?

Xian foi tomado de alívio. Ele se forçou a exibir uma expressão corajosa.

– Eu...

– Você já viu o garoto. – O líder dos mercenários empurrou Xian para trás de si. Seu longo cabelo estava emaranhado e desgrenhado, e a brigantina, coberta de manchas de sangue. – Todos os dedos das mãos e dos pés estão intactos... por enquanto. Agora, a pérola.

Xian arregalou os olhos. Seu pai lhe contara que pérolas espirituais dos picos mais altos das sagradas Montanhas Kunlun poderiam curar qualquer enfermidade... e até mesmo reverter a morte. Incontáveis homens haviam morrido em busca de uma delas, despencando para dentro de fendas traiçoeiras escondidas pela neve eterna.

A expressão do general Jian estava soturna enquanto ele avançava a passos largos e entregava uma caixa de madeira. Um murmúrio se elevou entre os mercenários. O líder ergueu o pequeno objeto esférico contra a luz do sol: era do tamanho de uma bola de gude e cintilava com um brilho incomum.

Uma pérola espiritual é capaz de curar a mordida de uma serpente branca, dissera seu pai. *Ela fará sua mãe se recuperar...*

– Não! – gritou Xian de súbito. – Ela precisa disso! Não dê ao...

Uma explosão chacoalhou a carroça às costas do príncipe. Foi tão forte que o mandou adiante pelos ares, e suas mãos, ainda atadas, não puderam amortecer a queda. Ele caiu de cara no chão. O odor de pólvora queimada fez suas narinas arderem – não conseguia respirar, como na vez em que seu meio-irmão mais velho, Wang, havia lhe derrubado e sentado em seu peito.

Xian ergueu a cabeça enquanto os guardas do palácio se espalhavam, saindo da tocaia. Os mercenários gritaram e os cavalos empinaram em pânico. De espada na mão, o general Jian abriu caminho por entre o caos, em direção ao príncipe...

Mãos grosseiras agarraram Xian por trás, e o general Jian desapareceu de vista. O príncipe resistiu enquanto era arrastado em direção a outra carroça e empurrado para a parte traseira.

Houve uma segunda explosão. A roda traseira se despedaçou, e a cabeça de Xian bateu contra o chão quando a carroça deu uma guinada brusca. Um homem berrou como se estivesse sendo arrastado até o inferno.

A dor reverberava pela cabeça de Xian, e pontinhos pretos e cinzas se aglomeravam diante de seus olhos feito formigas. Mas ele se forçou a ficar de pé. Pela primeira vez, não estava sendo vigiado. Havia cerrado os punhos quando amarraram seus pulsos, como seu melhor amigo, Feng, lhe ensinara, o que facilitou que se livrasse das amarras.

Enquanto engatinhava para fora da carroça, um grunhido terrível o fez se virar. Um mercenário estava próximo à roda despedaçada, o rosto contorcido de agonia enquanto apertava a coxa esquerda dilacerada. O restante de sua perna fora extirpada.

Um guarda do palácio se aproximou do homem e enfiou a espada em seu peito.

Xian recuou.

O mercenário gorgolejou e ficou imóvel. O guarda puxou a espada de volta. Sangue jorrou da ferida.

Enquanto armas colidiam, ninguém pareceu notar Xian deitado

e exposto no chão. Ele achatou o corpo, tentando passar o mais despercebido possível. Um dos cavalos dos mercenários, não acostumado a batalhas, avançou em sua direção. Xian se jogou para fora do caminho da criatura apavorada, um segundo antes de seus cascos aterrissarem no lugar onde a cabeça do príncipe estava antes.

Ele rolou para o lado, ofegando pesado. Precisava encontrar abrigo. Enquanto rastejava com os cotovelos e os joelhos em direção a um denso matagal, seus dedos se afundaram no solo. Eles se fecharam ao redor de algo pequeno, rígido e redondo...

Xian se deteve e abriu a mão. Aninhada em sua palma estava uma esfera iridescente, fosca e salpicada de terra e grama seca.

A pérola. A minúscula esfera parecia pulsar na palma de sua mão como se possuísse batimentos cardíacos próprios. Parecia estranhamente pesada, como se contivesse uma densidade de universos. Ela o encarava de volta, feito um olho sobrenatural, e Xian não conseguia afastar o olhar...

Um par de botas bateu com força diante de Xian. Ele piscou e avistou o rosto grosseiro de um mercenário. Os olhos do homem se prenderam à pérola e se arregalaram ao reconhecê-la.

– Me dê ela – rosnou o sujeito.

Xian se pôs de pé num salto e correu.

Seus passos curtos e frenéticos o levaram por instinto até o lago. Em direção ao odor úmido de algas venenosas, menos letais do que as pisadas estrondosas que ganhavam terreno às suas costas. Ele impulsionou as pernas a irem mais rápido, embora cada passo com os pés descalços e feridos fosse como correr sobre carvão em brasa.

Mais à frente estava a Ponte Quebrada. Xian foi até o meio dela e se içou ao parapeito. Seu coração retumbava, o fôlego entrecortado em fisgadas bruscas. O lago reluzia em um verde anormal, forçando-o a confrontar a única coisa da qual se envergonhava: não sabia nadar.

O homem se aproximou.

– Entregue-a, rapaz.

– Não se aproxime! – gritou Xian. – Ou eu pulo no lago!

– Vou deixá-lo em paz, prometo. – O homem estendeu a mão cheia de calos. – Pode voltar correndo para casa até a sua mãe...

Ele se lançou às pernas de Xian.

O príncipe se esquivou, mas seu pé escorregou e sua cabeça pendeu subitamente para trás...

Cair na água era como ser engolido por inteiro. Em meio ao mundo verde e opaco abaixo da superfície, tudo desacelerou abruptamente, e os membros dele pareciam duas vezes mais pesados. A eflorescência de algas se assomava feito monstros colossais, com seus dedos sem forma se estendendo até Xian.

O príncipe se contorceu e bateu as pernas num frenesi, com a mão ainda fechada em punho. Não podia se afogar. Não podia perder a pérola que curaria sua mãe.

Algo deslizou ao longo de seu braço. Xian congelou. Um lampejo de escamas répteis, tão brancas que chegavam a ser luminosas – em seguida, um corpo longo e sem membros o circundou, elegante e aterrorizante, cingindo as laterais de seu corpo feito um enorme tentáculo.

O horror agarrou Xian pelo peito. Ele abriu a boca para gritar, mas apenas um rastro de bolhas emergiu, se erguendo feito uma prece à luz pálida e distante.

E então as bolhas se esvaíram, e seu mundo escureceu.

Capítulo 1
XIAN

– UMA CABEÇA-DE-COBRE. – As robustas solas de couro de Xian pisavam, quase sem causar ruído, nas folhas que se espalhavam sobre o solo da floresta. – Também conhecida como cem-passos. Dizem que, depois de ser mordida, uma pessoa só é capaz de dar cem passos antes de desabar.

– Parece encantador. – Feng estava mais atrás, com a mão posicionada sobre o cabo da espada. – Nada como ar fresco, luz do sol e um veneno letal para começar o dia.

Haviam concordado que Feng cortaria a cabeça das serpentes apenas se os dois fossem atacados de maneira inesperada. Do contrário, Xian as queria vivas.

O verão havia chegado, o que significava que serpentes se aventurariam mais longe de suas tocas para a época de acasalamento. De manhã cedo era o melhor horário para apanhá-las, depois que o sol houvesse aquecido os afloramentos rochosos pontiagudos, mas antes que o calor causticante as afugentasse de volta para seus esconderijos.

– Já não capturou uma dessas antes? – Feng fitou o réptil. – Você tem trabalhado duas vezes mais desde o início do Ano da Serpente.

Xian apontou.

– Está vendo esta listra nela? Cabeças-de-cobre não costumam ter padrões brancos.

Se não fosse pelo padrão branco nas escamas dorsais, a cabeça--de-cobre, de um tom marrom-avermelhado, seria quase indistinguível do tronco caído sob o qual ela se enrolava.

Feng se debruçou para vê-la melhor.

– Acha que pode ser uma parente distante da serpente branca que mordeu sua mãe?

– Vou perguntar a Fahai quando ele voltar.

Xian deu um passo à frente, com uma pinça na mão enluvada e um longo gancho na outra. Suas perneiras eram feitas de couro de jacaré, grossas o suficiente para aguentar as extensas presas de víboras.

Ele agarrou a cabeça-de-cobre com as pontas largas da pinça. Assustada, a serpente chiou e ergueu a cabeça triangular. Xian enroscou-a com o gancho, sustentando-a a certa distância, mas a cabeça-de-cobre atacou, com as presas tentando abocanhar a meros centímetros do antebraço dele.

Feng ergueu a espada.

– Cuidado!

Xian atingiu a parte de trás da cabeça da serpente com as pinças da outra mão, atordoando-a. O animal desfaleceu, pendendo débil no gancho.

Feng soltou o ar.

– Passou um pouquinho perto demais.

– Estava tudo sob controle. Mas sua tendência protetora é bem atraente.

– Não é uma tendência protetora. Eu sou seu guarda-costas.

Xian colocou a serpente desfalecida dentro de uma saca com costura reforçada e a amarrou para fechá-la. O príncipe esfregou o dorso da mão sobre os olhos e deteve um bocejo.

Feng ergueu a sobrancelha.

– Quem era o rapaz da noite passada?

Xian mostrou ao seu melhor amigo um olhar inocente.

– Não faço ideia do que você está falando.

– Bela tentativa. Eu sei que você se esgueirou de novo para fora do Pavilhão da Benevolência.

– Ah, é. Você não seria um bom guarda-costas se não soubesse.

Quando eram mais novos, Xian e Feng – o filho mais velho do general Jian – haviam encontrado uma das rotas de fuga secretas que levavam para fora do palácio. A entrada ficava escondida atrás de um altar no Pavilhão da Benevolência, e o túnel emergia em um silo vazio do outro lado da muralha externa. Xian andava fazendo bom uso daquela passagem.

O príncipe sorriu.

– Combinamos de nos encontrar em uma cabana próxima à fazenda do pai dele. O rapaz ainda acha que sou o filho de um mercador em busca de chá para o rei.

Feng suspirou.

– Queria que você tentasse ser um pouco mais discreto.

– Não se preocupe, ninguém nos viu. – Xian ergueu o queixo. – E mesmo se descobrissem, por que alguém faria um escândalo? O imperador Ai tinha parceiros masculinos, assim como todos os nove imperadores da dinastia Han que vieram antes dele.

Uma história do imperador Ai era bastante conhecida: quando o parceiro favorito dele adormeceu sobre suas vestes, Ai escolheu cortar a manga de sua vestimenta real em vez de acordar o jovem rapaz.

– Bem, você pode fazer o que quiser quando for rei – respondeu Feng. – Mas, no momento, sabe que Wang está apenas esperando você cometer um deslize. Desde o guān lǐ dele, ele tem feito mais esforço para te desmerecer e conquistar a aprovação do pai de vocês.

Aos vinte anos, todo homem nobre era coroado com um adereço especial sobre seu longo cabelo – preso em um coque, como mandava o costume. Duas semanas antes, todos haviam se reunido do lado de fora do Templo Ancestral, amontoados sob guarda-chuvas debaixo de uma garoa ao final da primavera para testemunhar a cerimônia de coroação do meio-irmão mais velho de Xian. Faltavam três anos para seu próprio guān lǐ, então seu coque alto estava preso apenas com um grampo.

O gongo na torre do relógio astronômico de madeira do palácio soou ao longe, anunciando as dez horas. O sol se erguera ainda mais alto no céu sem nuvens, e uma gota de suor escorria da testa de Xian.

– A esta hora, Fahai já deve ter voltado da visita à sua cidade natal. Vou levar esta cabeça-de-cobre para ver o que ele acha. – Enquanto recolhia a saca fechada contendo a serpente, Xian notou a expressão hesitante de Feng. – O que foi?

– Ouvi por acaso meu pai falando esta manhã – respondeu seu amigo. – Fahai não estava visitando a família. Seu pai o enviou ao Oeste para o Monte Emei, para consultar o oráculo.

O Monte Emei era a mais alta das quatro montanhas sagradas. Só se poderia chegar ao monastério onde o recluso oráculo morava por meio de uma escadaria estreita de mil degraus lavrada na encosta. Monges entalhavam a solicitação do peregrino no osso do ombro de um boi ou no casco de uma tartaruga usando a escrita antiga do oráculo. O osso ou o casco eram então aquecidos na fornalha e, se o oráculo decidisse responder, o monge interpretaria o padrão das rachaduras.

Xian franziu o cenho.

– O que será que meu pai quer perguntar ao oráculo? Se deveria escolher Wang como o príncipe herdeiro? É por isso que Fahai não quis me contar aonde estava indo de verdade?

Feng deu de ombros, tentando parecer despreocupado.

– Poderia estar a serviço oficial da corte...

Xian estreitou os olhos.

– Feng, estou com uma serpente letal neste saco e não tenho medo de usá-la.

– Você a desacordou.

– As presas de uma serpente ainda conseguem injetar veneno até uma hora depois de a cabeça ter sido decepada.

Feng suspirou.

– Eu não queria falar nada… mas tenho a forte impressão de que a missão de Fahai para ver o oráculo tem algo a ver com a sua mãe.

O coração de Xian retumbava enquanto ele disparava até o outro lado da corte interna do palácio.

De repente, tudo fez sentido. Por que sua mãe andava dormindo mais do que de costume. Por que os médicos do palácio haviam começado a prescrever remédios à base de ópio de papoula. O intuito era que a deixassem o mais confortável possível. Por que seu pai não lhe contara? Será que a mãe sabia que a condição dela estava piorando? Quanto… quanto tempo ainda lhe restava?

Os passos do príncipe ecoaram pelos largos degraus de mármore que levavam ao salão do rei. O telhado amarelo de duas águas e as beiradas duplas estavam posicionadas de maneira imponente acima do restante das edificações do palácio em Xifu, capital de Wuyue e lar do Lago do Oeste.

Após a queda da dinastia Tang, a nação havia se fragmentado em dez reinos diferentes, e Wuyue construiu seu território a Leste. Nenhum rei era poderoso o bastante para tomar o manto de sucessor de Tang, então, durante um raro momento na história, não havia imperador, e cada rei – incluindo o pai de Xian – reinava de forma independente.

Nove era um número imperial, e o salão do pai de Xian era a única edificação no palácio que podia conter nove jiān – o espaço entre duas colunas – e cinco arcos. Ninguém, a não ser o rei, podia entrar pelo arco central, então Xian correu pelo arco à esquerda.

Os guardas reais tentaram debilmente o impedir de entrar na sala do trono, mas Xian os afastou e abriu as portas duplas.

O trono se localizava em uma plataforma elevada que dava para o Sul, de maneira que qualquer um que se colocasse diante do rei precisaria se curvar em direção ao Norte – um sinal de respeito. Espirais de fumaça adocicada eram sopradas de incensários ornamentados de cobre vermelho, e dois enormes espelhos de bronze, um de cada lado do trono, reluziam para afastar espíritos malévolos.

Xian ergueu os olhos para a placa de madeira acima do trono, onde 一正壓百邪 estava entalhado em dourado, da direita para a esquerda. *Uma única justiça é capaz de subjugar cem males.*

A placa não era apenas decorativa. Antigamente, a tradição ditava que o filho mais velho do imperador ou da imperatriz seria automaticamente considerado o príncipe herdeiro, mas o tataravô de Xian havia renegado o costume ao declarar que qualquer um dos filhos dele poderia ser o herdeiro. Conflitos entre seus muitos filhos de esposas e concubinas levaram o rei a instituir a prática de manter o nome do herdeiro escolhido em uma caixa atrás daquela placa, que seria aberta apenas após sua morte. A caixa que continha o decreto era considerada sagrada, e qualquer um que fosse flagrado tentando adulterá-la seria executado.

– Xian?

A atenção do príncipe retornou ao homem imponente sentado ao trono, que possuía profundas linhas de expressão marcadas entre as sobrancelhas. Ele estava adornado com um lóng páo de um amarelo vibrante, uma vestimenta real bordada com nove dragões de cinco garras: cinco na frente, três nas costas e o nono escondido dentro do painel frontal da roupa. No dedão direito do rei estava o anel gravado feito de láng gān, uma pedra preciosa azul-esverdeada ainda mais rara e valiosa do que jade.

Fahai estava diante do trono. No início da casa dos trinta anos, ele era o mais jovem dos conselheiros da corte. Vestia uma túnica vermelha com mangas largas, e seu bŭ zi – a insígnia quadrada costurada na frente da roupa – estava enfeitado com um grou, símbolo de longevidade e da mais alta patente entre os eruditos. Seu yú dài – a "bolsa de peixe" em torno da cintura – era outra marca de seu status sênior na corte do rei.

O pai de Xian fechou a cara para o filho.

– Será que não o ensinei a ter modos, meu filho? Que diabo o incitou a invadir meus aposentos sem ser convocado?

Qualquer um que aparecesse diante do rei sem ser chamado, mesmo que fossem suas esposas ou consortes, poderia receber uma reprimenda severa. E Xian deveria estar trajando sua túnica da corte, com colarinho redondo e amarelo, a cor dos príncipes.

– Meu pai, eu peço seu perdão. – Xian, que ainda vestia suas roupas de caça, se ajoelhou e se curvou. – Estou disposto a aceitar qualquer punição. Mas, primeiro, por favor, me diga: o que o oráculo falou sobre minha mãe? Ela vai morrer? Há alguma maneira de salvá-la?

De canto de olho, Xian conseguia ver a base das colunas vermelhas cercando o trono. Seu pai costumava contar-lhe histórias sobre os poetas cujos versos cobriam cada pilar. Os pressupostos entrelaçados de amor e piedade filial nos poemas favoritos do rei o haviam inspirado a se casar com a moça nobre que os pais escolheram para ele – mais tarde, porém, ele tomou a mãe de Xian, uma plebeia e o amor de sua infância, como sua primeira e mais amada consorte.

Xian ousou olhar para cima e percebeu a expressão de seu pai se suavizar.

– Fahai estava prestes a revelar a resposta do oráculo quando você o interrompeu – respondeu ele ao filho. O rei estendeu a mão espalmada, indicando que Xian se erguesse, antes de assentir com a cabeça para Fahai.

O conselheiro deu um passo à frente e apresentou a escápula envolta em seda. O pai de Xian ergueu o osso partido contra a luz do sol para ver os caracteres inclinados e pictográficos, o ancestral mais antigo do sistema de escrita deles, que poucos eram capazes de ler.

– Qual é a interpretação do oráculo? – perguntou o rei.

– "A cura que você procura está em Changle de Min" – respondeu Fahai.

Xian não conseguia acreditar nos próprios ouvidos. A cura? Será que havia uma maneira não apenas de salvar a vida de sua mãe como também de curá-la completamente da terrível dor paralisante da qual já sofria por quase uma década, desde a fadada mordida da serpente?

– Mande-me até Changle – pediu Xian, sem pensar.

Seu pai meneou a cabeça.

– A capital de Min fica a uma jornada de dez dias de Xifu. Você jamais viajou para tão longe de casa por conta própria. O general Jian é quem irá.

– Meu pai...

– Não, Xian – repetiu o rei, com mais firmeza. – Sete anos atrás, eu assumi a responsabilidade de obter uma pérola espiritual para curar sua mãe. Como resultado, quase perdi você. Vocês *dois*. No estado fragilizado de sua mãe, a perda a teria subjugado. Não permitirei que isso aconteça de novo.

O rei havia se recusado a procurar por outra pérola, tomando a primeira como um mau agouro que levou ao sequestro de seu filho. Ao contrário de Xian, seu pai era bastante supersticioso – provável motivo pelo qual não havia oferecido uma pérola falsa em troca da vida do próprio filho, temendo que uma mentira trouxesse ainda mais desastres.

Xian prostrou-se tão baixo que sua testa atingiu o chão com um baque alto. Sabia quais lajotas estavam colocadas sobre jarros de barro invertidos – as pessoas acreditavam que, quanto mais o barulho ressoasse, melhores eram as chances de conquistar o favor do rei.

– Meu pai, uma vez o senhor me disse que corvos possuem a virtude de cuidar dos pais – disse Xian. – Agora eu imploro que me permita fazer o mesmo. Eu sou o único filho de minha mãe. Por favor, me deixe ir até Changle. Preciso que seja eu quem encontrará a cura dela. Do contrário, viverei com esse arrependimento pelo resto da vida.

Um longo silêncio se seguiu. Piedade filial era a principal de todas as virtudes confucianas, a razão pela qual tanto homens como mulheres mantinham os cabelos longos, um sinal de reverência aos pais e aos ancestrais. Ao invocar seu dever filial, Xian dificultava que seu pai negasse o pedido.

O príncipe aguardou. Por fim, seu pai pegou um pincel e escreveu em um pergaminho. Ele tomou o selo real, que possuía um par de dragões entrelaçados no cabo, mergulhou a base quadrada em tinta vermelha e pressionou a insígnia contra o papel.

– Prepare uma delegação. Você partirá para Changle ao nascer do sol. – O rei estendeu o pergaminho. – Fahai vai escoltá-lo em meu lugar. Tome os conselhos dele como se fossem meus. Se este empreendimento for a vontade dos deuses, eles irão abençoar sua jornada e lhe revelar o caminho certo.

– Obrigado, meu pai. – Xian se curvou ao receber o decreto real com ambas as mãos. – Não vou retornar até obter a cura.

Capítulo 2
XIAN

OS FILÓSOFOS ENSINAVAM QUE o céu era redondo e a terra era quadrada. Em homenagem a isso, o Pagode Leifeng tinha uma base quadrada afixada no solo e oito faces que aparentavam formar um círculo quando vistas do alto. Sempre que o céu noturno estava limpo, as pessoas se reuniam na margem oposta da Ponte Quebrada para admirar o pôr do sol brilhando por trás das paredes de tijolos avermelhados da torre. O telhado, que se estendia por cinco andares, estava coberto de azulejos de terracota esmaltados de preto, o que supostamente serviria para inspirar os deuses a descer à terra. Sinos de bronze estavam pendurados nos largos beirais, tilintando ao vento; visto do chão, o campanário parecia penetrar as nuvens. As pessoas acreditavam que um raio que atingisse o pináculo de ferro poderia destruir demônios.

Xian refreou o cavalo, desceu próximo aos degraus que levavam até a entrada do pagode e jogou no chão a saca com a serpente se contorcendo. Havia passado a tarde inteira preparando a delegação para Changle e requisitando ouro, jade, metais preciosos e seda da tesouraria. Membros da família real costumavam encher os estados vassalos de presentes para enfatizar seu status como benfeitores. Min era o mais novo estado vassalo de Wuyue;

ameaçada pela dinastia Tang do Sul, a corte de Min o havia capitulado para seu aliado mais forte ao Norte em troca de proteção.

Xian se deteve à beira do Lago do Oeste. Papa-figos chilreavam dos salgueiros ao longo da margem e, em meio ao lago, três ilhas cintilavam ao sol poente.

A menor, Ilhota Ruangong, fora onde o general Jian encontrara Xian, aos dez anos, encharcado e tremendo depois da batalha com os mercenários. O príncipe se calava por completo sempre que alguém tentava descobrir como ele havia chegado ali. As pessoas logo deixaram de perguntar, temendo que falar sobre aquele suplício traumatizaria ainda mais o jovem príncipe.

Miè zú – execução da família de um criminoso até nove graus de parentesco – era a pena reservada aos piores crimes. Sequestrar um príncipe estava entre eles. Na muralha externa do palácio, foi pendurada a cabeça decepada dos dois oficiais da corte que haviam sido forçados pelos mercenários a traficar Xian para fora do palácio a fim de pagar suas dívidas de apostas. Mas a mãe de Xian havia intercedido em nome dos parentes dos homens condenados, e o pai de Xian poupou suas vidas. Ele erigiu um altar na Ilhota Ruangong para agradecer aos deuses por trazer o filho a salvo de dentro do lago.

Apenas Xian sabia a verdade: o que o salvara não era deus nenhum.

Ninguém sabia que ele havia caído no lago segurando a pérola, nem mesmo Feng. Ninguém sabia que ele despertara na ilhota, paralisado demais para reagir quando a cura para a enfermidade de sua mãe fora engolida, bem diante de seus olhos, por uma enorme serpente branca.

A serpente devia ter sido atraída pelo poder da pérola. Era possível até que fosse a mesma criatura maldita que mordera sua mãe, para início de conversa. Ela arrastou Xian para fora do lago, não tentando salvar a vida dele, mas a fim de roubar-lhe algo que tinha quase o mesmo valor. Por que a serpente não o estrangulara depois de tomar a pérola era um mistério.

Mas essa era uma decisão da qual a criatura se arrependeria.

O cavalo de Xian cutucou seu ombro, pedindo um petisco. Ferganas, esguios e imponentes, eram os cavalos mais estimados da nação. Alguns acreditavam que descendiam da linhagem dos tiãn mã – corcéis míticos que carregavam seus montadores até a terra dos imortais.

– Está com fome, Zhaoye? – Xian afagou a crina e a pelagem preta e lustrosa do cavalo. Zhaoye, que significava "noite cintilante", era um nome perfeito para ele. – Quer uma fruta?

As orelhas de Zhaoye ficaram de pé. Talvez cavalos descendentes de corcéis celestiais conseguissem entender as palavras.

– Está bem. Deixe-me ver o que consigo para você.

Xian encontrou um damasqueiro entre as peônias em flor, e uma fruta madura pendurada em um galho mais alto cedeu com uma leve torção. O príncipe pegou a adaga da bainha em seu tornozelo, cortou o damasco na metade e retirou a semente no centro antes de dar as fatias para Zhaoye.

Ele se virou ao ouvir a batida de cascos se aproximando.

– Mas que bela visão. – Fahai vinha em seu cavalo baio, e um pequeno sorriso se insinuou em seus lábios enquanto desmontava. – Um príncipe servindo fruta ao seu cavalo.

Xian lançou ao conselheiro da corte um olhar fulminante.

– Não tente fingir que nada aconteceu. Depois desse tempo todo procurando por uma cura, não acha que eu merecia saber que a condição de minha mãe está piorando?

Fahai ficou mais sério.

– Seu pai me fez jurar não lhe contar. Eu não podia desobedecê--lo... nem mesmo por você, príncipe Xian. Sinto muito.

Xian forçou-se a engolir o nó na garganta.

– Quanto tempo minha mãe tem?

– Os médicos dela disseram três meses, talvez um pouco mais.

Três meses? As palavras partiram o peito de Xian da mesma maneira que sua adaga dividira o damasco. Será que aquele ano ela ainda poderia se deleitar com bolinhos da lua sob a lua cheia durante a festividade favorita dela, o Festival de Meio de Outono?

Fahai pousou a mão no ombro do príncipe, como se sentisse sua angústia.

– Não perca as esperanças, príncipe Xian.

Xian se recompôs.

– Capturei uma cabeça-de-cobre com padrões brancos incomuns.

Fahai assentiu.

– Vamos conversar lá dentro.

A base do Pagode Leifeng fora construída sobre um pedestal de pedra com duas camadas, o que sugeria que havia uma estrutura abaixo da terra na mesma proporção em que existia acima. Xian pegou a saca com a serpente, e ele e Fahai deram a volta na plataforma da base até uma discreta porta de ferro na parte de trás do pagode.

Fahai pegou uma chave de sua bolsa de peixe e a inseriu na fechadura. Ela soltou um clique e a porta se abriu, exalando uma brisa de ar estagnado. Fahai gesticulou para que Xian entrasse primeiro.

Xian desceu os degraus de pedra polida até um familiar porão subterrâneo. Às suas costas, Fahai acendeu as lamparinas nas arandelas das paredes, iluminando o local. No centro, havia uma mesa de trabalho de madeira, coberta de recipientes cilíndricos de latão com diferentes tamanhos. Em um banco, um amontoado de pergaminhos repletos de fórmulas e cálculos escritos na caligrafia de Fahai. Várias estantes de livros cobriam a parede mais ao fundo, com as prateleiras afundando devido aos pesados volumes de alquimia. Um saco de carvão e um par de foles de madeira estava ao lado da lareira conectada à chaminé.

Este era o laboratório subterrâneo secreto onde Fahai estivera trabalhando sem descanso pelos últimos três anos para cumprir as ordens do rei: encontrar uma cura para sua amada consorte.

No lado oposto do cômodo, duas dúzias de jaulas de madeira e bambu estavam empilhadas, a meio caminho do teto. Seus ocupantes se enrolavam e desenrolavam, com as escamas lustrosas cintilando à luz.

Fahai havia pedido que Xian lhe trouxesse diferentes tipos de serpentes a fim de estudar o veneno de cada uma. Alguns dos tônicos e cataplasmas que ele produziu haviam dado à mãe de Xian certo alívio dos sintomas, mas, até então, foram incapazes de curá-la. E agora ela estava...

Xian virou-se para o conselheiro.

– A cura está em Changle. O que acha que vamos encontrar quando chegarmos? Uma fonte de água mágica entranhada na floresta de Min? Uma rara planta medicinal que cresce apenas lá? Ou talvez um sábio, ou um xamã, com poder para curar minha mãe?

Os olhos de Fahai brilharam.

– Acredito que o oráculo esteja nos levando até Changle para encontrar a peça final que estávamos procurando esse tempo todo.

– O que você quer dizer?

– Depois de três anos de experimentos, acredito que enfim cheguei à alquimia precisa para um antídoto – respondeu o conselheiro. – Mas ainda está faltando um ingrediente crucial para a cura de sua mãe.

Um formigamento se espalhou ao longo da pele de Xian.

– A serpente branca?

Jiboias-da-areia, víboras, cobras-corais, sucuris, cabeças-de-cobre, até najas – Xian havia caçado todas. Mas, nos últimos sete anos, jamais voltara a encontrar uma serpente branca. Não era inconcebível que aquela criatura houvesse deixado o Lago do Oeste depois de ter tomado a pérola dele. Talvez tivesse escapado até o Rio Zhe, próximo dali, o mais longo rio da costa Sudeste, o que significava que a essa altura poderia estar em qualquer lugar.

Fahai não sabia de nada disso, é claro – ninguém sabia. Xian jamais contara a vivalma sobre a serpente branca ou sobre a pérola. E a cada vez que tentavam e falhavam em curar sua mãe, ninguém sabia da culpa que o consumia feito um parasita sugando até a última gota de sua medula.

– *Ainda não tenho certeza de qual exatamente é a parte da serpente branca que vai completar o antídoto*, se é o veneno, os órgãos ou talvez até mesmo seu coração – respondeu Fahai. – Então precisamos não apenas encontrar a serpente como também trazê-la de volta com vida até este laboratório.

O estômago de Xian se revirou de ansiedade. O oráculo lhes dissera onde encontrar a cura: na próxima serpente branca. O equilíbrio do destino havia decretado que a vida da serpente seria a chave para salvar sua mãe. Xian enfim teria a chance de encarar essa criatura novamente – e, desta vez, ele iria capturá-la e levá-la de volta a Wuyue.

Um receptáculo grande e aberto sobre um banco baixo em um canto, separado das outras jaulas, chamou a atenção de Xian. Não se lembrava de ter visto aquilo da última vez em que estivera ali. Ele se aproximou; dentro do recipiente de cerâmica havia uma tartaruga com um padrão parecido com estrelas douradas em sua carapaça abobadada.

– O que é isso? – perguntou Xian. – Arranjou um animal de estimação e não me contou?

Fahai sorriu.

– Eu a encontrei há alguns dias durante um passeio vespertino em torno do lago. Ela havia se metido em uma briga com uma garça e sua pata traseira estava sangrando. Eu a trouxe até aqui para se recuperar.

Fahai se aproximou até ficar ao lado de Xian. Ele pegou alguns vegetais folhosos de dentro do bolso e os ofereceu para a tartaruga, que ergueu a cabeça enrugada e comeu com vontade as verduras frescas na mão do conselheiro.

– Por acaso isso veio da cozinha do palácio? – Xian não conseguia deixar de achar graça. – Um conselheiro da corte escolhendo a dedo vegetais para uma tartaruga que por sorte se safou de se tornar uma iguaria ela mesma?

Fahai soltou uma risadinha.

– Devo admitir que eu a mimo demais. Que bárbaro é abater

criaturas tão gentis por sua carne e belos cascos. O doutor Ping, da enfermaria, cria tartarugas de água doce como passatempo, e se ofereceu para cuidar desta aqui enquanto nos ausentamos.

Os olhos de Xian se voltaram para as jaulas feitas de madeira e bambu.

– E quanto a essas? Será que vão durar até voltarmos?

– Serpentes conseguem sobreviver até um ano sem comer – respondeu Fahai.

Xian virou-se para ele.

– Obrigado por se dedicar tanto a encontrar uma cura para minha mãe. Meu pai não confia nas pessoas a menos que as conheça há anos, mas consigo ver por que ele o tornou seu conselheiro mesmo conhecendo-o por um tempo relativamente curto.

– Com tempo e paciência, a folha de amoreira se torna uma veste de seda – declarou Fahai, solene. – Os anos têm se estendido, mas não deixamos de tentar. Espero que, neste Ano da Serpente, encontremos o que procuramos.

Capítulo 3
XIAN

XIAN SE DIRIGIU ATÉ os aposentos de sua mãe. As aberturas circulares ao longo do corredor e as janelas de treliça do quarto dela faziam mais do que apenas permitir a entrada da luz e do vento – quando ela precisava ficar acamada durante dias, ou até mesmo semanas, aqueles eram seus únicos portais para o mundo.

As janelas ficavam de frente para jardins que estavam entre os mais belos do complexo do palácio, adornados com árvores de jasmim-do-imperador, formações rochosas de cársico e um lago de carpas.

As criadas da mãe se curvaram quando Xian se aproximou dos aposentos dela. Ele as cumprimentou com um aceno de cabeça antes de deslizar as portas de madeira.

Lá dentro, velas projetavam sombras bruxuleantes ao longo das fênices pintadas nos painéis unidos do píng fēng, um biombo dobrável que resguardava a cama de sua mãe. As janelas estavam fechadas pelo tardar da hora, para não permitir a entrada de brisas noturnas, e o ar inerte estava impregnado com o perfume de sândalo dos incensários.

Xian fechou as portas às suas costas sem fazer barulho. Cruzou o quarto até a penteadeira e abriu uma caixa de veludo. Em seu interior havia uma esbelta flauta de bambu. Ele levou o bocal aos lábios e segurou a flauta na horizontal, e seus dedos se moveram habilmente sobre os buracos ao longo do cabo oco. O príncipe continuou a tocar enquanto andava até o biombo dobrável e espiava do outro lado do painel mais exterior.

Sua mãe estava sentada na cama, recostada contra a cabeceira, com uma suntuosa colcha bordada erguida até o peito. Embora ainda nem tivesse quarenta anos, mechas prateadas se entremeavam por seu cabelo escuro. As bochechas encovadas acentuavam ainda mais a palidez da pele, mas os olhos da mulher ainda brilhavam de ternura.

– Xian'er. – Ela estendeu a mão. – Eu costumava tocar "A Canção do Corvo" para niná-lo quando você era bebê. Agora meus ouvidos se aguçam sempre que escuto essa melodia, porque significa que meu querido menino veio me ver.

– Niang Qin. – Xian baixou a flauta enquanto se sentava na beirada da cama. – Desculpe por ter vindo mais tarde do que de costume esta noite.

Sua mãe escondeu um sorriso.

– Tenho certeza de que você precisava arranjar os preparativos para sua jornada até Changle amanhã.

– Meu pai lhe contou?

– Sua primeira missão diplomática oficial, aos dezessete anos. – Ela estava radiante. – Seu pai confia muito em você para enviá-lo até a capital de Min. E eu não poderia estar mais orgulhosa de meu filho.

O pai de Xian o havia instruído a manter em segredo as palavras do oráculo e seu verdadeiro propósito em Changle; não queriam criar expectativas na mãe dele até que encontrassem a cura.

Xian tomou a mão da mãe entre as suas. Os nós dos dedos dela estavam ossudos, e a pele parecia tão fina quanto papel de arroz.

– Eu lamento apenas que não estarei aqui para ajudá-la a fazer os zòng zi para o Festival Duanwu.

O Festival Duanwu era celebrado no quinto dia do quinto mês lunar, coincidindo com o solstício de verão. As pessoas assistiam às corridas de barco-dragão e comiam zòng zi – bolinhos de arroz glutinoso recheados com ingredientes doces e salgados como castanhas, jujubas, feijão-vermelho e carne de porco picada. Outras consortes do palácio delegavam aos servos a tarefa árdua de fazer os bolinhos, mas os zòng zi da mãe de Xian eram os favoritos de seu pai, e ela sentia muito orgulho de fazê-los sozinha. Mesmo depois de a mordida da serpente tê-la paralisado por conta da dor e da rigidez, ela jamais perdeu um ano sequer. Ensinara a Xian como envolver o arroz com duas folhas de bambu, mas ele sempre apertava demais quando amarrava o bolinho com o barbante colorido. O rei comentava que ele conseguia adivinhar quais zòng zi Xian havia feito somente pelos amassados neles.

Na noite do Festival Duanwu do ano anterior, sua mãe se sentira bem o suficiente para deixar o quarto. As criadas carregaram-na para fora do palácio em um palanquim, uma cabine mobiliada de madeira sustentada sobre dois longos mastros horizontais. Ela pediu que a levassem até a Ponte Quebrada, longe das multidões que se reuniam na margem Leste. Xian se sentara ao seu lado em uma poltrona acolchoada, e os dois assistiram à corrida de barcos-dragão enquanto o sol se punha sobre o Lago do Oeste.

Agora, sua mãe deu uma piscadinha.

– Ano que vem, vou esconder do seu pai o zòng zi mais gordo e guardá-lo para você.

Três meses, talvez um pouco mais. Xian precisou se forçar a não reagir. Será que ela não sabia que estava morrendo? Ou será que estava tentando protegê-lo da verdade?

Sua mãe conteve um bocejo, e Xian se lembrou do remédio com ópio de papoula que os médicos lhe prescreveram.

– Está ficando tarde. – O príncipe ajustou a colcha dela. – Já vou lhe dar boa-noite.

– Espere. – Ela pegou na mão do filho. – Quero lhe dar algo

antes que você parta em sua jornada. – Enfiou a mão atrás do travesseiro e retirou um amuleto de jade em um cordão de prata. – Antes de eu deixar minha cidade natal, minha mãe levou este amuleto a um templo, para ser abençoado pelo sacerdote. Depois ela o deu para mim, para me proteger. Jade de coloração clara é mais valiosa, mas as mais escuras dão força para sobreviver às adversidades.

Xian pegou o amuleto. Em vez de um verde-esmeralda translúcido, a jade desgastada tinha um tom fusco, com veios opacos e mosqueado de pontinhos.

– Quando vim morar no palácio, a jade que as outras mulheres usavam era tão brilhante e lustrosa – continuou sua mãe. – Tive medo de que as pessoas rissem de meu amuleto barato, então o mantive escondido. Um príncipe não deveria ser visto usando jade de qualidade tão baixa, mas você pode carregá-la no bolso. Jade é uma pedra viva que se fortalece com o uso. Este amuleto vai protegê-lo e afastar qualquer demônio que tentar lhe causar mal.

Xian passou o cordão ao redor do pescoço e deslizou o amuleto para dentro da camisa. O peso frio da jade repousou contra seu peito.

– Vou usá-lo perto do coração – disse à mãe. – Estarei em casa antes que você consiga sentir minha falta.

– Impossível. Você teria de voltar atrás no momento em que sair deste quarto. – Sua mãe soltou uma risada embargada. – Ah, estou só sendo boba. Prometo me manter saudável e lhe dar as boas-vindas quando voltar. Traga uma lembrancinha de Changle se puder.

Uma determinação renovada se solidificou no peito de Xian. Ele estava mais próximo do que nunca de encontrar a serpente branca. Dava para sentir em seus ossos, como uma profecia. Como um juramento.

– Pode deixar, Niang Qin – respondeu.

Capítulo 4
ZHEN

ZHEN ERGUEU O OLHAR até a lua cheia. Andando tranquilamente ao longo da rua principal vazia, destituída da algazarra diurna, ele quase sentia estar de volta à floresta. Insetos zumbiam sem parar, e trutas davam voltas em um dos afluentes do Rio Min, que fluía ao longo da praça pública. Grilos estridulavam nos campos de arroz, onde as mudas que haviam sido plantadas na primavera cresciam, eretas e altas. Ele cheirou o ar; conseguia detectar o mais leve odor de folhas trituradas da colheita de chá primaveril.

— Isso aqui coça — resmungou Qing, coçando a nuca.

Ela vestia um rú qún grande demais para seu tamanho: uma blusa de algodão áspero e, sobre um par de calças, uma saia verde sem graça que chegava até os joelhos. Zhen vestia uma túnica áspera de cânhamo, e, ao contrário das mangas largas extravagantes das vestes usadas pelos nobres, as de Zhen se estreitavam nos pulsos, um aspecto prático para os plebeus que passavam os dias trabalhando nas fazendas. Essas eram as vestimentas e os sapatos mais baratos que puderam comprar com as moedas que haviam conseguido ao vender mudas de pele de cobra ao herborista da pequena cidade onde estavam, a Sudoeste de Changle.

— Aguente esse desconforto por enquanto — respondeu Zhen.

A parte superior de seu longo cabelo estava torcida em um coque preso com um palito de bambu; o restante estava solto, caindo sobre seus ombros. As madeixas escuras de Qing estavam amarradas para trás em duas tranças. – Quando tivermos mais dinheiro, vou comprar roupas novas para você, que caibam melhor, tudo bem?

Um estandarte vermelho passou tremulando, levado por uma forte ventania. Nele havia um par de serpentes toscamente desenhadas, com olhos enormes e línguas bifurcadas – uma decoração descartada do festival de primavera que acontecera alguns meses antes e que marcara o início do Ano da Serpente. Zhen e Qing ficaram empoleirados no galho de uma árvore alta do lado de fora de Changle, assistindo às pessoas acenderem lanternas d'água e as soltarem no Rio Min, onde flutuaram feito estrelas cintilantes de uma constelação em constante mudança.

– Tem certeza de que sabe o caminho? – Qing soprou uma mecha solta de cabelo para longe do rosto. – Não quero me perder. Minhas pernas estão me matando.

– Eu sei para onde estamos indo – garantiu Zhen, um pouco na defensiva. – Viajar pelas cidades é mais complicado do que por florestas, só isso. Os pontos de referência são diferentes.

– E não conseguimos ler as placas de sinalização – comentou Qing. – A gente deveria é perguntar o caminho para alguém, ou conseguir um mapa ou coisa assim, sabe?

A voz de uma mulher cantando acompanhada de música de instrumentos de corda era carregada pelo ar, vinda de uma porta aberta, misturada às vozes de homens conversando e rindo. Uma lanterna amarela iluminava uma bandeira com o ideograma 酒, que se agitava no gelado vento noturno.

Qing agarrou o braço dele.

– Ei, eu nunca estive numa taverna. Vamos lá dar uma olhada.

Zhen franziu o cenho. Já havia provado vinho antes, mas Qing não.

– Não. Não temos dinheiro suficiente para vinho.

– Eu não falei nada sobre beber – retrucou Qing. – Só quero

ver o que acontece lá. Toda vez que a gente passa por uma taverna, as pessoas lá dentro parecem estar se divertindo bastante.

– Qing, não podemos chamar atenção...

– Vamos ficar nos fundos! Ninguém vai notar a gente. – Ela revirou os olhos. – Se você vai ser tão estraga-prazeres assim, pode esperar aqui...

– De jeito nenhum vou deixar você sair da minha vista. – Zhen suspirou. – Está bem. Mas só por uns minutos. E vamos ficar perto da porta. Assim que houver sinal de encrenca, vamos embora. Fui claro?

Qing sorriu de canto e o arrastou pela entrada.

Na penumbra do interior do estabelecimento, o brilho amarelado das tochas em arandelas lançava sombras retorcidas pelas paredes irregulares de pedra. Ossos de galinha e de peixe infestavam o chão, que estava grudento de cuspe e vinho derramado. Garçonetes serviam cálices transbordando a homens ao redor de mesas distribuídas ao acaso, usando tocos de árvore como banco. Alguns estavam em grupos agitados; outros se sentavam sozinhos, de cara fechada.

As mesas próximas da entrada estavam ocupadas, então Zhen e Qing não tiveram escolha a não ser passar para uma mesa vaga em um canto longe, usando dois barris como cadeiras. A cantora terminou de se apresentar, e enquanto ela e os músicos saíam do palco apertado ali na frente, um homem bêbado se pôs de pé num salto e começou a proferir poesia grosseira. Outros clientes gargalharam e jogaram cascas de amendoim nele.

Zhen olhou de relance para a porta. Quanto mais cedo saíssem dali, melhor. Ao seu lado, Qing olhava ao redor, maravilhada em vez de preocupada. Ela não parecia notar os homens que apontavam o queixo na direção deles.

Uma pontada desagradável percorreu a espinha de Zhen, que colocou a mão no braço de Qing.

– Acho que deveríamos ir embora.

– O quê? A gente acabou de chegar! – Qing se desvencilhou.

– Vamos ver se a cantora vai voltar depois de um intervalo curto. Quero ouvir uma canção antes de irmos embora.

Um homem musculoso e de pescoço largo se afastou da mesa de seus amigos e andou em direção aos dois.

Zhen ficou tenso.

– Seja bem-vinda à nossa humilde taverna, jovenzinha. – Pescoço Largo fitou Qing com interesse enquanto oferecia uma mesura cavalheiresca de mentirinha. – Acho que nunca vi você aqui antes.

– Ah, estamos só de passagem – respondeu ela. – Aliás, você por acaso sabe qual o melhor caminho para sair da cidade se estivermos indo até o Monte Emei?

– Monte Emei? Isso fica a mais de um quilômetro e meio daqui. – Pescoço Largo inclinou a cabeça. – Por que não ficam um pouquinho? Meus amigos e eu adoraríamos mostrar o lugar para você.

– Na verdade, já estamos de saída. – Zhen se levantou, puxando Qing para ficar de pé. – Tenha uma boa noite, senhor.

– É falta de educação rejeitar uma gentil oferta de hospitalidade, rapazinho. – Os olhos de Pescoço Largo cintilaram enquanto ele bloqueava o caminho de Zhen. O sujeito se virou para seus amigos e assoviou. – Irmãos, temos recém-chegados. Vamos dar a eles nossas conhecidas e calorosas boas-vindas!

O estômago de Zhen azedou de pavor enquanto dois dos amigos de Pescoço Largo se aproximavam deles vindo de lados opostos. Pescoço Largo lhes mostrou um olhar de malícia enquanto estendia a mão para tocar a bochecha de Qing...

A palma da mão de Zhen subiu voando, detendo a mão do homem, embora fosse tão grande quanto a pata de um urso. Qing pareceu assustada, e uma expressão de surpresa cruzou o rosto de Pescoço Largo diante da inesperada força de Zhen.

– Não queremos problemas. – Mesmo com o coração martelando, Zhen manteve a voz firme. – Mas preciso avisá-lo para manter as mãos longe de minha irmã.

– Ah, ela é sua irmã, não é? – Pescoço Largo deixou escapar

uma estrondosa risada. Ele chamou os amigos para mais perto, e os sujeitos se aproximaram, encurralando Zhen e Qing num canto.
– Parece que os problemas arranjam um jeito de chegar até vocês.

Ao redor deles, a taverna se aquietara. Os outros clientes param o que estavam fazendo e se viraram para olhar. As garçonetes estacaram, nervosas.

Qing lançou um olhar fulminante a Pescoço Largo.

– Você é um brutamontes. Só covardes começam brigas com estranhos. Agora, sai do nosso caminho antes que meu irmão dê um chute no seu...

Zhen agarrou Qing e a empurrou para trás de si. Os olhos de Pescoço Largo se estreitaram perigosamente.

O sujeito mirou o punho na mandíbula de Zhen, que se esquivou com reflexos velozes. Pescoço Largo se lançou de novo, mas Zhen desviou do ataque com a graça de uma serpente, e o homem se chocou contra a parede atrás dos dois.

Uma onda de risadas surgiu entre os espectadores.

Pescoço Largo grunhiu enquanto erguia uma enorme jarra de porcelana de vinho na direção de Zhen, que se jogou para fora do caminho. A jarra atingiu um dos amigos de Pescoço Largo, derrubando-o antes de se espatifar no chão e arremessar vinho por toda parte. Alguns clientes se apressaram a sair da frente enquanto os que estavam a uma distância mais segura urravam de alegria e batiam palmas.

– Zhen, cuidado! – gritou Qing.

Pescoço Largo voou na direção de Zhen, com uma adaga na mão. Zhen rodopiou para longe, evitando por pouco a lâmina quando ela passou raspando por sua orelha. Pescoço Largo o atacou de novo, mirando nas costelas –, mas Zhen girou para fora de seu alcance bem a tempo, e a adaga cortou uma das sacas empilhadas ali perto.

Grãos de soja explodiram do corte, se derramaram e quicaram pelo chão. Um dos amigos de Pescoço Largo escorregou nos grãos, os braços e as pernas se debatendo, e caiu de bunda com um grunhido dramático.

Um par de mãos agarrou a cabeça de Zhen por trás. Antes que ele pudesse se virar, alguém jogou pimenta em seu rosto. Zhen se encolheu, com os olhos ardendo. Um punho sólido se chocou contra sua barriga, arrancando-lhe o ar, e ele se dobrou enquanto outros golpes o atingiam repetidamente...

Qing gritou, mas não por medo.

Zhen voltou a abrir os olhos ardidos bem a tempo de vê-la dando um salto à frente com uma agilidade réptil, o rosto branco de fúria. Ela exibiu a língua bifurcada e as presas antes de prender a mandíbula no antebraço esquerdo de Pescoço Largo.

Os olhos do sujeito se arregalaram. A adaga na mão direita, que estava erguida, pronta para despencar sobre Zhen, caiu de seus dedos e aterrissou no chão com um chacoalhar alto.

Qing soltou o homem.

Pescoço Largo cambaleou para trás e abriu a boca, mas não emitiu nenhum som – em vez disso, sangue jorrou. Os amigos do sujeito soltaram exclamações e saltaram para longe. Os olhos de Pescoço Largo viraram para dentro enquanto ele tombava. Seus braços ficaram estirados, revelando duas feridas bruscas em formato de furo no antebraço esquerdo.

Um silêncio mórbido ecoou antes de a taverna explodir em caos.

Bancos foram revirados e cálices e pratos de comida se espatifaram no chão enquanto todos gritavam em pânico frenético, colidindo uns com os outros em uma correria desesperada para chegar à saída. Zhen se pôs de pé num salto enquanto esfregava a sujeira cegante dos olhos e puxava Qing em direção à porta...

O fio de uma lâmina contra seu pescoço o fez parar derrapando. Ao seu lado, Qing fez o mesmo. Guardas austeros os cercaram de todos os lados, de espada em punho.

– Ajoelhem-se! – gritou um deles. – Não se mexam, serpentes demônios!

Capítulo 5
ZHEN

Enquanto caminhava até a ponte, Zhen lançou um olhar para o céu noturno, que estava tracejado com pinceladas de vermelho e violeta. O pôr do sol era o mesmo dos outros dias; ainda assim, parecia diferente. Ficar de pé sobre duas pernas lhe deu uma nova perspectiva de tudo.

Ele passou por um senhor de idade perto da beira do rio, mas se deteve quando avistou o que o homem estava segurando.

Na mão do velho havia uma vibrante serpente verde – que não mostrava resistência, apenas se contraía em espasmos. Um choque de horror perpassou o corpo inteiro de Zhen quando ele percebeu o porquê.

O homem havia esgarçado a barriga da serpente.

– O que está fazendo com essa serpente? – perguntou Zhen.

O velho ergueu o olhar e exibiu um sorriso de dentes podres.

– Você já viu a vesícula de uma serpente? – Entre o dedão e o indicador, o sujeito segurava um saco ensanguentado do tamanho de uma uva. – Vou fazer um pouco de vinho de bílis de serpente. Ela ajuda com a artrite dos meus joelhos e com as hemorroidas. E de manhã vou vender a pele da cobra para algum mercador.

O sujeito empurrou a cobra semimorta contra o rosto de Zhen.

– Um tom bem incomum de verde, não é mesmo? Chega a parecer com jade. Vou faturar uma bela quantia.

Os olhinhos redondos da serpente encontraram os de Zhen. Um sabor azedo subiu-lhe à garganta.

– Pare! Eu pago por essa serpente.

Ele se ajoelhou e fingiu procurar dentro da bota enquanto furtivamente arrancava uma folha de grama. Quando endireitou a coluna e estendeu a palma da mão, no lugar da folha havia uma moeda de prata.

– Isto deve bastar.

O velho pareceu desconfiado.

– Por que você quer uma serpente, meu jovem?

Zhen se lembrou do que um vendedor de instrumentos musicais lhe dissera.

– Eu toco èr hú, que é feito de pele de cobra. Essa serpente que você tem é jovem, e a pele flexível vai me ajudar a obter a ressonância perfeita.

– Ah, um músico! – O velho pegou a moeda e entregou a serpente frouxa. – Muito bem. Minha caça terá um propósito nobre. Que o seu èr hú cante ao vento!

O coração de Zhen martelava enquanto ele aguardava o velho desaparecer. Em seguida, rapidamente levou a serpente moribunda até um local escuro sob a ponte e a depositou no chão. Sangue entrava debaixo de suas unhas enquanto ele tentava juntar o corte serrilhado ao longo da barriga dela, embora soubesse que seus esforços eram inúteis. Mesmo se Zhen tivesse agulha e linha para lhe dar pontos, ela já estava ferida demais para sobreviver.

Os olhos da serpente verde pareciam chamas se apagando, mas ela ainda se esforçava para mantê-los abertos. Sua língua se agitou para fora da boca.

– Obrigada.

– Não – respondeu Zhen, com fervor. – Preciso que aguente firme. Não vou deixá-la morrer.

Ele colocou as mãos no corpo eviscerado da serpente. Depois fechou os olhos com força e se concentrou. A energia da pérola espiritual se revolveu em seu interior. Jamais havia usado o poder dela desta maneira, ou a explorado até limites assim... mas ele simplesmente precisava tentar.

Zhen mergulhou dentro de si mesmo, se esforçando ao máximo até sentir que algo em seu âmago se escancarou. De repente, todas as partes dele estavam em chamas, sua pele parecia queimar até desgrudar da carne, e sua carne queimava a ponto de desgrudar dos ossos. Os ouvidos dele explodiram com seus próprios gritos de angústia. Sangue jorrou de sua boca enquanto ele cambaleava para trás e desabava.

Não fazia ideia de quanto tempo passou ali deitado, convulsionando de agonia. Lágrimas e suor se misturaram, formando um sabor salgado e metálico em seus lábios. Sentia como se seus próprios órgãos tivessem sido arrancados.

Por entre o atordoamento escaldante, sentiu uma dor menor atravessá-lo. Ele estava se transformando de volta em serpente. O sol havia se posto, e o céu estava escuro. A moeda de prata que dera ao velho poderia sustentar sua forma transmutada apenas por algumas horas; já devia ter se transformado de volta em uma folha de grama.

A serpente verde estava a certa distância. Não se movia. Com um esforço excruciante, Zhen deslizou para perto dela, ondulando seu corpo coberto de escamas brancas sobre o terreno irregular.

– Está tudo bem com você? – Ele cutucou a outra serpente com o focinho. Os olhos abertos dela estavam embaçados, sem nada ver... mas tudo o que restava daquela horrenda ferida em sua barriga era uma cicatriz em carne viva. – Consegue me ouvir?

A cauda dela estremeceu. Ela debilmente ergueu a cabeça e a virou de um lado para outro.

– Onde estou? Quem... quem é você?

O corpo dele se desenroscou de alívio. Ele mostrou a língua para cumprimentá-la.

– Meu nome é Zhen. Qual é o seu?

A língua da serpente verde se projetou para fora.

– Minha mãe costumava me chamar de Qing.

As algemas de ferro apertavam os pulsos e tornozelos de Zhen, acorrentando-o à parede de pedra. O chão rígido da cela de prisão estava coberto de feno disperso.

Zhen voltou-se para Qing, que estava acorrentada ao seu lado.

– Você não deveria ter usado seus poderes espirituais naquele homem na taverna – disse a ela.

– Ele foi pra cima de você com uma adaga! O que mais eu deveria ter feito? – Qing lançou-lhe um olhar revoltado. – Foi você que não quis pedir ajuda para encontrar o caminho.

– Eu deveria ter percebido que sua língua não tinha mudado por completo. – Zhen estendeu o pulso algemado, tomou o queixo de Qing e puxou a mandíbula para abrir a boca dela. – Suas presas ainda deviam estar dobradas para dentro.

Qing era uma víbora, uma espécie conhecida pelo pavio curto e combativo. Em contraste, sucuris como Zhen se enrolavam em vez de atacar quando se sentiam ameaçadas.

Ela afastou a mão dele.

– Que sorte a nossa que um bando de guardas estava em um cômodo privado na taverna. Muito conveniente não terem intervindo quando aquele brutamontes atacou você.

Zhen suspirou.

– Sei que você estava tentando me proteger, mas não deve perder o controle assim de novo, Qing. Você já não tem a vesícula. Não pode ficar submetendo seu corpo a estresses desnecessários antes de chegarmos ao Monte Emei.

Qing soltou um gemido frustrado enquanto repuxava seus grilhões.

– Será que não podemos encontrar o caminho até o Monte Emei como serpentes? Você disse que viajar pelas estradas como humanos seria mais rápido e menos perigoso, mas... – Ela gesticulou para a cela ao redor. – Olha onde viemos parar.

Os primeiros espíritos de serpente haviam cultivado seus poderes no Monte Emei. Após mil anos, eles alcançaram a imortalidade e ascenderam aos céus. Os corpos deixados para trás faziam florescer, a cada verão, nos declives da montanha, um tipo especial de milefólio, capaz de curar outras serpentes. Era para lá que ele e Qing estavam se dirigindo.

– Se tivermos sorte, estaremos bem longe daqui quando descobrirem que sumimos. – Zhen estimou que cerca de uma hora se passara desde que foram atirados para dentro da cela, no porão do posto dos guardas. – Vou lá em cima primeiro para me certificar de que é seguro sairmos.

Zhen fechou os olhos e se concentrou. Sentiu um repuxo familiar na espinha, uma pontada repentina, algo entre um tremor e um espasmo – seu corpo se alongou, e seus membros se retraíram feito uma tartaruga recolhendo as nadadeiras para dentro da carapaça. A túnica e as calças dele se amontoaram empilhadas, e as algemas de ferro atingiram o chão com um tinido abafado.

Zhen se virou para Qing, exibindo a língua. Suas palavras, ditas no idioma das serpentes, saíram feito um chiado.

– Espere aqui. Não me siga até que eu dê o sinal.

Suas escamas dorsais reluziram com uma translucidez perolada enquanto ele escorregava entre as barras, depois deslizava ao longo do piso do porão e subia o estreito lance de escadas até o posto dos guardas. A porta da frente estava trancada pelo lado de fora, mas a dos fundos estava aferrolhada por dentro. Aquela seria a rota de fuga deles.

Zhen ergueu a cabeça e escutou com atenção. Como serpente, não possuía ouvidos, mas estava longe de ser surdo. Ossos e membranas de sua cabeça conseguiam detectar sons e vibrações que ouvidos humanos não percebiam: os tênues passos apressados de ratos rondando pilhas de lixo no beco de trás. O tremular das asas de uma mariposa que se acomodava nas vigas lá em cima. O uivo distante de raposas.

Nenhum sinal de movimentos humanos. Essa era a chance de escaparem.

Ele retornou ao topo das escadas.

– Psiu. Pode subir agora.

Silêncio.

– Qing? – chamou Zhen. – Consegue me ouvir?

O grito engasgado dela atravessou o ar.

Zhen deslizou escada abaixo mais rápido do que jamais se movera. Ele se empinou, preparado para atacar quem quer ou o que quer que fosse furtivo o bastante para se esquivar de seus sentidos...

Qing estava sozinha na cela. De rosto corado, as mãos cerradas em punhos enquanto soltava outro grito estrangulado.

– Não consigo me transformar! – lamuriou-se. Ela se atirou contra as grades, mas as correntes ao redor de seus pulsos e tornozelos a contiveram. Qing afundou as unhas no próprio rosto, deixando linhas vermelhas de arranhões nas bochechas. – O que tem de errado comigo? Por que não consigo me transformar de volta? Estou com medo, Zhen. Não vá embora sem mim!

Usar seus poderes espirituais naquele homem na taverna devia tê-la enfraquecido mais do que esperava, afetando até mesmo sua habilidade de se transformar.

Zhen passou por entre as barras. Dentro de alguns instantes, suas escamas se converteram em pele. Ele logo colocou as calças antes de envolver Qing em seus braços. Ela se agarrou a ele, chorando em seu peito. Um trecho com escamas no braço dela brilhava em verde cristal, feito um camaleão raivoso ao meio-dia.

– Não seja boba. – Zhen a reconfortava passando a mão por trás da cabeça dela. – Você me conhece. Eu jamais te deixaria para trás.

– Estamos presos aqui por minha causa, e sou eu que não consigo sair. – A voz de Qing estava embargada. – Não quero que você fique, mas não quero que vá embora sem mim.

Zhen se afastou.

– Existe sempre outra maneira.

Qing fungou, passando o dorso da mão algemada sobre as bochechas manchadas de lágrimas dela.

– O que quer dizer?

Os dedos de Zhen encontraram um prego enferrujado em meio ao feno, e ele o mostrou a Qing.

Ela franziu a testa.

– Não dá para abrirmos a fechadura com isso. É pequeno e chato demais.

A mão de Zhen se fechou ao redor do prego, e, quando seus dedos se abriram, havia uma chave simples de ferro em seu lugar.

Os olhos de Qing se arregalaram.

– Como foi que você...

– É uma chave mestra. – Zhen a inseriu no buraco da fechadura das algemas de Qing e a virou; houve um clique antes de se afrouxarem. – Vai abrir qualquer fechadura.

Qing encarou os próprios pulsos livres e deu um empurrão no ombro de Zhen.

– Não acredito que você não fez isso antes de me deixar ter um colapso mental!

Zhen meneou a cabeça.

– Lembra o que eu falei sobre usar seus poderes? Quanto mais fortes suas emoções, mais fortes ficam seus poderes, mas usá-los vai esgotá-la quase na mesma proporção. Você sabe o que dài jià significa, não é?

– O preço de uma coisa?

– É o preço *a se pagar* por algo – respondeu Zhen. – Precisamos pagar um preço toda vez que usamos nossos poderes. É assim que tudo permanece em equilíbrio.

O olhar de Qing deslizou para uma marca lisa e prateada no lado esquerdo do torso de Zhen, logo acima da cintura.

– Eu nunca notei sua cicatriz. Costumava ficar escondida pelas escamas. O que aconteceu?

– Fui descuidado perto de uma armadilha para cobras. Uma lição que jamais esquecerei. – Zhen vestiu a túnica, cobrindo a cicatriz. Um tênue ruído chamou sua atenção, e ele se retesou. – Você ouviu isso?

– Hum, fui eu. – A mão de Qing tocou o próprio estômago, que deixou escapar outro ronco. – Estou morrendo de fome. Deve ser outro efeito colateral da transformação.

– Você sente fome o tempo todo, seja como serpente ou humana – comentou Zhen. – Vamos sair daqui.

Ele destrancou a cela, e os dois escapuliram escada acima. Zhen empurrou a porta dos fundos, que levava para fora do posto dos guardas; o fedor de lixo podre nunca se confundira tanto com o cheiro de liberdade.

Os dois se esgueiraram ao longo das sombras de becos e ruelas, ficando longe das ruas principais. Zhen nunca estivera naquela parte da cidade antes, mas deixou que os sons da natureza o guiassem em direção à floresta.

Zhen respirou com mais tranquilidade assim que os dois se curvaram sob a copa das árvores. Na forma humana, ele não ouvia o suave piado de uma coruja como um sinal para se esconder; o farfalhar de roedores na vegetação rasteira não indicava a proximidade do jantar. Ainda assim, ele era impelido pela urgência de continuar se movendo. Foi apenas quando Qing cambaleou, com o rosto pálido de exaustão, que Zhen parou para descansar ao lado de um riacho.

Enquanto Qing usava as mãos em concha para tomar sedentas goladas de água, Zhen procurava comida ali perto. Ele retornou com as mãos repletas de pequenas frutas redondas com uma casca áspera e rosa-avermelhada.

– Lichias.

Ele entregou algumas a Qing, e os dois se sentaram lado a lado contra uma rocha e comeram a fruta doce e ácida, retirando a casca áspera e cuspindo a semente.

Qing franziu o cenho e se voltou para Zhen.

– Você falou que usar nossos poderes vai nos esgotar quase na mesma proporção. – Uma conclusão se assentou nos olhos dela. – Salvar minha vida o enfraqueceu, não foi? É por isso que você também precisa ir até o Monte Emei para se curar.

A princípio, Zhen só queria impedir o velho de esfolar Qing e vendê-la. Só queria permitir que ela morresse com dignidade.

Mas quando ele encarou os olhos moribundos dela e viu o fogo neles, soube que precisaria lhe dar algo além de uma morte misericordiosa. Ela merecia mais. Muito mais.

Zhen havia invocado os poderes da pérola para revivê-la e torná-la um espírito de serpente, a mesma coisa que acontecera com ele ao engolir a pérola, tantos anos antes. Mas o imenso dano de tê-la curado não apenas o enfraquecera. Havia tomado uma parte dele, alterando-o para sempre. Ainda assim, ele não queria que Qing carregasse o fardo de saber disso. Ela não deveria se sentir culpada pelo preço pago para salvá-la. A escolha fora dele. Era seu dài jià.

– Por quê? – A voz de Qing estava embargada de emoção. – Por que você fez aquilo?

– Porque eu não podia deixar você partir – respondeu Zhen. – E, se fosse preciso, eu faria de novo. Não se preocupe. Assim que chegarmos ao Monte Emei, o milefólio vai restabelecer minha força e curar a deficiência causada pela falta da sua vesícula.

Qing suspirou.

– Minha mãe costumava dizer que eu era mais travessa do que todos os meus irmãos juntos. Ela teria ficado tão brava se soubesse em que tipo de encrenca eu nos meti hoje à noite. Provavelmente me daria uma dúzia de chicotadas com a cauda.

Parecia que Qing ficaria feliz de aceitar essa punição se a mãe estivesse por perto para a infligir. Entre as serpentes, víboras eram a única espécie que cuidava dos filhotes. As mães protegiam suas crias de maneira ferrenha até a primeira troca de pele. A única coisa que fazia alguém tagarela feito Qing ficar taciturna era sua família, e Zhen não a pressionou para saber os detalhes. Ficou em silêncio, e a quietude se assentou entre os dois até que Qing enfim se pronunciou.

– Vivíamos numa floresta de bambu, e eu amava explorar os arvoredos e riachos em torno da nossa toca. Um dia, minha mãe nos avisou que uma tempestade estava se aproximando e nos mandou ficar em casa. Mas eu me recusei a lhe dar ouvidos e saí para brincar. – A voz de Qing falhou um pouco. – A tempestade começou antes que eu pudesse voltar. Eu me escondi em uma árvore enquanto a chuva caía durante dias e a floresta inundava. Quando as águas baixaram, voltei para casa. Nossa toca estava destruída. Minha mãe e meus irmãos não estavam lá, então devem ter escapado a tempo.

Agora Zhen entendia por que Qing tivera uma crise na cela de prisão. Ela havia pensado que Zhen não teria escolha a não ser deixá-la para trás, como sua mãe fizera, e, mais uma vez, Qing só poderia culpar a si mesma.

Zhen tomou-lhe a mão e a apertou de maneira reconfortante.

– Eu acredito que a sua mãe ficou o máximo de tempo que podia. Ela esperou você voltar para casa até que precisou levar seus irmãos e irmãs para um lugar seguro.

Os olhos de Qing cintilaram na escuridão.

– Fui eu que quis entrar naquela taverna. Você tentou me deter, mas eu não dei ouvidos. Tudo o que aconteceu foi culpa minha.

– Ei – disse Zhen. – Se sua mãe tivesse visto a serpente destemida que você foi hoje, como a filha dela se tornou leal e corajosa, ela teria ficado muito orgulhosa.

Qing pestanejou. Lágrimas deslizaram por suas bochechas. Ela soltou um ruído envergonhado.

– Ainda é esquisito chorar.

Como serpentes, os dois não piscavam nem derramavam lágrimas. Zhen colocou as mãos espalmadas no rosto de Qing e afastou a umidade com os dedões.

– Mais um motivo para os humanos terem isso aqui – comentou, remexendo os dedos.

Qing soltou uma risadinha chorosa. No alto, a lua já passara de seu cume. Não faltava muito para que as primeiras luzes do amanhecer surgissem.

– Precisamos seguir em frente. – Zhen se pôs de pé. – Eles vão ficar ainda mais convencidos de que somos demônios quando descobrirem que escapamos.

Qing espanou a terra e a grama que se grudaram à sua saia verde.

– Para onde vamos?

– Eles sabem que estávamos planejando viajar para o Oeste, até o Monte Emei, então provavelmente vão checar aquela direção primeiro – disse Zhen. – Em vez disso, vamos para o Norte. Não temos dinheiro suficiente para o resto da jornada, então precisamos parar um pouco e encontrar um trabalho para nos alimentar. Nossas melhores chances de conseguir isso estão na capital, Changle.

Capítulo 6
XIAN

DE ACORDO COM OS antigos livros dos ritos, um imperador ou rei andava em uma carruagem movida a seis cavalos, enquanto um príncipe era levado com quatro. Mas Xian recusou o veículo e insistiu em cavalgar Zhaoye. Não se importava com as tradições. Seu objetivo era chegar a Changle o mais rápido possível.

O príncipe partiu ao nascer do sol, acompanhado de Fahai, Feng e o restante da delegação. Não havia colocado os pés na capital de Min desde que o reino menor se declarara aliado de Wuyue. No ano anterior, o pai de Xian passara duas semanas visitando o palácio em Changle, levando consigo a comitiva real, incluindo a esposa, consortes, príncipes e princesas. Mas Xian escolhera não ir. Não deixaria a mãe sozinha apenas para se divertir.

Em meio à jornada, eles chegaram a uma parada para descanso, e os batedores que haviam partido primeiro lhes informaram que árvores caídas bloqueavam a estrada principal. Os cavalos poderiam passar, mas não as carroças carregadas de ouro, jade e seda. Operários levariam um dia ou dois para remover os destroços.

– Vamos nos dividir – anunciou Xian. – Fahai e eu vamos na frente. Feng e os guardas permanecerão com as carroças até que a estrada esteja desobstruída.

Fahai assentiu. Entendia a urgência da verdadeira tarefa deles. Feng, que também sabia o verdadeiro motivo para irem até Changle, foi incapaz de esconder a apreensão.

– Eu deveria ser seu guarda-costas – afirmou Feng bem cedo no dia seguinte, enquanto ajudava Xian a vestir a armadura em seu quarto. – Sem querer ofender Fahai, mas ele é treinado em assuntos da corte, não em artes marciais.

– Tenho certeza de que Fahai consegue desferir uns socos em qualquer agressor com aqueles punhos eruditos e dar uma pancada no rosto deles com a bolsa de peixe – retrucou Xian, tomando seu elmo das mãos de Feng. Era feito de metal lamelar com bordas de couro, e uma plumagem amarela o distinguia do restante da cavalaria.

Feng lançou-lhe um olhar fulminante enquanto prendia os peitorais sobrepostos da armadura de Xian ao torso com amarras reforçadas.

– Estou falando sério. Como é que ele vai defendê-lo se algo acontecer?

O general Jian havia começado a ensinar artes marciais ao filho primogênito quando ele era criança; aos dez anos, Feng já era tão habilidoso que foi enviado ao Monastério Shaolin para aprender com os renomados mestres dali durante três anos.

– Você e Fahai são as duas pessoas em quem eu mais confio. – Xian ajustou as grevas de metal que se estendiam de seu cinto até os joelhos. – Preciso que um de vocês fique para trás com os itens de valor e se assegure de que nada vai sumir. Você conhece melhor do que eu os guardas escolhidos por seu pai. Eles vão obedecer às suas ordens.

Do lado de fora, Zhaoye relinchou e bateu os cascos.

– Rong teve intoxicação alimentar na noite passada e terá de ficar para trás – disse Feng. Rong era o tratador de Zhaoye. – Seu cavalo não deixa ninguém além de você e Rong colocar a armadura nele, então você terá de fazer isso por conta própria.

Mesmo assim, Zhaoye não ficou feliz quando Xian prendeu

a armadura de placa à sua cabeça. Xian se aproximou e afagou o pescoço do cavalo.

– Pois é, somos só você e eu.

O príncipe e Fahai partiram assim que amanheceu, acompanhados por uma pequena comitiva de dois batedores, cinco guardas e um animal de carga carregando os suprimentos necessários. Viajar sem carroças permitia que cobrissem uma distância maior. Cavalos fergana eram excelentes em corridas de resistência e só precisavam beber água uma vez ao dia, mesmo no calor sufocante do verão. Zhaoye cavalgava feito fogo chamuscando um estreito desfiladeiro, instigando os outros cavalos a aumentar a velocidade para o acompanharem.

Não houve nenhum incidente durante o restante da jornada, e Xian enviou os batedores à frente para anunciar que chegaria a Changle um dia antes do esperado.

A capital fora decorada ostensivamente para sua visita real. As ruas estavam cobertas de lanternas e estandartes pintados com bênçãos para o príncipe de Wuyue, e as pessoas se aglomeravam no caminho até o palácio, tocando flautas e soltando vivas. Mas conforme Xian percorria a cidade, notou que as escassas árvores tinham cascas quebradiças e que os galhos baixos sustentavam frutas pequenas, ou mesmo nenhuma. O reino de Min fraquejara ao final do conflito prolongado com os Tang do Sul, o que havia provocado sua capitulação a Wuyue, e a austeridade era visível sob os estandartes de ouro e a elegância em letras vermelhas.

Assim como no palácio em Xifu, a ampla corte externa era o lugar para cerimônias oficiais. Celebrações festivas e desfiles vitoriosos aconteciam ali, assim como punições públicas. Como era de costume, nenhuma árvore fora plantada por perto, já que ofuscariam a majestade da presença do rei – e ofereceriam um ponto de vista privilegiado e escondido para um assassino.

Guardas os cumprimentaram quando Xian e Fahai desmontaram dos cavalos, e cavalariços logo tomaram suas montarias. Um homem vestido de maneira impecável se aproximou, curvou-se profundamente e se apresentou como governador Gao.

– O resto de minha delegação se atrasou devido à obstrução na estrada, mas meu conselheiro e eu viemos na frente, então chegamos um dia antes do esperado – declarou Xian. – O banquete de boas-vindas pode ficar para amanhã, como planejado. Os presentes que trouxemos terão chegado até lá.

Gao se curvou mais uma vez.

– A corte de Min aprecia a gentil consideração do príncipe de Wuyue, mas para um início auspicioso de sua visita, nós, enquanto anfitriões, devemos realizar as festividades de boas-vindas no mesmo dia da chegada de vossa alteza. Pedimos que o senhor e seu conselheiro nos agraciem com sua presença no banquete de hoje à noite. O solar real foi preparado para o senhor e sua comitiva.

Todos os palácios eram construídos em torno do mesmo eixo Sul-Norte; as edificações de cada lado da linha divisória eram construídas com precisão minuciosa para assegurar que cada metade fosse simétrica, e a da esquerda sempre recebia mais honras do que a da direita. Um vasto portão com cinco arcadas separava a corte interna da externa. Dois leões de pedra ladeavam a arcada central, que só poderia ser utilizada pelo rei. Respeitosamente, Gao gesticulou para que Xian tomasse a arcada da esquerda, que era reservada para a família real. Os demais oficiais, incluindo Gao e Fahai, entraram através da arcada à direita.

O solar real estava localizado em um complexo guarnecido com muralhas altas dos quatro lados. A edificação principal, com seu telhado esmaltado de amarelo, coroado com dragões entalhados e beiradas duplas que se curvavam para fora e para cima, ficava ao Norte; o portão de entrada encarava o Sul.

O quarto preparado para Xian só ficava atrás dos aposentos do rei – era tradicionalmente ocupado pelo príncipe herdeiro. Xian não conseguiu conter um sorriso de escárnio ao imaginar a decepção de Wang. O cômodo era tão espaçoso que ele e Feng provavelmente poderiam ter uma sessão de treino se afastassem parte da mobília. A cama com estrado era tão larga quanto longa, elegantemente cercada por cortinas translúcidas e flâmulas. Na cômoda de madeira esculpida de modo elaborado havia um relógio de incenso, com os minutos e as horas calibradas pelas varetas. À esquerda, portas duplas levavam ao quarto adjacente, onde seu guarda-costas dormiria.

No canto do aposento havia algo que Xian não possuía no quarto de sua casa: uma banheira dourada laqueada. Banho era algo ritualístico, feito para limpar tanto o corpo como a alma; sacerdotes e até o próprio rei precisavam se banhar antes de oferecer sacrifícios ou realizar ritos. No entanto, aquela banheira dourada era claramente feita para oferecer prazer em vez de devoção.

Mas nada era tão descarado quanto o pequeno frasco de cerâmica ao lado da cama. Xian não precisava remover a rolha para saber o propósito de seu conteúdo.

Um belo rapaz por volta de sua idade havia seguido Xian silenciosamente para dentro de seus aposentos. Ele deu um passo à frente e se curvou.

– Vossa alteza permitiria a este humilde servo ter a honra de auxiliá-lo a remover sua armadura?

Feng costumava ficar encarregado dessa tarefa, mas ele não estava presente. Xian estendeu os braços, e, com destreza, o rapaz desfez os nós que uniam as peças da armadura e as pendurou em um cabideiro de madeira. Em seguida, encheu uma bacia de cobre com água limpa para que Xian lavasse o rosto e as mãos.

– Qual é o seu nome? – perguntou o príncipe.

– Eu me chamo Deng, vossa alteza. Sou o mais velho entre os cortesãos abaixo de dezoito anos.

Um cortesão. Isso explicava por que era impecável não apenas em seus deveres como também em suas expressões. Em qualquer outra ocasião, Xian teria se permitido esse deleite. Era a primeira vez que estava longe de casa e só – nem precisaria sair de fininho para deitar-se com um belo rapaz.

Mas o motivo de sua presença ali era importante demais. Não poderia se permitir nenhuma distração.

– Eu cuido disso sozinho a partir daqui, Deng – disse Xian. – Pode se retirar.

Deng foi incapaz de esconder a surpresa com a dispensa abrupta. Ele se retirou e fechou as portas às suas costas, deixando Xian a sós no vasto cômodo.

O príncipe lavou o rosto com a água da bacia de cobre, enxaguando a sujeira e o suor de um longo dia cavalgando. Abriu as bagagens e retirou seu lóng páo amarelo-ouro para o banquete. O colarinho e os punhos de cetim azul-escuro possuíam bainhas de fio dourado; havia um dragão de cinco garras bordado na parte da frente da vestimenta, adornado com milhares de minúsculas pérolas de água doce, assim como estampas de nuvens espiraladas, medalhões e ondas quebrando.

Xian soltou o longo cabelo, escovou as madeixas e as torceu em um coque frouxo. Prenderia o cabelo direito antes do banquete. Vestiu uma confortável túnica branca com vieses e uma faixa que se destacavam em verde. Enquanto ajustava a gola transpassada, seus dedos roçaram no amuleto de jade escondido sob a camisa de baixo.

Um sorriso melancólico fez a boca de Xian se curvar. Quando sua mãe enfim estivesse curada e bem o bastante para viajar, ele pediria permissão ao pai para levá-la até o pequeno palácio na corte Leste de Yuezhou, para que ela se recuperasse. O ideograma 東, de Leste, era composto de 日, o sol, e 木, uma árvore. Ambos os elementos representavam a primavera, uma época de crescimento, em que novos começos se enraizavam. Estar de volta ao Leste, próxima da terra natal dela, faria bem para a recuperação de sua mãe.

Havia uma grande tigela com frutas frescas sobre a mesa. Os damascos tinham uma fragrância excepcional, e Xian colocou dois deles no bolso antes de se retirar dos aposentos.

Os guardas do lado de fora o cumprimentaram quando ele passou. Se acharam graça de suas vestes informais, haviam sido treinados para não demonstrar qualquer reação. Além das muralhas do solar real, ninguém olhou duas vezes para Xian. O príncipe de Wuyue, até onde se sabia, usava um elmo com plumas e armadura cerimonial completa aonde quer que fosse, provavelmente até à latrina.

Em vez de ir ao Templo Ancestral, onde a família real oferecia sacrifícios aos ancestrais e se curvava diante de tábuas cerimoniais, Xian se dirigiu até o Salão dos Espíritos, onde os plebeus que trabalhavam no palácio cultuavam. A maioria dos templos taoistas eram construídos completamente de troncos e sem o uso de qualquer prego; suportes interligados de madeira engenhosamente transferiam o peso do teto para colunas verticais.

Os degraus de pedra irregular que levavam até o Salão dos Espíritos haviam sido gastos por anos de pegadas de peregrinos. O templo possuía três portas. Ao lado da porta direita, havia uma estátua de dragão, enquanto uma de tigre se encontrava na porta da esquerda. A passagem do meio era para espíritos, não humanos.

Xian passou pela porta do dragão à direita, se certificando de cruzar o limiar com o pé esquerdo primeiro. Mais tarde, sairia pela porta do tigre pisando primeiro com o pé direito. Sua mãe sempre o lembrava de não pisar na tábua de madeira vermelha abaixo de cada porta, para impedir que espíritos malignos entrassem no templo.

Àquela hora do entardecer, o local se encontrava vazio. As paredes estavam cobertas de monólitos de figuras humanas entre a coleção de feras e pássaros, e havia imagens de deidades entalhadas nas pilastras. Ao contrário dos pais, Xian jamais fora religioso. Os rituais que realizava a cada ano no Templo Ancestral eram superficiais, e enquanto os sacerdotes entoavam os longos cânticos das preces, imaginava como sairia de fininho para se encontrar com o último rapaz que lhe chamara a atenção.

Xian se deteve em frente à estátua de Guan Yin, a deusa da misericórdia e a deidade mais amada de sua mãe. No altar, havia uma lamparina a óleo, duas velas, um incensário de porcelana e três copos pequenos. O da direita continha chá, o da esquerda água, e o do meio grãos de arroz cru. O chá representava o yin, a água representava o yang e o arroz cru era a união de ambos.

O príncipe pegou três varetas de incenso, sempre oferecidas em números ímpares, e as acendeu com a chama de uma das velas. Ajoelhou-se diante do altar, fechou os olhos e respirou fundo, deixando o perfume terroso do incenso preencher seus pulmões.

– Príncipe de Wuyue.

Xian abriu os olhos enquanto um sacerdote emergia de um santuário interno. O sujeito usava um chapéu de cetim preto com uma aba rígida e arredondada na cabeça raspada. Estava vestindo um dào páo, uma túnica de mangas largas e colarinho cruzado que sacerdotes taoistas usavam para cuidar das tarefas diárias no templo.

O sacerdote se aproximou de Xian.

– Que surpresa vê-lo aqui, príncipe de Wuyue, em vez de no Templo Ancestral.

– Dao Zhang. – Xian curvou a cabeça enquanto pronunciava o título respeitoso. – Minha mãe é uma plebeia e cresceu cultuando em templos como este.

O sacerdote assentiu com solenidade.

– Os deuses veem com bons olhos sua piedade filial. Perigos ocultos espreitam nas proximidades, mas você foi abençoado com a proteção do amuleto de sua mãe.

O amuleto de jade, escondido por trás das dobras da roupa de Xian, de repente pareceu esquentar contra sua pele. Talvez o sacerdote fosse capaz de sentir a aura protetora dele.

– Minha mãe está enferma há muitos anos. – Gavinhas de fumaça das varetas de incenso agarradas entre as palmas das mãos de Xian continuaram a se erguer, espiralando aos céus antes de desaparecer. – Meu pai, o rei de Wuyue, procurou a sabedoria do oráculo de Emei, que nos direcionou até Changle para encontrar uma cura. Vim até aqui hoje para solicitar mais direcionamentos dos deuses.

O sacerdote gesticulou em direção à parede mais distante do cômodo.

– Já que ofereceu incenso, agora peçamos orientações.

Qiú qiān era uma prática comum em templos por toda a nação. A parede era composta de fileiras de tijolos numerados de um a cem, cada um com um buraco circular de aproximadamente dois centímetros de diâmetro, que continha um pequeno pergaminho enrolado. O sacerdote entregou a Xian um cilindro oco de bambu repleto de varetas planas, todas com uma das extremidades pintada de vermelho e com um número gravado que correspondia a um dos tijolos.

Xian tombou o cilindro de leve e sacudiu-o até que uma vareta saltasse para fora e aterrissasse no chão. Ele se abaixou, pegou a vareta e a entregou ao sacerdote com ambas as mãos. O sujeito olhou para o número, retirou um pequeno pergaminho de um dos tijolos e o deu ao príncipe.

O coração de Xian acelerou enquanto ele desenrolava o papel que revelaria as palavras escritas em letras pequenas e inclinadas: 強龍難壓地頭蛇.

– "Qiáng lóng nán yā dì tóu shé" – leu em voz baixa. *Até mesmo um poderoso dragão custa a superar uma serpente em seu refúgio natal.*

Mais uma referência à serpente branca. Mas o que aquilo queria dizer? Seria um alerta de que ele, como príncipe e emissário do rei, que era representado pelo dragão, não deixava de ser um forasteiro em Changle, enquanto a serpente branca estava em seu hábitat?

O sacerdote devia ter percebido o olhar contemplativo no rosto de Xian.

– A resposta vai se revelar no momento certo – declarou o sujeito. – Que as bênçãos divinas o acompanhem.

Xian se curvou profundamente.

– Obrigado, Dao Zhang.

O príncipe se virou para ir embora, certificando-se de passar com o pé direito por cima da tábua vermelha na porta do tigre.

Capítulo 7
XIAN

UM ENTALHE DE BRONZE de um cavalo alado estava pregado sobre a entrada do estábulo. O cavalariço estava tão ocupado que não deu nenhuma atenção a Xian enquanto disparava de um lado para o outro com os braços abarrotados de forragem, sacos de ração e baldes de água. O estábulo de Changle tinha metade do tamanho do de Xifu, e diversos cavalos foram levados aos pastos a fim de abrir espaço para os corcéis dos visitantes.

Xian passou pelas baias, à procura de seu cavalo. As únicas duas pessoas que Zhaoye permitia que o escovassem eram seu tratador, Rong, e o próprio príncipe. Talvez Xian conseguisse salvar alguma pobre alma de receber um chute no rosto por chegar perto demais.

Ele encontrou Zhaoye na última baia da fileira, que era maior do que as outras. Um cavalariço por volta da idade de Xian estava ali, vestindo calças rústicas de algodão e uma camisa com mangas estreitas arregaçadas um pouco abaixo dos cotovelos. O rapaz falava com Zhaoye, em um tom baixo e tranquilizador.

Xian se deteve.

O rapaz deu um tapinha na perna dianteira de Zhaoye, como um sinal para que ele erguesse a pata.

– Vamos, levante o casco.

Zhaoye obedeceu. O rapaz se inclinou, segurando um limpador de ranilha na mão, e com esmero cavoucou a lama e os destroços presos na ferradura.

Xian ficou tão espantado com a tranquilidade do cavalo que não reagiu rápido o bastante quando o rapaz se virou e o notou observando.

– Olá. – O rapaz soltou o casco de Zhaoye e endireitou a postura, olhando para Xian como quem faz uma pergunta. – Você é…?

– Esse, hum, é o cavalo do príncipe – disse Xian. Percebeu quão estúpidas as palavras pareciam assim que elas saíram de sua boca.

– Eu sei – respondeu o rapaz. – Nosso convidado de honra aqui causou um baita alvoroço mais cedo.

– O que aconteceu? – Xian se aproximou. – Ele está bem?

– Não se preocupe, ele está bem. – O rapaz deu tapinhas no flanco de Zhaoye, e o cavalo emitiu um ruído satisfeito. – Enquanto ele se recuperava, depois de ter corrido o dia todo, alguém notou gotas avermelhadas escorrendo pela pelagem dele e gritou que o cavalo do príncipe estava sangrando, o que fez todos entrarem em pânico. Eu falei que não havia nada com que se preocupar, afinal, ele é um hàn xuè mă. Quando correm, parecem estar suando sangue.

Xian não esperava que um cavalariço soubesse dessa característica peculiar dos cavalos fergana. A pele deles era fina, quase transparente, e o esforço físico fazia seus vasos sanguíneos se tornarem mais pronunciados, dando ao suor em seu pescoço e ombros um tom metálico de vermelho.

– Como é que você sabe disso? – perguntou Xian.

– Ah, eu já vi alguns destes antes – explicou o rapaz. – Ao Leste, perto do planalto tibetano. Alguns cavalos fergana fugiram do estábulo de um nobre e fizeram das estepes o seu lar.

O príncipe ergueu a sobrancelha.

– Você vem de uma família de nômades?

O rapaz soltou uma risadinha.

– Pode-se dizer que sim. – Ele passou uma das mãos pela crina de Zhaoye, olhando-o admirado. O cavalo se aprumou, se deleitando com a atenção. – Sem dúvida, ele é uma das criaturas mais bonitas que já vi.

Xian poderia ter dito o mesmo sobre o cavalariço. Feng provavelmente riria com sarcasmo, mas aquele rapaz era, sem exagero algum, de uma beleza que o príncipe jamais vira. Suas feições eram delicadas, porém definidas, e o cabelo comprido, preso em um meio-coque que havia se soltado, emoldurava seu rosto com uma onda de madeixas pretas e macias pelas quais Xian desejava passar os dedos. Uma camada brilhante de suor cintilava em sua pele de alabastro; tinha uma palidez incomum para alguém que passava a maior parte do tempo trabalhando ao ar livre. Mas não era uma palidez doentia... era mais similar à luz da lua, luminosa de uma maneira quase etérea.

Xian estava encantado. Não só pela aparência do rapaz como também por seu charme despretensioso – ele provavelmente nem se dera conta de como aquilo o tornava atraente para o príncipe.

– Ele estava batendo a pata dianteira esquerda enquanto eu passava, então percebi que devia haver um pouco de sujeira incomodando em seu casco. – O rapaz mostrou o limpador de ranilha para Xian. – Aqui. Espero que não se importe que eu tenha começado a limpá-lo. Não quis roubar suas tarefas.

Tarefas? Xian pestanejou – e, então, se deu conta de que, pela ausência de Rong e por estar vestido com uma túnica simples, o rapaz devia ter presumido que *ele* era o tratador de cavalos da delegação de Wuyue.

– Faz tempo que você trabalha aqui? – perguntou Xian.

O rapaz meneou a cabeça.

– Cheguei a Changle há uma semana. Todos andam falando do príncipe de Wuyue, e os funcionários do palácio têm trabalhado dia e noite nos preparativos para a chegada dele. Foi por isso que eu e minha irmã conseguimos encontrar um trabalho temporário tão rápido.

– Sua irmã também trabalha no palácio?

– Eles a colocaram na cozinha, e me designaram ao estábulo. – O rapaz fez uma pausa. – Meu nome é Zhen. E o seu?

Xian pensou rápido.

– Pode me chamar de Xu.

Zhen ofereceu uma reverência cortês.

– Prazer em conhecê-lo, Xu.

– Então, o que você ouviu falar sobre o príncipe de Wuyue? – Xian perguntou, sem conseguiu resistir. – Parece que ele possui uma reputação e tanto.

– Dizem que é o preferido do pai, embora não seja o filho mais velho, o que significa que ele deve ser bem talentoso. – Um sorriso furtivo ergueu os cantos da boca de Zhen. – E também dizem que é bonito.

– Hum. Pode até ser que o príncipe Xian... é esse o nome dele... possua algumas habilidades, mas... cá entre nós? – Xian se aproximou até ficar a centímetros do ouvido de Zhen e, em tom conspiratório, falou: – Eu prefiro lidar com este cavalo.

O outro rapaz possuía um odor almiscarado e terroso que fazia Xian lembrar o cheiro de sândalo e de grama depois de uma chuva de verão.

– Quero dizer, que tipo de exibido chega um dia mais cedo do que o esperado, sem nenhum presente, e faz o pobre anfitrião correr para aprontar o banquete? Quem ele pensa que é?

Zhen arqueou uma sobrancelha.

– Você tem uma opinião bem forte quanto ao seu senhor. Por acaso trabalhou no palácio de Wuyue a sua vida inteira?

Xian não conseguiu reprimir um sorriso largo.

– Pois é, pode-se dizer que sim.

Zhen lançou um olhar ao redor do estábulo.

– Então, qual desses cavalos foi o que você usou para cavalgar até aqui?

– Hum... – Xian apontou para o cavalo de Fahai. – Aquele ali.

Zhaoye relinchou e raspou o casco contra o chão.

– Você tem sorte por ter a chance de cuidar e passar tempo ao lado de criaturas tão agradáveis. – Zhen olhou para Xian, com um sorriso irônico. – Para ser sincero, era para eu estar limpando o esterco das baias, não escovando os cavalos. Pode ser que eu tenha problemas se me descobrirem. Espero que não conte a ninguém.

– Não precisa se preocupar – respondeu Xian. – O que eu acabei de lhe falar sobre o príncipe seria o bastante para me render uma dúzia de chibatadas e uma semana no tronco.

Zhen sorriu.

– Não direi nada se você não disser.

– Fechado. – Xian retirou um dos damascos do bolso, limpou sua adaga com a cinta da roupa e cortou a fruta ao meio. Ele deu um pedaço a Zhaoye e ofereceu o outro para Zhen. – Experimente. Está madura e com um ótimo cheiro.

Zhen observou o damasco, achando graça.

– Será que sou digno de ficar com a fruta que seria para o cavalo do príncipe?

– Vamos descobrir. – Xian apresentou a segunda metade para Zhaoye. – Você quer dividir isto aqui com seu novo amigo?

Zhaoye apanhou a fruta sem hesitar. Xian e Zhen trocaram olhares, e os dois riram. O príncipe gostou da risada de Zhen, que era agradável como o tilintar de sininhos de cobre roçados pelo vento.

– Ainda bem que vim preparado. – Xian retirou o segundo damasco do bolso. Ele tocou o ombro de Zhen e o chamou para se afastar da baia de Zhaoye. – Vamos deixar o cavalo egoísta pra lá e dividir este aqui.

Eles se dirigiram a um canto do estábulo onde a forragem era armazenada. Xian cortou o damasco em dois e entregou um pedaço para Zhen.

– Toma.

Os dedos deles se resvalaram quando Zhen pegou a fruta.

– Obrigado.

Xian comeu sua metade sem tirar os olhos de Zhen enquanto

o outro rapaz mordia a polpa amarela alaranjada. A forma como a língua de Zhen espiava para fora da boca para buscar as gotas de suco dos lábios provocou um arrepio no corpo do príncipe.

– Onde encontrou um damasco tão delicioso? – perguntou Zhen. – Decerto não o trouxe de Wuyue.

Xian não poderia contar que o damasco viera de uma tigela de frutas dos aposentos reais e que provavelmente chegara à capital de um dos melhores pomares de Min.

– Tive sorte durante a jornada.

Zhen se recostou contra um poste.

– Disseram que sua delegação ficaria até depois do Festival Duanwu. Você tem algum dia de folga?

– Não tenho certeza se o príncipe de Wuyue entende o conceito de folga. Ele é um capataz brutal. – Xian inclinou a cabeça. – Se eu conseguisse dar uma escapadinha, o que você teria em mente? Me mostraria a cidade? Você disse que chegou há uma semana.

– Eu conheço as florestas além de Changle – respondeu Zhen. – Há alguns locais pitorescos e bonitos que poucas pessoas conhecem. Perfeito para passar metade de um dia cavalgando... Quero dizer, se você estiver disposto.

O coração de Xian se animou. Zhen poderia ser o guia deles para uma expedição de caça a serpentes pelas florestas ao redor de Changle. Talvez a visita do príncipe ao templo tivesse conquistado o auxílio dos deuses, e este encontro ao acaso com Zhen fosse mais do que auspicioso.

– Parece perfeito – disse Xian. – Eu adoraria.

Zhen pareceu satisfeito. Um grito ao longe fez ambos se virarem.

– Temo que eu precise voltar ao trabalho antes que o administrador do estábulo me coloque no olho da rua – comentou Zhen.

– Claro. Seria uma pena se eu tivesse um dia de folga e ninguém com quem passá-lo.

Os olhos de Zhen cintilaram de alegria.

– Espero que nos vejamos de novo em breve, Xu.

Xian sorriu.

– Não tenho dúvida de que iremos.

Capítulo 8
ZHEN

– ACHO QUE ESTOU voltando a ser uma serpente – disse Qing.

Zhen se virou bruscamente na direção dela. A parte de escamas verdes no braço de Qing e a ponta bifurcada de sua língua haviam desaparecido antes de chegarem a Changle.

– O que aconteceu?

Qing ergueu os dedos avermelhados.

– Ando picando gengibre e cortando alhos até não conseguir mais sentir as mãos. E passei o dia inteiro em pé. Parece que minhas pernas não têm ossos.

Zhen cutucou-a nas costelas.

– Não me dê um susto desses.

– Duzentos funcionários da cozinha precisaram passar a tarde inteira correndo de um lado para o outro e preparar mais de cinquenta pratos, bem mais do que esse bando de nobres esnobes conseguiria terminar. – Qing esfregou os tornozelos com tristeza. – Esse é o método de alimentação menos eficiente que já existiu.

O céu havia escurecido para um azul-cobalto, e Zhen e Qing estavam empoleirados no telhado do salão de jantar. Serpentes eram alpinistas natas e, para elas, se esgueirar em um telhado sem ser notadas não era difícil. Os dois estavam escondidos por uma fileira de figuras de cerâmica ao longo da cumeeira: um pássaro, um peixe, um touro e um leão. A argila vermelha que cimentava o telhado esmaltado havia se desgastado e criado fissuras, e eles haviam forçado alguns ladrilhos para poder espiar o que acontecia lá embaixo no salão do banquete.

Uma mesa quadrada de ouro laqueado se encontrava ao Norte, de frente para o restante do cômodo. O príncipe de Wuyue recostava-se contra o alto respaldo de uma poltrona, usando a vestimenta real amarela. À sua esquerda, havia um homem mais velho em uma túnica vermelho-púrpura e um chapéu preto de escumilha.

De sua vista alta e privilegiada, Zhen só conseguia ver o topo da cabeça do príncipe, cujo cabelo estava preso em um coque perfeito – o único indício de sua juventude era a presilha de ouro que prendia o penteado. Zhen ainda tinha muito que aprender sobre costumes humanos, mas sabia que os homens recebiam um adereço de cabeça quando completavam vinte anos.

– Esses humanos são estranhos – comentou Qing. – Muitos labutam para servir a poucos. Não é possível que aquele príncipe seja muito mais que um adolescente. O que é que o torna mais especial do que o resto? Quem é que decide isso?

Ela tinha razão. Humanos possuíam uma maneira enigmática de distribuir poder, colocando-o nas mãos dos menos experientes apenas por terem nascido em certas famílias. Serpentes não eram criaturas sociais e costumavam caçar sozinhas, mas entre os animais com hierarquias de bando que Zhen conhecera, como lobos e cavalos, os líderes eram os mais fortes do grupo.

Qing o cutucou.

– Ei, sabe aquela panela de sopa? Sabia que ela não é feita com a carne de andorinhas, mas com o *ninho* delas? Aparentemente os ninhos não são apenas comestíveis, mas uma iguaria digna de imperadores! Eu já peguei algumas andorinhas quando era uma serpente, mas nunca pensei em comer o ninho delas!

– E quanto aos outros pratos? – perguntou Zhen.

– Aquilo ali é sopa de pato com inhame, junto de uma salada de ervas silvestres com couve-flor. Aliás, couve-flor tem um gosto horrível. Aquele prato ali é feito de cauda de cervo, que, mais uma vez, não é a primeira parte que eu escolheria comer. Fica perto demais do ânus, sabe?

Zhen sorriu.

– Parece que você perdeu uma bela oportunidade.

– Devo admitir que humanos têm maneiras espertas de preservar comida – disse Qing. – A madame Hua me mostrou as fábricas de gelo hoje. Elas são repletas de blocos de gelo cortados de córregos durante o inverno, para que as pessoas possam armazenar verduras e frutas ali dentro e servi-las durante outras épocas do ano. O sal evita que peixe e carne apodreçam, e temperar diferentes tipos de comida com vinagre, mel ou óleo faz com que durem mais tempo. Imagine se serpentes pudessem fazer isso. Não precisaríamos hibernar! Cochilar durante meses é uma grande perda de tempo.

– E o que faríamos no inverno? – questionou Zhen, achando graça. – Pegar flocos de neve com nossas línguas bifurcadas? E aí morrer congelados porque temos sangue frio?

– Seu estraga-prazeres. – Qing estalou os dedos. – Ando querendo perguntar... quando é que você vai me ensinar transmutação? Isso com certeza vai vir a calhar na cozinha. Eu poderia transmutar grãos de arroz em pratos que eu deveria preparar, então não precisaria nem cozinhar! Eles manteriam a forma por tempo o bastante para serem ingeridos, não é?

– Eu só consegui aprender essa habilidade depois de cinco anos de cultivação, e, no começo, os objetos que eu transmutava mal duravam alguns segundos – respondeu Zhen. – É preciso passar tempo cultivando para refinar sua energia interna em habilidades. E isso envolve conseguir ficar parada por mais de cinco minutos.

Qing bufou.

– Eu consigo ficar parada por cinco minutos! Olha só. – Fez questão de permanecer perfeitamente imóvel e exibir uma expressão serena. Pouco tempo se passou antes de começar a cantarolar para si mesma. Qing percebeu que Zhen escondia um sorriso e se deu conta do porquê. – Não vale, isso não conta!

– Eu acho que você durou dois minutos – disse Zhen. – Mas é um belo começo.

Os dois se recostaram no telhado, comendo pães cozidos no vapor recheados de abóbora picada e carne de carneiro que haviam sido rejeitados pelos chefs por estarem levemente disformes. A madame Hua, uma das senhoras da cozinha que colocara Qing debaixo da própria asa, a deixara ficar com eles.

– Adivinhe só – comentou Zhen. – Conheci um rapaz bonito hoje no estábulo.

– Aahh. – Qing se aprumou. – Me conte tudo. Quero detalhes.

– Seu nome é Xu, e ele é um dos tratadores de cavalo da delegação de Wuyue. Eu o encontrei quando estava cuidando do cavalo do príncipe, o que era para ser tarefa dele, mas o rapaz não pareceu se importar. Nós conversamos e dividimos um damasco.

– Só isso? Ele não o empurrou contra uma parede e roçou a língua na sua? – Qing mostrou um sorriso largo. – Víboras macho fazem isso quando estão interessadas em acasalar com outra serpente. Primeiro elas tocam as línguas, depois vibram os corpos...

Zhen tossiu e logo a interrompeu.

– Ele ficou surpreso que Zhaoye, o cavalo do príncipe, foi tão amigável comigo. O cavalo foi um pouco arisco de primeira, mas se acalmou quando descobriu que eu sabia falar seu idioma.

– Você consegue fazer isso?

– Você também vai conseguir, no tempo certo – respondeu Zhen. – Criaturas espirituais como nós conseguem se comunicar com diferentes animais.

– Então, por acaso o cavalo contou alguma fofoca sobre o príncipe? – indagou Qing.

– Na verdade, não. A parte engraçada é que, enquanto eu estava conversando com Xu, Zhaoye ficou rindo consigo mesmo.

Depois que Xu foi embora, perguntei a Zhaoye o que havia de tão divertido assim, mas ele se recusou a me falar, como se fosse algum tipo de piada interna com seu tratador. – Zhen deu de ombros. – Enfim, falei para Xu que conheço bem as florestas além de Changle, e que podemos sair para cavalgar juntos quando ele tiver um dia de folga. E adivinhe só? Ele falou que "adoraria".

Zhen ficou espantado com seu próprio desejo de passar tempo com o tratador de cavalos de Wuyue. Aquilo não apenas ia contra sua natureza reservada como também contra seu bom senso. Ele alertara Qing de que não deveriam chamar atenção enquanto trabalhassem no palácio. Talvez tivesse baixado a própria guarda porque Xu, assim como ele, era um forasteiro em Changle. Havia algo bastante familiar no rapaz, como um rosto que Zhen vira em um sonho...

– Você sabe andar a cavalo? – perguntou Qing, se intrometendo nos pensamentos dele.

Zhen assentiu. Havia deixado o Lago do Oeste pouco tempo depois de se tornar um espírito de serpente, e passara os últimos sete anos aprendendo tudo o que conseguia sobre a vida humana. Como andar a cavalo, acender uma fogueira, identificar ervas medicinais e cuidar de ferimentos, beber sem perder o controle... todas habilidades de que precisava não apenas para sobreviver, mas para fingir que era um deles.

Qing ficou radiante.

– Então você pode me ensinar a cavalgar, e aí vamos comprar dois cavalos e chegar ao Monte Emei mais cedo!

– Um cavalo custa mais ou menos cinquenta rolos de seda – contou Zhen.

Havia descoberto que as peles que as serpentes naturalmente deixavam cair e substituíam por novas possuíam valor medicinal e poderiam ser vendidas, então guardara algumas delas e as vendera para que pudessem se alimentar quando se transformassem em humanos.

Qing encheu as bochechas de ar.

– Estou dizendo, as coisas eram bem mais simples na floresta.

Isso era verdade. Às vezes, o chamado da floresta vibrava em seu coração e Zhen ficava com saudades de casa – ele então regressava à sua forma natural e voltava aos esconderijos e às tocas onde deveria ter vivido como uma cobra normal, entre dez e quinze anos. Mas, depois de um tempo, a mata parecia pequena, sufocante, e ele se via desejando se aventurar entre os humanos mais uma vez. Talvez fosse por isso que espíritos de animais precisassem cultivar por mil anos antes de adquirir a imortalidade: para que tivessem a oportunidade de ficar completamente imersos em muitas vidas diferentes no mundo mortal antes de ascender ao reino celestial.

Qing o cutucou.

– Faz só uma semana que estamos aqui e você já conheceu um rapaz com quem quer roçar a língua. Cuidado, logo você terá tantos deles no seu encalço que vai precisar afugentá-los com a cauda. – Ela o fitou de esguelha. – Por que ficou tão tímido quando eu falei sobre os rituais de acasalamento de víboras macho? Por acaso você nunca...

Apesar de tudo que Zhen aprendera sobre viver como humano, havia um aspecto que ele ainda precisava experimentar. Nunca estivera com um parceiro, nem como serpente, nem como humano.

– Quando eu era uma cobra normal, eu tinha mais curiosidade em explorar o mundo do que encontrar um parceiro – retrucou ele. – E depois de me tornar uma criatura espiritual, eu já não passava pelos mesmos ciclos que as outras serpentes. As coisas pareciam... diferentes.

Serpentes não permaneciam com o mesmo parceiro a vida toda, mas Zhen invejava as criaturas que viviam assim, como lobos e grous. Não desejava diferentes parceiros, mas apenas um que pudesse encontrar um lugar em seu coração – e que também reservasse a ele um lugar especial. Mesmo na forma humana, sua atração por outros rapazes sempre fora vaga, remota. Mas quando Xu lhe dera a fruta e os dedos deles se tocaram... a inesperada onda de calor que lhe perpassara fora algo inteiramente novo e estimulante.

Uma música vivaz foi carregada pelos ares, vinda do salão de banquete lá embaixo, levando a atenção de Zhen de volta para as festividades. Qing espiou pelo olho mágico deles.

– Ei, parece que tem uma espécie de apresentação prestes a começar.

Lanternas iluminavam os quatro cantos do palco quadrado que fora preparado para os entretenimentos da noite. Na mesa à esquerda do príncipe, o governador Gao se levantou e fez uma reverência ao jovem da família real.

– É um privilégio receber o príncipe de Wuyue como nosso convidado de honra – declarou o sujeito. – Desejamos oferecer ao príncipe um acompanhante pessoal para servi-lo durante sua estadia em Changle. Selecionamos oito de nossos mais talentosos cortesãos para sua escolha.

Um murmúrio de interesse se fez presente entre os oficiais da corte sentados às outras mesas enquanto oito jovens cortesãos, quatro moças e quatro rapazes, vestidos em trajes de diferentes cores, subiram ao palco. As moças vestiam longas saias esvoaçantes decoradas com lantejoulas, e os rapazes usavam capas bordadas com borlas. Eles se revezaram para cumprimentar o príncipe e se apresentar: as moças com uma mesura, os rapazes com uma reverência. Um rapaz chamado Deng, usando vestes verde-azuladas, com o cabelo trançado tão intricadamente quanto os das moças, era especialmente bonito.

– Os cortesãos prepararam uma dança especial para o príncipe – anunciou Gao. – Por favor, aproveite a apresentação.

O príncipe assentiu. Zhen ainda conseguia ver apenas sua nuca.

As lamparinas em arandelas nas paredes tiveram seu brilho diminuído com tecidos pretos, e músicos começaram a tocar flautas de pã e palhetas acompanhadas de um tambor em formato de ampulheta e uma cítara. Os cortesãos dançaram, e suas longas mangas de seda se alargaram e se inflaram enquanto rodopiavam pelo palco.

– Ele vai escolher um dos rapazes – disse Qing.

Zhen ergueu a sobrancelha.

– Não me diga que, de alguma maneira, você descobriu daqui de cima que o príncipe gosta de rapazes, porque eu não vou acreditar.

– Não sei nem me importo com isso. Mas a madame Hua disse que, se ele escolher uma moça e ela engravidar, ele terá de se casar com ela, o que atrapalharia qualquer que seja o assunto da corte de que ele veio tratar. Então, se ele for esperto, vai escolher um rapaz. Dá para se divertir sem consequências.

Os cantos da boca de Zhen se ergueram.

– O que faz você pensar que o príncipe tem a intenção de se deitar com aquele que ele escolher?

Qing revirou os olhos.

– Fala sério, um acompanhante pessoal para servi-lo durante sua estadia? Tenho certeza de que o governador não estava falando sobre se levantar no meio da noite e dar ao príncipe uma bela... xícara de chá oolong.

Zhen não conseguiu conter uma risada.

– Onde foi que uma serpentezinha jovem como você aprendeu a falar desse jeito?

– As moças da cozinha me atualizaram sobre como são os rapazes jovens – respondeu Qing. – Tenho quase certeza de que a coisa que o príncipe de Wuyue menos vai fazer hoje à noite é dormir.

Depois que a apresentação terminou, todos aplaudiram. Os cortesãos se enfileiraram sobre o palco, o rosto ruborizado de esforço e empolgação.

Gao se pronunciou:

– Agora, convidamos o príncipe a fazer sua escolha.

As palmas cessaram. Uma afobação percorreu o salão enquanto o príncipe de Wuyue se punha de pé, subia ao palco e se virava.

Zhen se engasgou como se tivesse acabado de engolir um ovo inteiro. Ele agarrou o pulso de Qing.

– É ele.

– É, eu sei, aquele é o príncipe – concordou Qing, sem paciência. – Vou falar uma coisa, ele é mais bonitinho do que eu tinha...

– Não, quis dizer que é *ele*! O rapaz que eu conheci hoje no estábulo!

– Espera aí, o quê? – Qing se virou bruscamente para Zhen. – *Aquele* é o rapaz com quem você flertou e dividiu um damasco? O *príncipe*? Não me venha com essa!

Zhen não conseguia parar de encarar o rosto de Xu. Vestido em um glorioso traje cerimonial amarelo, com uma postura calma e imponente, o coque atado com um ornamentado prendedor de cabelo que provavelmente custava mais do que um plebeu ganharia em um ano – ele não se comportava nem um pouco como o rapaz de sorriso jovial que aparecera no estábulo mais cedo.

– Agradeço pela apresentação excepcional. – Os olhos do príncipe estavam cintilantes e penetrantes enquanto ele considerava os oito cortesãos. – A excelência de Changle na dança e na música será motivo de elogios meus quando eu retornar à corte de meu pai. Quanto à questão da escolha de um acompanhante... Para ser sincero, eu já havia me decidido muito antes da apresentação. Agora estou ainda mais convencido de que fiz a escolha certa.

Os cortesãos trocaram olhares ansiosos entre si. Deng, vestido de verde-azulado, parecia presunçoso. Zhen concluiu que o rapaz havia interagido com o príncipe antes do banquete, e o comentário indicava que ele seria a escolha óbvia.

– Ficamos contentes que um deles tenha conquistado sua aprovação – disse Gao. – Por favor, nos conte quem o senhor escolheu.

Um silêncio se assentou sobre o salão. Os cortesãos permaneciam completamente eretos.

– Aquele que eu escolhi não está aqui – respondeu o príncipe. – Ele se chama Zhen.

Capítulo 9
ZHEN

ZHEN FICOU PARALISADO.

Um murmúrio inquieto começou. Todos pareciam confusos. Os cortesãos ficaram cabisbaixos.

Gao interrompeu o silêncio.

– Perdão, vossa alteza, não ficou claro.

– Ele trabalha no estábulo – respondeu o príncipe. – Não sei o nome de sua família. Se houver mais de um rapaz chamado Zhen, traga-os até mim e eu direi qual é.

Ao lado de Zhen, Qing disse:

– Pois é, o príncipe definitivamente gosta de rapazes.

Um homem alto em uma túnica cinza se aproximou e fez uma reverência ao príncipe.

– Vossa alteza, me chamo Chu, sou o dirigente dos cortesãos. A pessoa de quem o senhor fala não está entre os que treinei. No entanto, eu o buscarei para o senhor de imediato. – O sujeito sinalizou para uma dupla de guardas, que prontamente saíram do salão. – Pedimos paciência. Ele comparecerá aos seus aposentos até o final da noite.

O coração de Zhen se deteve. Precisava voltar ao estábulo. Mas um guarda agora estava posicionado perto da coluna pela qual escalaram até o telhado. E a coluna ao lado estava exposta demais.

– Eu vou distraí-lo – disse Qing. – Espere ele se afastar, daí você desce.

Zhen agarrou-a pelo braço.

– Mas e você? Não posso deixá-la aqui sozinha...

– Não sou eu quem eles estão indo buscar! – Qing afastou a mão dele. – O que acha que vai acontecer se aqueles guardas não o encontrarem no estábulo?

Antes que Zhen pudesse detê-la, ela atirou um pedaço de ladrilho a certa distância. O guarda se virou; a mão dele foi até a espada enquanto ele se afastava da coluna para investigar.

– Vai, Zhen! – sibilou Qing.

O estômago de Zhen se contraiu. Era *ele* quem deveria estar cuidando de *Qing*; ela não deveria se colocar em perigo por sua causa. Caso algo acontecesse a ela, Zhen jamais se perdoaria. Mas se os guardas não o encontrassem no estábulo, eles fariam uma busca mais extensa – e ser descoberto no telhado arranjaria problemas piores para ambos.

Qing empurrou o braço dele e resmungou um xingamento.

– Agora!

Zhen deslizou coluna abaixo e aterrissou no chão sem fazer som algum. Não hesitou, apenas se atirou atrás de uma cerca viva de arbustos bem cuidados e disparou para o estábulo o mais rápido que conseguia.

Os funcionários permanentes do estábulo possuíam os próprios alojamentos, mas os empregados temporários não. A maioria morava em Changle, fora do palácio, e voltava para casa ao fim do dia. A madame Hua permitira que Qing dividisse o quarto com ela, e Zhen dormia no celeiro atrás do estábulo, onde fardos de feno, ração e equipamentos eram armazenados.

Zhen se aproximou da retaguarda do celeiro, sem fôlego por conta da pressa. O clarão de tochas e vozes se aproximava; os guardas já haviam checado o estábulo e estavam se dirigindo ao celeiro. O que significava que ele não poderia passar pela entrada da frente, e a porta de trás estava trancada por dentro, então a única opção que restava era uma janela aberta.

Tochas balançaram conforme os guardas entravam no local...

Zhen se jogou de cabeça pela janela e evitou por um triz quebrar o pescoço quando aterrissou em uma forragem de feno, com uma cambalhota desajeitada. O corpo humano possuía ossos quebráveis demais. Serpentes também tinham ossos, mais de uma centena, mas eram leves e flexíveis o bastante para se enrolar e comprimir.

Zhen se atrapalhou para ficar de pé quando os guardas se detiveram diante dele. Ele fez uma reverência, com o cabelo caindo no rosto em um emaranhado caótico.

– Boa noite, senhores.

Os guardas o observaram com desconfiança.

– Qual é o seu nome?

– Eu, hã, sou o Zhen.

– Tem certeza de que é ele quem devemos levar? – perguntou o segundo guarda. – Ele parece que não lava o cabelo há semanas.

O outro deu de ombros.

– Parece que nosso convidado de honra gosta de suas pedras preciosas *bem* brutas.

– Venha conosco. – As mãos dos guardas se fecharam ao redor dos braços de Zhen. – Você foi convocado pelo príncipe de Wuyue.

Zhen jamais entrara em um salão do palácio, mas o formato e a cor dos telhados sugeriam sua importância e função. O salão de banquetes era retangular e possuía um telhado verde com beirais suspensos e figuras de cerâmica enfileiradas nas cristas. A maior edificação na corte interna tinha um telhado de duas águas amarelo com largos beirais duplos e dragões entalhados que se erguiam acima dos quatro muros que cercavam o complexo.

Um formigamento subiu pela espinha de Zhen. Provavelmente

era ali que o príncipe estava hospedado – e para onde ele mesmo seria enviado para servi-lo mais tarde.

Os guardas escoltaram Zhen ao Salão de Treinamento de Cortesãos, uma edificação quadrada com um telhado de pavilhão. O homem alto de túnica cinza e que havia se apresentado no salão do banquete como o dirigente dos cortesãos saiu para encontrá-los.

– Eu fico com o garoto a partir daqui – disse secamente, e os guardas se retiraram.

A testa do dirigente se enrugou enquanto contemplava Zhen, que, envergonhado, passou a mão pelo cabelo, tentando sacudi-lo para retirar pedaços de feno e entulho presos nas longas madeixas.

– Eu sou o dirigente Chu, estou à frente do treinamento e manutenção de nossos jovens cortesãos. Por alguma razão incompreensível, o príncipe de Wuyue escolheu você para ser seu acompanhante. – Chu pegou o queixo de Zhen e virou sua cabeça de um lado para outro. – Você tem uma estrutura óssea agradável. Uma notável simetria. Mas fede a cavalo. Precisa desesperadamente de um banho.

Chu marchou com Zhen até o final do corredor, adentrando um grande banheiro. Duas mulheres de meia-idade em uniforme de criadas retiraram as roupas dele com indiferença, o puseram em uma banheira de metal transbordando com espuma e o esfregaram com tanto vigor que Zhen desejou ainda ter escamas. Os movimentos abrasivos da pedra-pomes o distraíram por um momento da vergonha de estar nu diante de duas mulheres que, em termos humanos, eram velhas o bastante para serem suas mães.

Chu estava de prontidão, observando com olhos de águia o esfrega-esfrega persistente.

– Não fique aí apenas se deleitando, preste atenção e aprenda – ordenou o sujeito, como se a careta de Zhen pudesse ser confundida com a expressão de alguém se deleitando. – Você precisará preparar o banho do príncipe se ele pedir. O sabão é feito de cinzas de plantas e frutos saponáceos das montanhas tibetanas. Esfregue a barra entre as palmas das mãos para criar espuma.

Depois do banho, as mulheres besuntaram um creme denso com cheiro de ameixas e lótus branca por toda a pele de Zhen, que estava ardendo. Uma delas penteou e trançou seu cabelo enquanto a outra cuidava de suas unhas com uma lixa. Ele então foi vestido com uma túnica esvoaçante de seda que chegava até os tornozelos.

– Branco – instruíra Chu. – Essa cor vai realçar a palidez da pele dele.

Zhen encarou o próprio reflexo em um enorme espelho de cobre. A veste branca era requintada, e as longas mangas surpreendiam pelo peso. A parte de cima de seu cabelo fora torcida em um elegante coque atado por um prendedor de jade branca. O resto escorria sobre seus ombros e ao longo das costas em mechas macias e lisas.

Jamais se vestira tão bem antes... mas algo nele se indignou. Não conseguia evitar sentir como se o prendedor entalhado e as tranças elaboradas o marcassem como uma propriedade em vez de uma pessoa, embora cortesãos fossem tratados como superiores aos demais funcionários do palácio, já que possuíam não apenas beleza, mas também talentos como dançar, cantar e tocar instrumentos musicais.

E isso deixava Zhen ainda mais confuso por, dentre tantas pessoas, ter sido *ele* o escolhido pelo príncipe. Ele não possuía nenhuma habilidade, tampouco fazia ideia da etiqueta apropriada para servir nobres, ainda mais alguém da família real. Fora contratado para limpar o esterco das baias dos cavalos – e o príncipe *sabia* disso. Então por que havia escolhido Zhen?

– Mal deixamos você apresentável e nosso tempo já está quase acabando! – Chu parecia aflito. – Está bem, rápido aqui... Me mostre como você anda. Daqui até aquele armário, depois de volta.

Zhen andou em linha reta. O armário ficava em uma plataforma elevada, e ele ergueu a barra da túnica enquanto subia os degraus da maneira que vira homens e mulheres da nobreza fazerem. Ele retornou ao lugar e procurou pela aprovação de Chu.

O dirigente jogou as mãos para o alto.

– Eu devo ter insultado os céus de alguma maneira para que me dessem uma tarefa impossível dessas! O que você está fazendo? Queremos que o príncipe contemple a graça de um grou, não o bambolear de um pato de pé chato!

Zhen se encolheu.

– Sinto muito.

Chu lhe lançou um olhar fulminante.

– Sente muito... o quê?

– Meu senhor. Sinto muito, meu senhor.

– Jamais se esqueça de se referir ao príncipe como "vossa alteza". Como seu acompanhante, você também deve se ajoelhar diante dele para cumprimentá-lo quando quer que ele entre no quarto. Erga-se apenas quando ele permitir. Falhe em demonstrar respeito e será punido severamente. Você entendeu?

– Entendi, meu senhor.

– Uma cama de lona foi levada até os aposentos do príncipe; é nela que você vai dormir a menos que ele ordene o contrário – continuou Chu, bruscamente. – Já está tarde, e você provavelmente será chamado para fazer apenas duas coisas pelo príncipe esta noite. Eu vou lhe mostrar como preparar um bule de chá.

Chu gesticulou para um par de bules de argila roxa e diversas xícaras delicadas de porcelana.

– Você vai encontrar um conjunto de chá similar nos aposentos do príncipe. Um bule de fogo alto, como este aqui, é feito de argila fina. Pode ser usado para qualquer chá, mas é obrigatório para folhas enroladas com aroma forte, por exemplo, chá verde, branco e oolong. O outro bule é de fogo baixo, feito de argila mais grossa e porosa. É adequado para folhas grandes com pouco aroma, como chá preto e pu'er.

Chu descreveu como encher o bule e lhe contou a diferença entre os tempos de preparo de cada chá, e Zhen tentou absorver o máximo de instruções que conseguia.

– Você servirá ameixas secas e pistache como petiscos junto do chá – concluiu Chu. – Consegue se lembrar de alguma dessas coisas?

– Hã, consigo, meu senhor. – A mente de Zhen estava a mil. – E quanto à segunda coisa que o príncipe vai querer?

Chu encontrou seu olhar.

– O que quer que o príncipe lhe pedir, faça o melhor que puder. Use o conteúdo do pequeno frasco ao lado da cama.

Zhen se enrijeceu. Qing tinha razão: o príncipe teria uma coisa em mente durante sua primeira noite longe de casa. Animais acasalavam por instinto, às vezes mesmo à força. Humanos não eram diferentes.

Chu deve ter percebido a reação de Zhen.

– De maneira alguma você é um candidato ideal para ser o acompanhante do príncipe – disse o sujeito. – Deng é nosso mais refinado cortesão, eu especificamente o mandei para dar as boas-vindas ao príncipe, e estou perplexo que sua alteza não tenha olhado para ele duas vezes. Se o príncipe ficar insatisfeito com você hoje à noite, Deng será seu substituto. Mas se, de alguma maneira, você conseguir não ser dispensado, eu lhe ensinarei o restante de suas tarefas amanhã. Se servir sua alteza de modo satisfatório durante sua estadia, depois que ele partir você não terá de voltar ao estábulo. Você claramente não nasceu para virar cortesão, mas eu lhe designarei outro trabalho no palácio com um pagamento melhor.

Zhen curvou a cabeça e seguiu Chu para fora do salão. Quando chegaram ao solar real, Chu informou aos guardas no portão que Zhen era o novo acompanhante do príncipe e que deveria poder entrar a qualquer momento.

Zhen pestanejou quando entraram no complexo murado. A principal edificação ao norte estava ladeada por duas menores, uma de cada lado. No meio havia um pátio quadrado, dividido em quatro quadrantes iguais por passadiços pavimentados. Em um deles, havia um gazebo branco peculiar mobiliado com uma mesa redonda e assentos de pedra; em outro, havia uma lagoa decorada com formações rochosas e uma cachoeira em miniatura. Dois patos-mandarim flutuavam na superfície entre as flores de lótus. Aquilo o lembrou do Lago do Oeste em uma calma noite de primavera. Ele inspirou; o perfume de magnólias fez cócegas em seu nariz.

Chu mostrou o caminho ao subir os degraus de mármore e passar pela porta vermelha elaborada da edificação principal, que se abria em uma espaçosa sala de jantar. Antes que Zhen pudesse absorver a decoração, Chu o apressou a seguir um corredor à esquerda e parou em frente a um par de portas.

– É aqui que você vai servir ao príncipe – disse o dirigente a Zhen. – Vamos, depressa.

Zhen entrou nos aposentos do príncipe, e Chu fechou as portas às suas costas. Conforme os passos do dirigente se distanciavam, Zhen ficou sozinho no meio do vasto espaço. Era a primeira vez que ele tinha a oportunidade de recuperar o fôlego desde que se esgueirara para fora do telhado.

Braseiros espalhavam um brilho quente no cômodo, e o aroma floral de velas de jasmim se misturava com o sândalo terroso do relógio de incenso. Sachês de perfume preenchidos com crisântemo seco estavam pendurados em flâmulas nos quatro cantos da espaçosa cama com estrado, cujas delicadas cortinas translúcidas haviam sido abertas e presas.

Assim como Chu havia descrito, uma travessa laqueada com dois bules de chá de argila roxa e xícaras de porcelana foram postas sobre uma mesa de mogno. Uma chaleira estava sobre um fogão de cerâmica. Pilhas de carvão se amontoavam sob a boca redonda do fogão, e havia uma série de agulhas de pinheiro mergulhadas em uma substância amarelada já seca, usada para acender o fogo.

Zhen se retraiu.

Enxofre. Serpentes não conseguiam tolerar aquilo.

Em um canto, perto de uma das janelas de treliça, estava a simples cama de lona de madeira onde ele iria dormir... a menos que o príncipe tivesse outra ideia.

O olhar de Zhen recaiu sobre um pequeno frasco ao lado da mesa. Era aquilo que Chu lhe dissera para usar. Ele removeu a rolha e espiou ali dentro. O líquido espesso tinha uma textura viscosa, escorregadia e pegajosa, e cheirava a algas vermelhas. Pensar em usar aquilo o deixou enjoado.

Poderia escapar antes que o príncipe retornasse. Transformar-se outra vez em serpente, deslizar pela janela aberta e fugir do palácio. Daria um jeito de avisar Qing.

Mas uma parte dele não queria ir embora. Pensar em ver Xu mais uma vez o encheu de uma ansiedade aguda e estranhamente prazerosa. Mas será que continuaria se sentindo assim quando estivesse com o príncipe?

O som das portas de correr se abrindo fez Zhen se virar. Seu coração acelerou enquanto uma figura familiar entrou nos aposentos.

– Olá, Zhen. – O príncipe fechou as portas, com um sorriso se insinuando nos lábios. – Eu disse que em breve nos veríamos de novo.

Capítulo 10
ZHEN

O ROSTO E A VOZ eram de Xu – mas, sob qualquer outro aspecto, ele era o príncipe de Wuyue. Os dois eram a mesma pessoa, e, ainda assim, eram diferentes.

Xu, o tratador de cavalos irreverente que se aproximara e sussurrara de maneira provocante no ouvido de Zhen, não existia. Em seu lugar estava o príncipe – imponente e grandioso, portando um ar de indiferença com ainda mais graça natural do que vestia seu lóng páo. Parecia um leopardo, sua presença revelada não pelos sons que produzia, mas pelo silêncio que criava. Pássaros paravam de piar, e a floresta prendia a respiração, assim como Zhen estava fazendo agora.

Ele caiu de joelhos, baixando os olhos. Chu teria tido um acesso de raiva se o visse olhando boquiaberto para o príncipe.

– Boa noite, vossa alteza.

Passos se adiantaram.

– Não há por que me chamar assim.

– O dirigente Chu deixou claro que é assim que eu sempre deveria me dirigir ao senhor, vossa alteza.

A expressão do príncipe estava velada.

– E se eu lhe ordenasse que não fizesse isso?

– Então eu lhe pediria que não me colocasse em uma posição complicada... vossa alteza.

As botas de couro preto do príncipe se detiveram diante dos olhos de Zhen, que arriscou olhar para cima. Pelos deuses, o príncipe era bonito de uma maneira devastadora, de um jeito completamente diferente de Xu. O cabelo estava puxado para trás em um coque austero que aguçava os ângulos de seu maxilar. As bochechas estavam tingidas com um leve rubor, provavelmente por causa do vinho que estivera bebendo. Mas quando o príncipe baixou o olhar para Zhen, seus olhos eram tão límpidos quanto lagoas refletindo a luz da lua.

– Eu não menti quanto ao meu nome – disse ele. – Eu me chamo Xu Xian, mas prefiro ser chamado de Xian.

Zhen entendia o bastante de honoríficos humanos para saber que era bem inusitado que um príncipe revelasse o primeiro nome para um plebeu, que dirá uma versão abreviada dele, reservada à família e aos amigos próximos – certamente não para um cavalariço que ele acabara de conhecer.

Xian. Zhen gostava do som e do formato daquele nome. Não que imaginasse que o príncipe estava lhe dando permissão para usá-lo. *Xian.* Ele se perguntou qual era o significado daquele nome.

O príncipe estendeu a mão, como se para ajudar Zhen a ficar de pé.

– Depois de tantos pratos oleosos no banquete, estou com vontade de uma xícara de chá pu'er.

Nenhuma das instruções de Chu incluíra como responder se o príncipe lhe estendesse a mão enquanto ele estivesse ajoelhado. Parecia falta de educação não pegar na mão que ele oferecia – mas não era desrespeitoso que fosse o príncipe a ajudar o acompanhante a se levantar?

Zhen tomou uma rápida decisão: sua mão se fechou ao redor da de Xian e ele foi firmemente puxado para cima, mas ele a soltou assim que ficou de pé.

Zhen abaixou a cabeça e se apressou a ir até o fogão para preparar o chá. Tomou cuidado para não tocar as pontas amarelas das varetas de enxofre enquanto as esfregava uma na outra, produzindo fogo para acender o carvão. Um grande jarro de água estava ali perto, e ele encheu a chaleira. Chu dissera algo quanto a levar a água à fervura durante pelo menos um minuto. Qual bule era para o chá pu'er? Quais folhas eram pu'er?

Espiou furtivamente dentro de cada uma das quatro latas de chá. Nenhuma delas estava identificada; não precisavam estar, já que todos os cortesãos provavelmente conseguiriam preparar uma xícara de chá perfeita com os olhos fechados. Três latas continham folhas escuras, e a quarta possuía folhas mais enrugadas, de aparência herbácea. Pu'er lhe parecia herbáceo, então devia ser aquele.

Enquanto pegava as folhas com uma colher de madeira curvada de ambos os lados feito um canal, sentiu os olhos de Xian sobre si, o que o fez se atrapalhar e derrubar algumas folhas na travessa. Chu mencionara que o bule com a abertura menor preservaria o aroma por mais tempo, então Zhen colocou as folhas em um deles e acrescentou a água fervida. Ele as deixou descansar antes de servir o chá amarelo-pálido em uma xícara de porcelana.

Zhen ofereceu a xícara a Xian com um sorriso nervoso.

– Vossa alteza.

A expressão do príncipe não deixava nada transparecer enquanto ele pegava o chá e bebericava. Zhen prendeu a respiração. Se fosse bem-sucedido naquela tarefa, talvez houvesse esperança para ele no futuro.

Xian baixou a xícara e olhou Zhen nos olhos.

– Você nunca preparou chá na sua vida, não é?

Zhen ficou vermelho. O dirigente Chu havia previsto que ele seria dispensado pelo príncipe de manhã, mas era possível que fracassasse em atingir até mesmo as mais baixas expectativas, sendo chutado para fora na mesma noite. Provavelmente perderia o trabalho no estábulo também. Se tivesse de deixar o palácio, o que seria de Qing? A madame Hua a tratava bem, e ela estava mais segura ali do que fora das muralhas.

Zhen caiu de joelhos e se prostrou tão profundamente que sua testa tocou o chão.

– Por favor, me perdoe. – Sua dignidade valia menos do que poder cuidar de Qing. – Eu lhe imploro para me dar outra chance de fazer melhor.

Para sua surpresa, Xian soltou uma risadinha.

– Eu sabia no que estava me metendo quando pedi que um cavalariço fosse meu acompanhante. Levante-se, e eu vou lhe mostrar.

Zhen não conseguia esconder sua perplexidade enquanto se punha de pé.

– Sabe preparar chá?

Xian exibiu um sorriso largo.

– Você se esqueceu de acrescentar *vossa alteza* no final dessa pergunta. Preste atenção. – O príncipe andou até a mesa e pegou o bule com a abertura maior. – Este é o bule para preparar pu'er. – Escolheu outra lata de chá de cor escura. – E estas são as folhas de pu'er. As que você usou eram de oolong.

Zhen cobriu o rosto, morrendo de vergonha.

– Sinto muito.

– É assim que se os diferencia. – Xian apontou para as folhas que Zhen havia usado. – Oolong está entre um chá preto e um verde. As folhas são murchas e amassadas, enquanto quase todas as outras folhas de chá se parecem com agulhas e são planas. Oolong é refrescante, perfeito para uma tarde quente de verão.

O príncipe abriu outra lata e pediu que Zhen se aproximasse.

– Pu'er, por outro lado, é um chá fermentado – continuou. – As folhas são preto-amarronzadas com um quê de vermelho. Diferentemente de outros tipos de chá, o sabor de pu'er melhora quanto mais ele matura, e é leve o bastante para ser bebido à noite.

Zhen tentou memorizar tudo, mas estar perto de Xian transformava seu cérebro em uma peneira.

– Primeiro, precisamos "despertar" as folhas ao escaldá-las. – Xian colocou algumas folhas de pu'er no bule, acrescentou a água fervida e escorreu as folhas quase de imediato. – Agora o chá está pronto para a infusão. Derrame a água da chaleira perto do bule para reduzir a exposição ao ar, o que ajuda a preservar o sabor do chá. E não descarte as folhas depois. Elas podem ser infundidas até dez vezes, e o sabor evolui a cada preparo.

Xian inclinou o bule e encheu duas xícaras de porcelana. O chá era cristalino, mas tinha a cor suntuosa de um vinho, vibrante e escuro ao mesmo tempo.

– Você é um príncipe – disse Zhen, ainda abismado. – Como sabe tudo isso?

– Minha mãe é de uma família de cultivadores de chá na província Guangwu, ao Leste. – Xian ofereceu uma xícara, e Zhen automaticamente a pegou. – Eu não seria um bom descendente se não tivesse aprendido algumas manhas do negócio.

Zhen paralisou quando percebeu: o príncipe de Wuyue acabara de *lhe oferecer chá*. E ele *o aceitara*.

O dirigente Chu iria matá-lo.

Xian parecia não se dar conta da consternação de Zhen enquanto levava a própria xícara aos lábios e respirava fundo.

– Passe um tempo saboreando o aroma antes de tomar o primeiro gole.

Zhen ergueu a xícara e inspirou, mas sua mente estava agitada demais para registrar o cheiro. Será que Xian percebeu que acabara de lhe servir chá? Decerto que sim. Será que era um truque? Um teste? Será que Zhen deveria se desculpar? Mas o outro rapaz não parecia se importar nem um pouco. Era quase como se fosse Xu mais uma vez, e os dois estivessem de volta no estábulo, dividindo um damasco. Será que o príncipe de Wuyue estava tratando-o menos como um servo e mais como um... amigo?

Zhen bebeu rápido demais e queimou a língua.

Xian percebeu.

– Beba devagar. Deixe o sabor do chá desabrochar. Detenha-se no gosto que fica na boca.

O chá era uma contradição tão grande quanto a pessoa que o havia preparado: forte e terroso com uma leveza intrigante, amargo com um indício de doçura.

– Então, me diga. – Xian baixou a xícara e jogou uma ameixa seca dentro da boca. Zhen havia se esquecido completamente de oferecer os petiscos. – Os boatos que você ouviu sobre o príncipe de Wuyue... acha que são verdade?

As bochechas de Zhen arderam. Mais cedo, no estábulo, comentara que os boatos diziam que o príncipe era bonito. Bem na cara dele. E com certeza era verdade. As pessoas também diziam que o príncipe era pouco convencional, teimoso, excêntrico. Mas ninguém havia mencionado que sua mãe vinha de uma família humilde de cultivadores de chá, ou que a risada do príncipe era tão agradável. Zhen faria qualquer coisa para ouvi-la de novo.

Zhen encontrou seu olhar.

– Os boatos não mencionaram nem a metade.

Xian terminou sua xícara e a baixou.

– Eu não fui exatamente sincero com você quanto a minha identidade – disse. – Consigo entender por que pode estar desconfortável em me chamar de Xian. Não quero dificultar a situação, então, quando houver outros por perto, pode me tratar como alteza. Mas quando estivermos a sós, quero que me chame de Xu. Pelo menos alguma parte do nosso primeiro encontro foi verdadeira.

– Eu entendo o motivo de você ter feito isso... – As palavras escaparam antes que Zhen conseguisse refletir sobre elas. Ele se calou, temendo que houvesse falado o que não deveria.

– E que motivo seria esse? – A expressão de Xian não era de reprovação, mas de curiosidade, encorajando Zhen a continuar.

Zhen mordeu o lábio.

– Imagino que não seja fácil saber se as pessoas estão respondendo a você ou à sua posição. Se não tivesse fingido ser alguém que não era, eu jamais teria ousado falar com você. E poderíamos nem estar aqui agora.

Um sorriso lânguido fez os cantos da boca de Xian se curvarem.

– Talvez fosse inevitável que nos conhecêssemos dessa maneira.

Zhen estava muito ciente de seus batimentos acelerados, fazendo saltar uma veia do pescoço.

– Há... mais alguma coisa que eu possa fazer por você?

– Na verdade, há, sim. – Xian desprendeu o cinto que lhe pendia da cintura e ergueu os braços para o lado. – Gostaria que me ajudasse a retirar meu lóng páo.

Um arrepio quente fez a pele de Zhen formigar, causando uma agitação em seu estômago. *O que quer que o príncipe lhe pedir, faça o melhor que puder...*

Zhen engoliu em seco com dificuldade enquanto dava um passo à frente. Seus dedos estavam mais desajeitados do que deveriam ao remover a veste cerimonial pesada dos ombros do príncipe. Ele levou a roupa até um cabideiro horizontal de madeira ali perto e a pendurou com cuidado para que o tecido não ficasse vincado.

Quando se virou, Xian já havia removido a camisa de baixo e estava vestindo apenas calças de linho.

Zhen ficou sem fôlego. O corpo de Xian tinha um leve bronzeado; os músculos dos ombros e braços eram magros, mas esguios, feito cordas retesadas sob a pele. Um amuleto de jade em um cordão de prata repousava contra seu peito desnudo.

Algo se remexeu no baixo-ventre de Zhen. Será que o fato de Xian estar se despindo significava que ele também deveria fazer o mesmo?

Xian deu um passo à frente, ainda sem camisa, e parou diante de Zhen. Não tinham ficado tão próximos assim no estábulo – estavam tão perto um do outro quanto duas pessoas conseguiriam ficar sem se tocar.

Xian se pronunciou.

– Há mais uma coisa que quero que faça para mim.

Ele era alguns centímetros mais alto que Zhen, e, quando Zhen ergueu o olhar, os olhos de Xian se assemelhavam ao chá que ele havia infundido: vibrantes e escuros ao mesmo tempo, de cor límpida, mas embriagantes e intoxicantes. O ar estava eletrizado pela conexão inexorável que parecia aproximá-los. Zhen tinha certeza de que o príncipe esticaria a mão para a parte da frente de sua túnica, e quando ele a abrisse com um puxão, Zhen não o deteria...

– Você se lembra do que se dispôs a fazer se eu tivesse um dia de folga? – perguntou Xian.

Zhen pestanejou.

– Eu falei... que o levaria para cavalgar nas florestas além de Changle.

– Eu pretendo fazer essa viagem, e o escolhi como meu acompanhante porque quero que seja meu guia. – Xian deu um passo para trás, interrompendo a atração magnética. – Vamos partir assim que meu guarda-costas chegar com o restante da comitiva.

O coração de Zhen se entristeceu. Tinha a impressão de que o príncipe não se referia a uma excursão para apreciar a vista, o que significava que aquela seria uma viagem de caça. Obviamente, na forma de serpente, Zhen havia caçado, mas foi por conta de sua natureza e por necessidade. Odiava a ideia de matar animais por esporte.

Xian cruzou o quarto e pegou um roupão de dormir pendurado em um cabideiro. Ele o colocou sobre os ombros, e o amuleto de jade ao redor de seu pescoço desapareceu por trás das dobras do tecido quando ele prendeu o roupão com uma cinta.

O príncipe fitou Zhen.

– Está ventando esta noite, e sua cama de lona está de frente para a janela. Certifique-se de usar um cobertor para dormir.

Zhen não conseguia esconder a surpresa. Será que aquilo era tudo que Xian planejava fazer? Dormir? Sozinho, naquela cama enorme? Qing não havia dito que aquela seria a coisa que ele menos faria naquela noite?

Xian subiu na cama com estrado e descansou a cabeça em um travesseiro de seda. Não removeu o prendedor de cabelo nem desfez o coque.

– Pode diminuir as luzes agora.

– Ah. Sim, claro.

Zhen deu a volta no quarto, apagando as velas e extinguindo os braseiros. O carvão brilhava, cobrindo as sombras com uma iluminação tênue.

Zhen ficara abismado com a ideia de dormir com alguém que acabara de conhecer, mas agora não tinha certeza se sentia alívio ou decepção. Xian claramente sabia que pedir prazer era direito seu. Então será que sua falta de abertura significava que Xian não se sentia atraído por rapazes… ou será que só não estava interessado *nele*? Era por isso que o príncipe deixara claro que escolhera Zhen apenas para ser um guia em sua expedição de caça?

Zhen desdobrou o cobertor aos pés da cama de Xian e com ele cobriu o príncipe, puxando-o até a altura de seu peito. Os olhos de Xian o seguiram, com uma expressão inescrutável. Zhen soltou as cortinas e permitiu que o dossel translúcido caísse ao redor da cama de quatro colunas.

Ele hesitou antes de falar:

– Boa noite… Xu.

Através da camada de gaze, foi possível vislumbrar o sorriso do príncipe.

– Boa noite, Zhen.

Capítulo 11
XIAN

FENG E O RESTANTE da delegação chegaram no dia seguinte, trazendo todos os presentes e itens de valor. O governador Gao enviara soldados de Changle para ajudar a retirar os escombros e escoltar o contingente de Wuyue até a capital; com a segurança adicional, eles haviam cavalgado noite adentro e compensado a demora, chegando na data originalmente programada.

Feng passou a mão sobre a testa suada enquanto Xian o abraçava.

— Cuidado. Não deixe que minha sujeira manche sua túnica.

— É verdade, você está fedendo. Tenho uma banheira em meus aposentos que vai dar um jeito nisso.

— Sua própria banheira? Eles realmente deram duro para impressioná-lo.

— Essa não foi a única extravagância que ofereceram ao nosso príncipe — comentou Fahai, em uma indireta. Ele assentiu para Feng, dando-lhe boas-vindas. — Você lidou muito bem com a tarefa inesperada. O general Jian ficará contente. Lave-se e coma alguma coisa depois de sua jornada. Eu cuido de tudo a partir daqui.

Feng fez uma reverência.

— Obrigado, conselheiro Fahai. Deixarei o resto em suas mãos.

— Sinto muito informá-lo de que você perdeu o banquete — contou

Xian a Feng enquanto os dois se dirigiam ao solar real. – Mas já pedi para a cozinha preparar seu jantar favorito, barriga de porco cozida com pães assados no vapor. Para acompanhar, pato defumado e cogumelos e também rabanete com jasmim-do-imperador.

Feng desacelerou o passo e arqueou uma sobrancelha.

– O que foi que você fez?

Xian lhe mostrou um olhar inocente.

– Não posso pedir os pratos favoritos de meu melhor amigo para ele?

Quando entraram no complexo murado, em vez de apreciar a arquitetura ou os jardins paisagísticos no pátio, Feng fitou os arredores com um olhar crítico.

– Vamos posicionar dois de nossos próprios guardas fora de seus aposentos – disse ele. – Mais dois vão patrulhar as muralhas. Eu ficarei com o primeiro turno hoje à noite para observar a segurança de Changle e as trocas de turno.

Quando adentraram os aposentos de Xian, Zhen estava alisando os vincos do lóng páo do príncipe sobre o cabideiro de madeira. Ele se virou com um sorriso hesitante, que desapareceu quando viu que Xian não estava sozinho.

Zhen logo se ajoelhou.

– Bom dia, vossa alteza.

Feng franziu a testa.

– Quem é esse?

– Feng, este é meu novo acompanhante, Zhen. – Xian gesticulou para que o rapaz se levantasse. – Zhen, conheça meu guarda-costas, Feng.

Feng estreitou os olhos para o príncipe, que ofereceu um sorriso displicente antes de se virar para Zhen.

– Por favor, traga alguns pães assados no vapor para meu guarda-costas – pediu Xian. – A fome sempre o deixa mal-humorado. Ah, e um bule de chá oolong para diminuir sua temperatura.

– Sim, vossa alteza.

Zhen se curvou e deixou o cômodo.

Cheio de aprovação, Xian lhe assistiu partir.

– Devo dizer que branco é a cor dele.

Feng lançou um olhar fulminante para Xian.

– Você fica longe de minhas vistas por um dia e a primeira coisa que faz é pular na cama com um rapazinho bonito que fica bem de branco?

– Eu não poderia rejeitar a hospitalidade da corte de Min. Mas eu os mantive na linha… eles me ofereceram os melhores cortesãos, mas eu escolhi Zhen. Nós nos conhecemos no estábulo enquanto ele escovava Zhaoye. Eu estava usando uma túnica comum, e ele me confundiu com um tratador de cavalos…

– Se você pode ser um príncipe se fingindo de tratador de cavalos, ele poderia muito bem ser um assassino se fingindo de cavalariço. – O olhar de Feng percorreu os aposentos e se fixou na cama de lona. – É ali que eu deveria dormir?

– Não, aquela é a cama de Zhen. Seu quarto é passando por aquelas portas. – Xian apontou para o quarto adjacente. Feng pareceu incrédulo. – Eu sei, não tem sua própria banheira. Fique à vontade para vir até aqui usar a minha.

– Não é esse o problema. – Feng lhe lançou um olhar cortante. – Por motivos óbvios, esse acompanhante *não* deveria ter permissão de dormir em seu quarto. Não acredito que Fahai não fez objeção. É exatamente por isso que…

– Ele dormiu aqui ontem e nada aconteceu.

Feng emitiu um ruído exasperado.

– Se insistir em permitir que ele durma em seus aposentos, então terei de fazer o mesmo.

– Se é assim que vai ser, você pode ficar com a cama de lona e ele vai dividir a minha comigo. – Xian remexeu as sobrancelhas para o melhor amigo. – A menos que insista em se juntar a nós, e, nesse caso, as coisas poderiam ficar mais interessantes.

Feng ergueu os olhos até o teto.

– Não acredito que percorri oitocentos quilômetros para continuar a facilitar suas escapadinhas.

– Escuta só. – Xian colocou a mão dentro da manga e retirou um rolo de pergaminho. – Fui ao templo ontem para perguntar aos deuses o que eu deveria fazer a seguir. Sacudi os gravetos de bambu e recebi isto.

Feng leu a frase em voz alta:

– "Até mesmo um poderoso dragão tem dificuldades de superar uma serpente em seu refúgio natal." O que acha que isso quer dizer?

– Apesar de ter o apoio de meu pai, ainda precisamos do auxílio de alguém local para encontrar a serpente – respondeu Xian. – Por esse motivo eu escolhi Zhen como meu acompanhante. Ele é familiarizado com as florestas ao redor de Changle. Quando sairmos do palácio para caçar serpentes, ele pode ser nosso guia. Sem mencionar que também é o único estranho que já vi se aproximar de Zhaoye sem levar um chute no rosto.

– Sinto muito se não considero Zhaoye uma testemunha confiável de caráter. – Feng suspirou. – Ainda acho que não é uma boa ideia. Você não sabe quem ele é, e vão dividir a cama durante o resto de nossa estadia aqui? Ou pelo menos até você se cansar dele?

– Se precisa tanto saber, eu não me deitei com ele ontem à noite.

Feng riu de escárnio.

– O que aconteceu, você estava bêbado demais?

– Infelizmente, não. Adormecer foi difícil de um jeito que eu não estava esperando.

– Posso lhe ensinar alguns métodos de meditação Shaolin para ajudar com isso. – Feng fez uma pausa. – Por acaso o sacerdote disse mais alguma coisa? Por acaso ele alertou que deveríamos prestar atenção a ameaças?

Xian não gostava de guardar segredos de seu melhor amigo, mas Feng já estava desconfiando de Zhen. Se mencionasse que, segundo o sacerdote, o amuleto de sua mãe o protegeria de perigos à espreita, Feng reagiria de modo exagerado e se recusaria a deixar que Zhen permanecesse em seus aposentos.

– A resposta vai se revelar no momento certo – respondeu Xian. – Foi só isso que ele falou.

A expressão de Feng ficou séria.

– Ouça bem, não somos mais crianças. Agora estou aqui como seu guarda-costas. É meu dever juramentado protegê-lo com minha vida.

Xian colocou uma das mãos no ombro de Feng.

– Não há ninguém em quem eu confie mais para cobrir minha retaguarda. Não só como meu guarda-costas, mas como meu melhor amigo. – Ele sorriu de canto. – Isso significa que não podemos sair para procurar túneis secretos no palácio de Changle?

Feng soltou um grunhido divertido.

– Se o seu pai não arrancar minha cabeça por isso, o meu com certeza vai.

Capítulo 12
ZHEN

ZHEN ESTAVA SENTADO DE pernas cruzadas no chão. Xian estava em um tapete de palha do outro lado de uma mesa baixa entre os dois, que continha um tabuleiro quadrado de madeira com linhas na vertical e na horizontal, formando um padrão quadriculado. Ao lado do tabuleiro, havia duas tigelas de pedras: uma era toda preta, a outra toda branca.

Feng havia deixado um guarda em seu lugar antes de sair dos aposentos para mostrar os postos de cada um dos demais guardas. O guarda-costas do príncipe fora curto e grosso com Zhen desde que chegara, naquela manhã. Por outro lado, se não fosse desconfiado, não seria tão bom em seu trabalho. Zhen percebeu que quanto mais tentasse ganhar a aprovação de Feng, mais o sujeito suspeitaria dele.

O próprio Xian era outro enigma. Assim que amanheceu, Zhen acordou e ficou deitado em sua cama de lona, se perguntando se o príncipe pediria… algo para dar início ao dia, mas não foi o caso. Zhen passara o resto do dia aprendendo mais sobre seus deveres com o dirigente Chu, o que incluiu uma excursão pelas diversas edificações do palácio – cozinha, área de serviço, oficinas, biblioteca –, para que soubesse onde conseguir o que o príncipe precisasse.

– Você já jogou wéi qí? – perguntou Xian.

Zhen meneou a cabeça.

– Já vi pessoas jogando no mercado. Poderia me ensinar?

– Wéi qí é um jogo de cerco – respondeu Xian. – As regras são simples: cada jogador se reveza colocando pedras pretas ou brancas na interseção das linhas. O jogador ganha pontos ao capturar as pedras do oponente ou expandir seu território para os espaços vazios no tabuleiro.

– Existe alguma regra quanto a onde precisamos colocar as pedras? – indagou Zhen. – Ou podemos colocá-las onde quisermos?

– Uma pedra pode ser colocada em qualquer ponto desocupado, mas depois disso ela não pode ser movida a menos que se torne prisioneira. Ou seja, se for cercada dos quatro lados pelo oponente.

– E vence aquele que capturar mais pedras?

Xian assentiu.

– Mas por ora não se preocupe quanto a ganhar ou perder. Apenas aprenda como se mover pelo tabuleiro. Você fica com as brancas e eu com as pretas, que são as que jogam primeiro.

O príncipe colocou uma pedra preta em um dos pontos no canto superior direito.

Zhen copiou sua primeira jogada, colocando uma pedra branca no canto inferior esquerdo.

– Você deve jogar desde que era bem novo.

– Meu pai costumava me fazer jogar contra meu meio-irmão mais velho, Wang, com a esperança meio equivocada de que nós criaríamos laços enquanto jogávamos – explicou Xian. – Éramos páreo um para o outro, mas por eu ser três anos mais novo, meu irmão ficava envergonhado e furioso quando eu o derrotava. Ele deve pensar que é invencível, já que seu nome significa "rei".

– O que o seu significa? – perguntou Zhen.

– Bem, *Xu* é o nome geracional compartilhado por todos os meus meios-irmãos. *Xian* é o nome que minha mãe escolheu para mim, com a bênção de meu pai. Significa "imortal". – Xian parecia amargurado. – Mães são sempre muito otimistas.

Ele colocou outra pedra preta em uma interseção e capturou uma das pedras brancas de Zhen.

Com bastante interesse, Zhen se inclinou mais para perto, a fim de estudar o padrão de pedras pretas e brancas se formando no tabuleiro.

– Este jogo parece simples, mas cada movimento leva a incontáveis possibilidades.

– Ao final, nunca há dois tabuleiros de jogo iguais – afirmou Xian. – Partidas travadas entre grão-mestres podem durar tanto tempo que precisam ser divididas em dois dias. Desde que Fahai se tornou o conselheiro da corte de meu pai há alguns anos, eu e ele jogamos toda semana. Ele é ainda melhor do que os professores do palácio.

Quando a partida terminou, a montanha de pedras brancas na pilha prisioneira de Xian fazia um contraste gritante com a única pedra preta na de Zhen. Ele se perguntou se o príncipe a havia cedido de propósito, para encorajá-lo um pouco.

– Você se importa se eu deixar o tabuleiro assim? – perguntou Zhen. – Gostaria de estudá-lo com calma.

– É claro. Você foi muito bem para o seu primeiro jogo. – Xian se inclinou um pouco mais. – Quero que traga sua irmã aqui amanhã.

Zhen ficou tenso. Em que problema Qing havia se metido agora?

– Por acaso ela fez algo errado? – Ele não conseguia esconder o tremor na voz. – Se Qing ofendeu você ou a corte de alguma maneira, por favor, não se ressinta. Estou disposto a ser punido no lugar dela.

– Não precisa se preocupar tanto. – Xian se esticou até o outro lado da mesa e colocou a mão no pulso de Zhen. – Sua irmã não se meteu em problemas. Ela é a única pessoa que você mencionou de sua família, e eu gostaria de conhecê-la. De onde vocês dois são? É difícil dizer pelo seu sotaque.

– Na verdade, eu nasci em Wuyue – respondeu Zhen. Xian pareceu surpreso, então o outro continuou: – Nós nos mudamos quando eu era jovem. Minha família... não está acostumada a viver entre as pessoas. Agora somos só minha irmã e eu.

– Qual é o nome dela?

– Qing – disse Zhen. – Tenho certeza de que ela ficará empolgada para conhecê-lo.

Xian se pôs de pé. Um arrepio de ansiedade percorreu Zhen. O príncipe não havia feito qualquer investida nele até então, mas será que a segunda noite seria diferente?

O olhar de Zhen acompanhou o príncipe enquanto ele andava até o cabideiro no qual seu roupão de dormir estava pendurado. Xian retirou a camisa e então se virou para Zhen. Este pestanejou, tentando não encarar o peito desnudo de Xian, o torso esbelto...

– Tenha uma boa noite de sono – disse Xian, vestindo o roupão. – Amanhã à tarde, se o tempo estiver bom, vamos cavalgar pelo interior. Feng e Fahai virão conosco, e você será nosso guia. Seguiremos para o Oeste, o que nos dará a maior quantidade de luz antes de o sol se pôr. É nessa hora que as serpentes saem em busca de comida.

Uma forca invisível se fechou ao redor do pescoço de Zhen.

– Serpentes?

– Sim. – Havia um brilho no olhar de Xian. – Essa é a única criatura que me interessa caçar. Vou lhe mostrar.

Xian pediu que ele se aproximasse de uma mala de vime retangular em um canto. Quando o príncipe destravou o trinco e abriu a tampa, o sangue de Zhen gelou mais do que nunca.

Ali dentro, viu uma coleção de ganchos, pinças, varas, redes... Estavam higienizados, mas Zhen conseguia detectar neles o resíduo de sangue de cobra seco. Havia uma armadilha cruel de metal idêntica a uma em que ele ficara preso quando era uma jovem serpente. Sua mão instintivamente foi até a cicatriz na lateral esquerda do torso.

– Por que... por que você tem tantos instrumentos para matar serpentes? – questionou, sem fôlego.

– Eu não as mato. Eu as quero vivas. – Xian deixou escapar um ruído infeliz. – Se bem que eu abriria cada uma delas se isso fizesse minha mãe se sentir melhor por cinco minutos.

Era como assistir a uma medonha transformação, uma camada externa de pele se partindo ao meio e a casca sendo removida. Xu jamais existira, e, sob aquele semblante, a verdadeira forma do príncipe emergiu.

Zhen resistiu à náusea que subia por sua garganta.

– O que aconteceu com a sua mãe?

– Foi mordida por uma serpente branca. – A voz de Xian era afiada como uma lâmina. – Ela está confinada à própria cama há quase dez anos, e às vezes a dor é tão angustiante que ela fica paralisada durante dias. E quando meu pai trouxe uma pérola espiritual das Montanhas Kunlun para curá-la... a serpente branca reapareceu.

Zhen sentia como se pingentes de gelo houvessem brotado em seus pulmões.

Quando vira Xian pela primeira vez no estábulo, percebera nele algo notavelmente familiar, como um rosto que Zhen vira em um sonho...

– Ando caçando serpentes de todas as espécies para Fahai, o conselheiro de meu pai, e ele tem trabalhado em um antídoto – continuou Xian. – Tudo o que falta para nossa cura é a serpente branca. Um oráculo previu que nós a encontraríamos em Changle, e eu tenho a intenção de capturá-la e levá-la de volta com vida. Estamos mais próximos do que nunca. Dá para sentir.

Um odor metálico preencheu as narinas de Zhen. O sangue esguichou de seu nariz, se derramando no chão e na frente de sua roupa. Assustado, ele deu um passo para trás, mas seus joelhos não sustentaram seu peso...

– Zhen! – Xian estava ao seu lado em um instante, equilibrando-o. – Está tudo bem?

Zhen estava tão zonzo que não conseguiu evitar se apoiar nos braços do príncipe. Ele abriu a boca, mas era incapaz de formular palavra alguma.

– O que tem de errado? – Xian o guiou até uma cadeira. – Está doente? Eu vou levá-lo à enfermaria.

– Não – Zhen conseguiu dizer, em uma voz rouca. Por reflexo, seus dedos se fecharam ao redor do pulso de Xian. – Eu... Eu vou ficar bem.

O rapaz que caíra da Ponte Quebrada. Aquele que Zhen arrastara até a costa da ilhota no meio do lago. Na última vez em que Zhen o vira, ele era um garoto amedrontado, estava enlameado, agarrado a uma pérola. Nos últimos sete anos, Xian havia amadurecido tanto que estava completamente irreconhecível.

Zhen tentou inclinar a cabeça para evitar que o sangue escorresse de seu nariz, mas Xian o deteve.

– Pare. O sangue vai fluir até o seu estômago e deixá-lo mais doente. Incline-se para a frente e respire devagar pela boca. – O príncipe aninhou a cabeça de Zhen contra o peito e afastou uma mecha de cabelo de seu rosto. – Está doendo em algum lugar? Me diga.

Mais do que qualquer outra coisa, Zhen queria poder contar a ele. Falar a verdade. Mas Xian o encararia como se fosse um monstro. Talvez até o matasse no ato.

– Sinto muito – sussurrou Zhen. – Causei tantos problemas.

– Psiu – Xian ergueu o punho da manga até o nariz de Zhen e deu batidinhas gentis para limpar o sangue de seu lábio superior. – Evite falar.

Zhen cedeu e fechou os olhos. Só poderia torcer para que o outro rapaz jamais descobrisse pelo que estava realmente se desculpando.

Capítulo 13
ZHEN

QUANDO ZHEN ERA UMA serpente comum, ele amava nadar ao longo de rios e canais que cruzavam as cidades. Colocava a cabeça para fora da água, evitando os barcos mercantes atracados e armadilhas de siri que os pescadores penduravam pelos canais, e, curioso, observava os humanos que corriam de lá para cá nas pontes, sempre precisando estar em outro lugar. Pareciam ignorar o que os cercava, um luxo ao qual a maioria das criaturas não podia se dar.

Ele queria uma chance de viver como eles. De deixar pegadas nos caminhos do mundo. E quando viu a esfera cintilante na mão daquele garotinho... soube no mesmo instante que era uma pérola espiritual mítica, do tipo sobre o qual a velha tartaruga havia lhe contado. Uma pérola capaz de mudar tudo.

Zhen nunca contara a ninguém como se tornara um espírito de serpente. Nem mesmo a Qing. Talvez essa fosse outra razão pela qual se sentira obrigado a salvá-la: como uma maneira de se redimir por ter tomado a pérola. Se usasse seus poderes roubados para salvar outra vida, talvez o que tinha feito se tornasse um pouco menos errado.

Ele deixou o Lago do Oeste e viajou por toda parte – para o Norte, além de Huang He; ao Sul, até o Rio das Pérolas; ao Leste, para o Planalto Tibetano, que as pessoas chamavam de "teto do mundo". Ainda assim, pensava com frequência no garotinho que abandonara naquela ilhota – em seu rosto amedrontado e corado, nos cabelos longos e escuros grudados nas laterais da cabeça. Zhen se perguntava o que acontecera com ele.

Agora, tinha a resposta.

Zhen estava sozinho no meio dos aposentos do príncipe. A luz fria da manhã se entremeava pela janela aberta. Xian partira havia uma hora para uma reunião com o governador Gao e seus oficiais da corte. Zhen esfregara do chão as manchas de seu sangramento nasal, mas a manga do roupão de dormir de Xian, pendurado no cabideiro, ainda continha traços de sangue.

A lembrança, o choque, a conclusão que sentira na noite anterior... tudo fora esmagador demais, como se uma onda monstruosa o tivesse arrastado para fora do mar. Mesmo agora, seus olhos vagavam para a mala de vime fechada no canto do cômodo, e ele imaginou suas companheiras serpentes capturadas em vida, torturadas, talvez até mesmo usadas para experimentos... O estômago de Zhen se embrulhou, e ele precisou reprimir a vontade de passar mal de novo.

Durante todos aqueles anos, Xian estivera caçando serpentes, maltratando-as... tudo por causa dele. Zhen não mordera a mãe de Xian, mas havia roubado a pérola que deveria curá-la. Se ao menos soubesse quanto sofrimento causaria ao tomar aquela pequena esfera brilhante...

Precisava ir embora. Sair de Changle. Colocar o máximo de distância que conseguisse entre si e Xian. O príncipe jamais poderia descobrir que não fora no estábulo que se encontraram pela primeira vez.

Zhen começou a se dirigir à porta, mas se deteve enquanto passava pelo tabuleiro de wéi qí. As peças ainda estavam como ele e Xian as deixaram na noite anterior. Ele se inclinou, pegou uma das pedras brancas da tigela e a passou entre os dedos.

Algumas pessoas acreditavam que criaturas de sangue frio não sentiam emoções. Isso não era verdade. Os sentimentos que Xian lhe provocara eram tão reais que chegavam a machucar. Quando o príncipe usou a própria manga para limpar o sangue do nariz de Zhen, a ternura fora quase insuportável.

– Adeus, Xian – sussurrou Zhen.

Ele deixou cair aquela única pedra branca na tigela de pedras pretas. Depois se virou e saiu andando dos aposentos do príncipe pela última vez.

A cozinha do palácio ficava no lado Leste da corte interna, próxima aos armazéns. Era dividida entre cozinha principal, cozinha de chá e confeitaria. Qing lhe dissera que se mantinham registros meticulosos de qual prato cada cozinheiro preparara. Se a comida estivesse boa, seria fácil reproduzir os pratos; se algo ruim acontecesse, os culpados também poderiam ser identificados prontamente.

– Zhen!

Ele ergueu o olhar quando uma mulher de ar maternal, na casa dos quarenta anos, disparou em sua direção. Estava vestindo um colete de meia-manga com a frente de botão, o que indicava sua posição como funcionária sênior da cozinha.

– Olá, madame Hua. – Zhen olhou ao redor. – Qing está por aqui? Preciso falar com ela.

A madame Hua deu uma risadinha.

– Ah, ontem sua irmã passou o dia inteiro aflita por sua causa. Eu lhe disse que, agora que é o acompanhante do príncipe de Wuyue, você teria todo tipo de tarefa para realizar e viria visitá-la assim que pudesse. Mesmo assim ela continuou tão distraída que arruinou uma leva inteira de bolinhos de gergelim frito...

– Zhen! – Qing saiu da cozinha num rompante e se atirou nele como se não se vissem havia anos. Ela jogou os braços ao redor do pescoço dele e o apertou com tanta força que ele perdeu o ar. – Fiquei tão preocupada!

– Qing, vá fazer um intervalo de quinze minutos com seu irmão. – A madame Hua deu uma piscadinha para Zhen. – Com certeza terão ótimas fofocas para compartilhar. Vou deixar vocês dois conversarem...

Zhen forçou um sorriso e esperou até que a madame Hua voltasse à cozinha antes de se virar para Qing.

– Precisamos sair daqui. Agora.

Qing franziu a testa.

– Espera, o quê? Por quê?

– Não é mais seguro continuar aqui – respondeu Zhen com urgência. – Por favor, Qing, preciso que confie em mim. Volte lá para dentro, sem agir de forma suspeita, e arrume suas coisas...

– Mas a gente não vai ser pago até semana que vem! Não é esse o objetivo de estarmos em Changle? Ganhar dinheiro para o resto da jornada até o Monte Emei? – Os olhos de Qing se estreitaram. – É o príncipe, não é? O que ele fez? – Ela tomou o rosto de Zhen entre as mãos. – Por acaso ele te machucou? É por isso que está tão pálido? Ele te acorrentou na cama por todo esse tempo?

– Não. – Zhen afastou as mãos dela. – Ele não fez nada do tipo. Na verdade, me tratou muito bem. Eu explico tudo mais tarde. No momento, nós precisamos...

– Por acaso você é Zhen, o acompanhante do príncipe? – questionou uma voz masculina às costas deles.

Zhen se virou. Ali estava um rapaz adolescente vestido com uma túnica azul de mangas largas e uma cinta da mesma cor. Era o cortesão que usara o traje verde-azulado no banquete de boas-vindas.

– Sou, sim. – Zhen se curvou. Esperava que o rapaz não tivesse entreouvido sua conversa com Qing. – Posso ajudá-lo em alguma coisa?

– Meu nome é Deng. – O rapaz retribuiu a mesura. – O dirigente Chu me pediu para assumir o seu treinamento hoje.

Zhen grunhiu por dentro. Tentou ganhar tempo.

– Na verdade, eu... não estou me sentindo muito bem.

– Ah, sim. – Deng assentiu, compreendendo. – Imagino que o príncipe não o tenha deixado dormir muito nas últimas duas noites. Temos o remédio perfeito para isso. Venha comigo até o Salão de Treinamento de Cortesãos, e lhe darei um frasco de comprimidos.

A hora não poderia ter sido pior. Zhen trocou um olhar consternado com Qing, mas ele não tinha escolha.

– Claro. Por favor, me mostre o caminho.

Qing voltou à cozinha enquanto Zhen partia com Deng. Enquanto os dois percorriam o largo terraço de mármore, cabeças se viraram e pessoas cutucaram umas às outras e apontaram para Zhen. A veste branca bordada que o designava como acompanhante do príncipe lhe caía como uma luva de seda, mas a atenção que chamava esfolava feito cânhamo cru. Outro lembrete desagradável de que o que Xian via nele não passava de uma ilusão.

Zhen não era quem o príncipe achava que ele era – e jamais poderia ser.

– Não me assusta que todos estejam fascinados por você – comentou Deng. – Nunca vi alguém passar de limpar o esterco das baias de cavalos para servir a família real em um único dia.

O tom dele era agradável feito um lago calmo, mas as palavras pareciam rochas sob a água. Zhen comprimiu os lábios em uma linha fina e não disse nada. Quanto mais cedo pudesse escapar, melhor.

Os dois chegaram ao Salão de Treinamento de Cortesãos, e Deng lhe mostrou o depósito aos fundos da edificação. As prateleiras estavam abarrotadas de todo tipo de itens: lamparinas de porcelana, lanternas, velas, varetas de incenso, até mesmo guarda-chuvas.

– Pode vir buscar mais velas, varetas de incenso e folhas de chá para os aposentos do príncipe – disse Deng. – Você também deveria reabastecer o frasco ao lado da cama. Não gostaria de ficar sem aquilo no meio da noite.

O rosto de Zhen corou. Deng presumira a mesma coisa que todos, até mesmo Qing.

Ele se virou para o rapaz.

– Que tipo de incenso eu deveria levar para...

Uma palma aberta estapeou a lateral da cabeça de Zhen. Estrelas vermelhas explodiram em sua visão – depois outro golpe encontrou a frente de seu pescoço, arrancando-lhe todo o ar e o fazendo se esparramar no chão.

– Meu pai era ótimo em artes marciais quando não era um bêbado cruel. – A bota de Deng investiu e chutou Zhen no estômago. – Ele me ensinou uma coisa: como atingir onde dói sem deixar nenhuma marca.

Em qualquer outro momento, Zhen teria sido capaz de revidar como fizera na taverna, mas o sangramento nasal da noite anterior havia exaurido seu qi. Não se sentia fraco assim desde que salvara a vida de Qing.

Zhen grunhiu e ficou em posição fetal, com as costelas subindo e descendo enquanto Deng assomava sobre ele. O rapaz agarrou a frente de sua túnica com uma das mãos e o forçou a ficar de pé, com uma força surpreendente, dada sua constituição franzina.

– Não fugi de casa e me deitei com tantas pessoas até chegar aqui só para perder meu lugar na cama do príncipe para um reles cavalariço – sibilou ele contra o rosto de Zhen.

Deng afastou o punho e golpeou, lançando outra pontada de dor excruciante pelo abdômen de Zhen. Um gosto de cobre amargo subiu borbulhando por sua garganta, preenchendo-lhe a boca antes que o mundo escurecesse.

Capítulo 14
ZHEN

A primeira vez que Zhen viu uma serpente morta foi em uma ilhota no Lago do Oeste. A criatura havia mordido um anzol de pesca e dilacerado a própria mandíbula tentando se libertar. O pescador levara o restante de seu pescado e deixara a serpente para trás. Uma garça azul voou baixo e furou a carcaça arruinada. Mas não comeu a serpente, apenas saiu voando com o bico manchado de sangue.

Zhen foi tomado de fúria. Já havia ficado preso em uma armadilha – conhecia o terror e o desespero que a pobre serpente devia ter sofrido antes de sucumbir a uma morte lenta e dolorosa. Ele precisava fazer algo, mesmo que a serpente já estivesse morta. Talvez pudesse enterrá-la. Tinha visto uma menina colocar o corpinho de um esquilo dentro de um buraco na areia. Ele poderia usar a própria cauda para cavar.

Enquanto Zhen deslizava em direção à carcaça, uma voz rouca falou:

– Pare.

Zhen se deteve. Uma enorme tartaruga de rosto áspero e enrugado aproximou-se desajeitadamente.

– Por quê? – retrucou Zhen. – Você me salvou quando eu fiquei preso naquela armadilha.

– Você teve sorte. Ele, não. Não há nada que você possa fazer.

A língua de Zhen se projetou da boca.

– Todas as criaturas têm de morrer, mas ele não merecia um fim tão terrível.

A tartaruga pegou um graveto com a boca. Com ele, desenhou um círculo na areia, acrescentando uma linha ondulada no meio, e fez dois pontos, um em cada metade.

– O que isso significa? – perguntou Zhen.

– Yin e yang, lados opostos em equilíbrio, conectados e fluindo um em direção ao outro – respondeu a tartaruga. – Eu já vivi centenas de anos, mas você é jovem e mortal, Pequenino Branco. Talvez um dia entenda a lei imutável do universo: o equilíbrio sempre se reencontra.

Zhen abriu os olhos.

Os arredores eram arejados e espaçosos, repletos de um aroma de limpeza e medicinal. Ele ergueu a cabeça. Estava na enfermaria, deitado em uma cama na ponta de uma fileira vazia. Deng não estava ali. Um travo metálico de sangue permanecia em sua garganta, como um lembrete dos momentos atrozes antes de apagar.

Ele tentou se mover e estremeceu. Não estava acostumado a ter tantas partes do corpo doendo.

A certa distância, um médico estava conversando com uma figura familiar: o príncipe, acompanhado de seu guarda-costas.

Um sobressalto de pânico perpassou Zhen. Não queria que Xian o visse daquela forma. Não era para reencontrá-lo. A essa altura, ele e Qing já deveriam estar a quilômetros do palácio.

Antes que Zhen pudesse fechar os olhos e fingir estar dormindo, Feng olhou em sua direção e cutucou Xian.

Tarde demais.

O príncipe desviou-se do médico e andou depressa até a cama de Zhen, que exibiu uma expressão corajosa e tentou se sentar.

– Vossa alteza...

– Não se mexa. – Xian o deteve, colocando uma mão em seu ombro. Ele tocou a testa de Zhen. – O que aconteceu? Tem algo a ver com o sangramento nasal da noite passada?

Se Zhen respirasse da maneira mais superficial possível, a dor na lateral esquerda de seu corpo não era tão ruim. Daria para seguir adiante.

– Vossa alteza, eu...

Xian colocou um dedo nos lábios de Zhen.

– Lembra-se do que eu falei? Não me chame assim quando estivermos a sós. Ou com Feng. Você pode falar abertamente na frente dele. – O príncipe se inclinou mais para perto, com os olhos escuros e intensos. – Quero que me diga quem fez isso com você.

Antes que Zhen conseguisse responder, Qing entrou na enfermaria num rompante. Ela avistou Zhen deitado na cama e disparou até ele.

– Zhen, está tudo bem? – perguntou ela, de rosto corado, ofegante por ter corrido. – Disseram que você estava doente e que eu deveria vir imediatamente...

Ela se calou, de repente notando as duas pessoas do outro lado da cama.

Xian se pronunciou:

– Você é a irmã dele?

Ela pestanejou, como se estivesse surpresa que o príncipe soubesse daquilo, e fez uma reverência.

– Sim, vossa alteza. Meu nome é Qing.

Xian se virou para Zhen.

– Me diga a verdade. Você está doente ou alguém o machucou?

Zhen baixou o olhar para as mãos. Estavam intactas. Sem nenhum ferimento defensivo. Deng não lhe dera a chance de resistir. Não o teria pegado desprevenido se ele não estivesse tão absorto tentando descobrir como fugir do palácio o mais rápido possível.

– Tenho esse problema sanguíneo desde que era criança – mentiu Zhen. Por sorte, havia aprendido um pouco de medicina tradicional ao longo dos últimos anos. – O calor do verão perturba meu qi e reverte o fluxo do meu sangue. Devo ter desmaiado e batido a cabeça.

O equilíbrio sempre se reencontra.

A velha tartaruga tinha razão. Deng fora treinado longa e arduamente para ser o cortesão perfeito. Zhen havia aparecido do nada e conquistado um lugar que não era seu por direito – e Deng faria qualquer coisa para tomá-lo de volta.

Xian falou:

– O médico prescreveu dāng guī bǔ xuè tāng, que vai nutrir seu qi e ajudá-lo com qualquer dor interna. Já tomei essa poção em algumas ocasiões quando meu parceiro de luta aqui – o príncipe apontou para Feng – decidiu me mostrar que suas habilidades eram muito superiores às minhas.

As bochechas de Feng ficaram vermelhas quando ele olhou para Qing. Era a primeira vez que Zhen o via corando.

– Você ficará aqui descansando até que o médico esteja satisfeito com a sua melhora – continuou Xian. – Sua irmã pode ficar e lhe fazer companhia.

Ele se dirigiu à porta sem olhar para trás. Feng encarou Zhen enfaticamente antes de seguir o príncipe. Assim que eles desapareceram da enfermaria, Qing se aproximou.

– Quem te machucou? – sussurrou ela, fechando as mãos ao redor das de Zhen. – Ninguém consegue nos ouvir agora. Foi o guarda-costas do príncipe? Foi por isso que você teve medo de falar?

Zhen meneou a cabeça, completamente desolado.

– Foi Deng.

– O cortesão que veio procurá-lo quando estávamos conversando? Ele te machucou porque estava com ciúmes que o príncipe tenha escolhido você em vez dele?

– Ele não estava com ciúmes. Ele queria meu lugar. – O peito de Zhen parecia chumbo. – O dirigente Chu disse que ele era a escolha óbvia desde o início. Agora que estou na enfermaria, adivinhe quem será meu substituto.

– Por que não contou tudo isso ao príncipe quando ele perguntou, em vez de dizer que tinha um problema sanguíneo? – questionou Qing.

– E acabar parecendo um mentiroso? – Zhen soltou um ruído infeliz. – Se eu acusar Deng, os outros cortesãos com certeza ficarão do lado dele. Somos forasteiros por aqui, Qing. Não pertencemos a este lugar. E nunca pertenceremos.

A testa de Qing se franziu.

– Foi por isso que, do nada, você falou em irmos embora?

– Viemos até aqui para passar despercebidos, mas acabamos chamando atenção. É perigoso demais. – Essa não era a razão mais importante, mas teria de servir por ora. – Sinto muito. Sei que você gosta de trabalhar na cozinha do palácio e que a madame Hua te trata bem...

Qing o interrompeu.

– Quando você salvou minha vida, jurei que ficaria sempre ao seu lado. Você pode ter se esquecido, mas eu não esqueci.

Zhen sorriu, apesar de tudo.

– Não seja boba. Eu não vou fazê-la cumprir essa promessa.

– Eu não vou a lugar algum nem vou ficar onde você não estiver. – O tom dela era resoluto. – Mas você precisa descansar e se recuperar antes de partirmos. Com sorte, até lá vamos ter recebido nosso pagamento. – Ela franziu os lábios. – Odeio ter de te contar isso, mas você é o pior mentiroso que já conheci. Não acho que o príncipe tenha acreditado em nada do que disse.

O coração de Zhen se desanimou. Na noite anterior, a forma como Xian havia cuidadosamente limpado o sangue de seu nariz e o reconfortado... ele queria, mais do que qualquer outra coisa, sentir aquela ternura mais uma vez. Queria retribuir o toque de Xian, puxá-lo para perto até que seus lábios se encontrassem...

Mas ele não voltaria a servir ao príncipe. Naquela noite, Deng estaria na cama de lona onde Zhen havia dormido. Ou talvez a cama de lona ficasse vazia, e Deng passasse a noite na cama de Xian.

Zhen foi tomado pelo ciúme – um sentimento alarmante, espinhoso, um fio cortante que se enrolava e retorcia em seu interior. Talvez fosse essa a sensação de ser esmagado aos poucos. Mas que ironia, considerando que ele mesmo era uma sucuri.

Deng deixara claro que o príncipe seria sua conquista. E a única coisa pior do que pensar na satisfação de Deng se deleitando com seu prêmio era imaginar o prazer de Xian fazendo o mesmo.

Capítulo 15

XIAN

– ZUǑ XŪ BÙ LIĀO – disse Feng. – Empunhe a espada na posição da esquerda vazia.

Xian estava de frente para Feng no Salão da Concentração, a galeria de treino de artes marciais. Trajava uma veste preta de treino, enquanto Feng usava sua túnica marrom shaolin cingida por uma cinta preta. Ambos tinham ataduras pretas envoltas nos pés descalços e nas canelas para prevenir fraturas pelas longas horas de treinamento sobre chão duro. Não treinavam havia mais de uma semana, e a jiàn shù – a habilidade do manejo de espada – precisava ser mantida em dia.

Xian ergueu a espada de treino, que, ao contrário de uma real, possuía ponta arredondada e lâmina sem fio.

– Já não praticamos esse movimento cento e vinte e nove vezes?

– Com sorte, você o executará à perfeição na centésima trigésima vez – retrucou Feng. – Lembre-se do motivo de se chamar posição vazia. Sua perna dianteira não deve exercer nenhuma pressão. O peso de seu corpo deve permanecer todo na perna traseira, deixando a dianteira livre para chutar o oponente.

Xian manteve a pegada no cabo da espada, nem frouxa o bastante para que a arma pudesse ser derrubada, nem tão firme que ele não seria capaz de rapidamente girar o cabo para se defender de um ataque vindo de um ângulo inesperado. A mão sem espada era o contrapeso, tão importante quanto a que sustentava a arma.

O príncipe atacou primeiro, empunhando a lâmina em um movimento cortante circular que mirava o braço de Feng. A força por trás de cada golpe não vinha de seu braço, mas do dān tián – o centro de energia no interior do ventre, logo abaixo do umbigo.

Feng desviou do ataque que vinha por cima e demonstrou um exemplo perfeito de como empunhar a espada na posição da esquerda vazia. Exibido. Xian se defendeu antes de contra-atacar com punhaladas curtas e percussivas. Enquanto Feng estocava a ponta da espada no ombro do príncipe, Xian se esquivou, expondo o lado esquerdo. Feng não hesitou – seguiu com um poderoso golpe segurando a espada com ambas as mãos.

Xian não conseguiu se mover a tempo, bem como Feng previra. O ataque atingiu a lateral da cabeça do príncipe, que cambaleou alguns passos para trás, mas conseguiu se manter de pé.

Feng logo baixou a espada.

– Você está bem?

– Estou ótimo. – Xian fez uma careta. – Não posso dizer o mesmo do meu orgulho.

Feng se aproximou, tomou o queixo do príncipe e virou sua cabeça de um lado para outro.

– Alguma dor aguda nas têmporas? Visão embaçada ou dobrada?

– Seu maxilar continua definido como sempre, e o topo de seu nariz ainda parece ter sido esculpido em pedra pelos deuses.

Sempre que Feng executava suas rotinas de artes marciais durante as festividades do palácio, as donzelas soltavam risadinhas e se empurravam para poder ver melhor. Alguns rapazes exibiam mais do que admiração nos olhos quando encaravam os ombros largos e o abdômen rijo do guarda-costas.

Mas Feng permanecia indiferente e não demonstrava interesse nem por rapazes nem por moças. Talvez os monges do Monastério

Shaolin tivessem lhe ensinado a usar o treino em artes marciais para controlar seus impulsos. Feng era, sem dúvida, alguém por quem ele poderia se sentir atraído – mas era estritamente proibido. Xian prezava a amizade deles muito mais do que uma breve apalpadela.

Feng deu um passo para trás.

– Você está distraído demais. – Ele levou o príncipe até um banco para descansar e se sentou a seu lado. – Vou supor que isso tem algo a ver com o fato de seu acompanhante ter mentido descaradamente lá na enfermaria.

Xian percebera a expressão angustiada de Zhen antes de partir. A mentira, ao que parecia, havia ferido a ambos.

– Ele deve ter seus motivos.

– Você ainda está inventando desculpas por ele? – Feng soava perplexo. – Ele mentiu para o príncipe. Deveria ser acusado de desacato, e a punição para isso são oitenta golpes com a vara pesada. Eu poderia até pedir que eu mesmo o açoitasse.

Xian sorriu de canto.

– Não sabia que você curtia esse tipo de coisa.

– Não estou brincando. Você não deveria tolerar insolências assim. O item seis das dez abominações inclui desrespeitar um membro da família real.

– Levando em conta os nove níveis de parentesco, a irmã dele deveria ser punida da mesma maneira – observou o príncipe. – Tem certeza de que conseguiria açoitá-la também?

Feng pareceu revoltado. Apontou para a espada de Xian, que estava a seu lado.

– Vamos tentar de novo.

O príncipe franziu a testa enquanto se colocava de pé. Não conseguia se livrar da sensação de que Zhen estava escondendo algo. O que, exatamente, ele não sabia. Não culpava Zhen por ter cautela; ele e a irmã estavam no palácio havia pouco tempo, e a diferença de poder inerente entre o rapaz e Xian tornava tudo ainda mais complicado.

Mas o príncipe estava convencido de que os caminhos de ambos haviam se cruzado por um motivo, e quanto mais Zhen quisesse esconder a verdade, menos Xian o deixaria em paz.

Quando Xian entrou em seus aposentos naquela noite, uma figura esguia vestida com uma túnica verde-azulada o aguardava.

– Vossa alteza, sou seu novo acompanhante. – Gracioso, o rapaz se colocou de joelhos. – Meu nome é...

– Deng. – Xian fechou a porta às suas costas. – Eu sei quem você é.

A surpresa nos olhos de Deng logo deu lugar a uma expressão de deleite.

– O senhor se lembra. – O rapaz se ergueu, foi até Xian e roçou os dedos no colarinho do príncipe. – Eu poderia ajudá-lo a remover sua vestimenta externa, vossa alteza?

O olhar de Xian rapidamente se dirigiu para a mão de Deng.

– Isso não será necessário. Estou de saída para visitar Zhen na enfermaria. Fiquei sabendo que você foi um dos cortesãos que o encontraram, não?

Deng se retesou de maneira quase imperceptível.

– Sim. Pobre Zhen. Todos nós ficamos horrorizados quando o vimos caído no depósito, inconsciente e com sangue escorrendo da boca. Ele deve ter desmaiado e batido a cabeça.

– Foi isso que ele disse também. – Xian ergueu o queixo. – Mas acredito que talvez você tenha deixado de lado alguns detalhes cruciais.

Deng apertou os lábios, mas manteve a compostura.

– Vossa alteza, os outros cortesãos também estavam presentes. Se perguntar a eles, dirão ao senhor a mesma...

– Não há necessidade. Você acabou de me contar tudo o que preciso saber. – Xian pegou a mão de Deng e a girou para expor os nós dos dedos avermelhados. – Você sabe como agredir alguém sem deixar marcas na vítima, mas se esqueceu de si mesmo.

Depois que os outros cortesãos viram o que você fez a Zhen, acha mesmo que ousariam contradizer a sua história?

A expressão de Deng titubeou.

– Por favor, não é o que está pensando...

– Me poupe. Eu tenho um irmão mais velho que me despreza, então sei exatamente como é ser a vítima dos punhos de alguém e tentar esconder esse fato. – O tom de Xian era letal. – Se acha que não sou capaz de perceber quem se beneficia com a ausência de Zhen, então você é culpado de mais um crime: insultar minha inteligência.

O rosto de Deng empalideceu. Ele caiu aos pés de Xian.

– Vossa alteza, me perdoe!

Ao contrário dos aposentos do trono, ali não havia jarros de barro sob as tábuas do assoalho, então houve apenas um baque fraco cada vez que a testa de Deng entrava em contato com a madeira.

– Fui treinado para isso durante toda a vida e queria desesperadamente servi-lo. Por favor, não me dispense, eu perderia tudo...

– Apesar do que você fez a ele, Zhen ainda mentiu para manter seu segredo a salvo. – Xian agarrou um punhado da túnica de Deng e o puxou para que ficasse de pé. – Meu perdão não é tão importante quanto o dele, e é melhor que reze para ele estar disposto à clemência, porque você com certeza não merece nenhuma.

Quando adentraram a enfermaria, Xian parecia tão soturno e Deng tão choroso que, após fazer reverências, os médicos se apressaram a retomar seus deveres.

Xian foi até a cama de Zhen, arrastando Deng atrás de si.

Zhen sentou-se, de olhos arregalados.

– Vossa alteza?

Xian soltou o braço de Deng.

– Ele tem algo a lhe dizer.

Deng caiu de joelhos diante de Zhen, que estava confuso.

– Eu o machuquei porque estava com ciúme. Mereço ser punido. Mas esta vida no palácio é tudo o que possuo. Eu lhe imploro, por favor, me perdoe...

Enquanto Deng soluçava, a expressão de Zhen mudou de espanto para empatia. Um tipo de empatia que Xian não testemunhava – ou sentia – havia muito tempo.

Zhen se pronunciou:

– Eu o perdoo.

Xian percebeu que ele estava sendo sincero. Deng lançou um olhar suplicante ao príncipe.

As portas da enfermaria se abriram e Feng entrou, acompanhado pelo governador Gao, pelo dirigente Chu e uma dupla de guardas. Deng parecia horrorizado conforme eles se aproximavam e faziam mesuras a Xian, que não prestou nenhuma atenção aos cumprimentos.

– Esta pessoa vil acabou de confessar que atacou meu acompanhante por despeito e malícia. – O tom do príncipe era sucinto. – Tirem-no de minha frente e lidem com ele da maneira adequada.

Zhen parecia estar em pânico.

– Mas eu o...

Gao ergueu a voz.

– Um comportamento traiçoeiro assim não será tolerado neste palácio. Garanto que ele será punido da maneira mais severa possível.

O rosto de Deng se contorceu e ele começou a tremer e chorar de maneira descontrolada enquanto os dois guardas o erguiam.

– Por favor, tenham piedade de mim!

– Vossa alteza. – Chu deu um passo à frente e baixou a cabeça. – Estou profundamente envergonhado que o senhor tenha testemunhado tal comportamento de um de nossos cortesãos. Eu peço o seu perdão.

Xian lançou a ele um olhar duro.

– Que esta seja uma lição para o resto de seus cortesãos: não quero substitutos. Zhen será meu acompanhante ou não terei nenhum.

As lamúrias de Deng ficaram mais histéricas conforme os guardas o arrastavam para longe, e seus gritos ecoaram na calada da noite até que se esvaíram. Zhen parecia horrorizado.

Gao e Chu se retiraram da enfermaria, e Feng se afastou, deixando Xian a sós com Zhen.

– O que vai acontecer com ele? – perguntou o rapaz.

– Isso não é importante. – Xian o fitou com um olhar severo. – Por que não me contou que foi Deng que o machucou? Por que mentiu para mim, Zhen?

Os cílios de Zhen se abaixaram.

– Minha irmã e eu somos estranhos neste palácio. Deng é o cortesão mais sênior e o favorito do dirigente Chu. Não imaginei que alguém acreditaria mais em mim do que nele.

– Eu teria acreditado.

Zhen pestanejou.

– Sinto muito. – Ele comprimiu os lábios em uma linha fina. – O próprio Deng foi uma vítima. O pai lhe dava surras, e ele fugiu de casa. Talvez violência fosse a única maneira que ele conhecia para sobreviver.

Xian franziu a testa.

– Foi por isso que você escondeu a verdade?

Zhen ficou quieto por um instante.

– Um sábio uma vez me falou que cada metade do círculo yin-yang possui um pequeno ponto da cor oposta – disse. – Significa que, em cada escolha, precisamos considerar, de certa maneira, o bem da outra pessoa. Só então as coisas ficarão bem.

Fazer um pequeno gesto para o bem de um inimigo... Será que isso seria possível para Xian quando enfim capturasse a serpente branca? Ele estaria disposto a demonstrar piedade ao impiedoso, como Zhen fizera?

Xian não sabia se conseguiria. O rapaz que caíra da ponte no Lago do Oeste não era a mesma pessoa que fora resgatada de lá. Ele havia perdido mais do que a pérola naquele dia. Havia perdido a crença no bem fundamental de todas as criaturas do mundo, na existência de equidade e justiça que não precisassem ser tomadas à força.

Xian estendeu a mão e ergueu o queixo de Zhen, para que o rapaz encontrasse seu olhar.

– Me prometa uma coisa – pediu o príncipe, encarando os olhos de Zhen com firmeza. – Não minta mais para mim. Você dorme em meu quarto. Não me importo que Feng não goste disso, mas preciso poder confiar em você. E quero que sinta que pode fazer o mesmo.

Um feixe de emoção perpassou o rosto de Zhen, tão breve que Xian foi incapaz de decifrá-lo.

Zhen assentiu e lhe ofereceu um sorriso hesitante.

– Eu prometo.

Capítulo 16
XIAN

Um vermelho desbotado brilhou por trás de suas pálpebras. Seus dedos se fecharam na terra arenosa. Uma brisa fez cócegas em seu nariz, preenchendo-o com o odor de peixes mortos e algas podres.

Ele abriu os olhos. A luz do sol os atingiu. Uma fonte amarga de bílis e água borbulhou em sua garganta. Ele tentou rolar para o lado e vomitar, mas havia algo em torno de seu torso, restringindo seus movimentos.

Uma enorme serpente branca dava três voltas completas ao redor de seu corpo. Suas escamas pálidas e brilhantes pareciam mil pequenas placas de armadura. Na lateral esquerda do corpo da criatura, havia uma cicatriz com vários centímetros de comprimento.

Ele paralisou. Seus dedos se abriram por reflexo, revelando a pérola na palma da mão. A serpente abriu a bocarra; a língua bifurcada se projetou, e ele se preparou para a mordida fatal...

Mas a ferroada das presas não veio. A serpente começou a se desenrolar, e sua barriga de escamas deslizou sobre os braços dele. Ele havia pensado que a pele da criatura pareceria a de um cadáver, mas era gelada e seca, similar ao couro, como a capa desgastada de um livro antigo.

A serpente encontrou seu olhar. Os olhos inumanos dela eram um vácuo esmeralda que o mantinham sob um transe. Ele tentou mexer os membros, mas estavam adormecidos, como se seu corpo estivesse em uma espécie de paralisia.

Enfim a serpente se virou e deslizou para dentro das águas agitadas do lago.
Um brilho branco feito osso, que depois sumiu.
Assim como a pérola.

Os olhos de Xian se abriram de repente.

Ele se sentou, com o coração ainda acelerado. Fazia tempo que não sonhava com a serpente branca, e a recorrência daquilo enquanto ele estava em Changle devia ser significativa – outro lembrete de seu propósito ali.

O príncipe separou as cortinas fechadas que cobriam sua cama com estrado. Zhen ainda estava na enfermaria, e a cama de lona no canto estava vazia. Através das janelas de treliça, Xian conseguia distinguir os tênues rastros da aurora iluminando o céu. Os vestígios do sonho permaneciam, e o pânico que seu eu de dez anos sentira ainda era bastante real. Não fazia sentido tentar voltar a dormir.

Xian colocou uma veste; os guardas à porta de seus aposentos o cumprimentaram enquanto ele se retirava.

Quando adentrou o salão de jantar, um dos assentos de madeira entalhada estava ocupado por uma figura familiar. Diversos pergaminhos estavam espalhados à frente dessa pessoa, que os lia à luz de velas.

Xian abriu um sorriso. Nos descansos durante a jornada até Changle, numa verdadeira demonstração de erudição, Fahai havia passado suas horas vagas de folga com o nariz enfiado em pergaminhos em vez de beber vinho com o restante da delegação.

– Você acordou cedo. – Xian tomou o assento ao lado do conselheiro da corte. – O que está lendo?

– Bom dia, príncipe – respondeu Fahai. – Fui até o Salão do Conhecimento. A corte de Min possui uma biblioteca decente, e peguei emprestados alguns textos antigos de alquimia e taxonomia. – Ele fechou o pergaminho diante de si. – Ouvi dizer que você causou uma comoção na enfermaria ontem à noite. Parece determinado a evitar os cortesãos oferecidos pela corte de Min e escolher alguém completamente inexperiente para esse trabalho.

– Eu gosto de mantê-los na linha – explicou Xian. – Além disso, os cortesãos podem ter sido treinados para bisbilhotar nossas conversas particulares. Com certeza não queremos nada do tipo.

O tom de Fahai era seco.

– Então escolher o cavalariço como seu acompanhante foi algo completamente... estratégico.

– Zhen está familiarizado com as florestas em torno de Changle – disse Xian. – Pretendo organizar uma expedição de caça assim que ele se recuperar. Ele será nosso guia.

O príncipe estava mais perto do que nunca de encontrar a serpente branca. Era capaz de *sentir* isso, como se o que acontecera naquele fatídico dia, sete anos antes, houvesse forjado algum tipo de conexão entre ele e a maldita criatura, algo que Xian poderia usar a seu favor para capturar a serpente branca e levá-la com vida para Wuyue.

– Você se importa com o rapaz – comentou Fahai.

Xian encontrou o olhar do conselheiro.

– Eu me importo em encontrar a serpente branca.

A diplomacia – o pretexto de sua visita a Changle – era uma terrível perda de tempo. Em vez de procurar a cura de que sua mãe tanto precisava, Xian tinha de manter a fachada e comparecer às aparentemente infindáveis reuniões e banquetes organizados pelo governador Gao. Passara o dia inteiro conhecendo o arsenal de Changle e dois fortes das redondezas, acompanhado por Feng e Fahai.

Quando o príncipe voltou a seus aposentos naquela noite, depois de um jantar com Gao e os mais seniores entre os oficiais da corte, Zhen já estava no quarto. Seu cabelo fora lavado e penteado, e o topo estava preso em um rabo de cavalo trançado em vez de um coque. As bochechas dele ainda estavam pálidas, o que acentuava o branco-marfim de sua túnica de seda. Ele provavelmente também ficaria bem em outras cores, mas branco parecia ser perfeito para o rapaz.

Xian foi ao encontro dele.

– O médico falou que você já estava bem o bastante para receber alta?

– Não, eu saí de fininho sem a permissão dele – respondeu Zhen, sem qualquer afetação.

Xian não conseguiu evitar um sorriso. Estar com senso de humor era um bom sinal.

– Nesse caso, você está proibido de executar qualquer tipo de trabalho em meus aposentos.

– Tarde demais. – Zhen gesticulou para um bule que fumegava pelo bico em cima de uma travessa. – Pensei que você gostaria de uma xícara de chá pu'er depois do jantar.

Zhen serviu um pouco da bebida em uma xícara de porcelana e a ofereceu ao príncipe com ambas as mãos.

– Vossa alteza – disse o rapaz.

Ele falou o título que Xian havia expressamente lhe pedido para não usar, mas o fez com um brilho no olhar e uma pequena curva se insinuando nos cantos da boca. Aquilo provocou uma pontada no peito de Xian, um anseio repentino e agudo.

Os dedos deles se tocaram quando o príncipe pegou a xícara de Zhen. O chá com certeza não era o melhor que Xian já havia experimentado, mas isso não importava. Muito melhor do que isso era o olhar de expectativa no rosto de Zhen enquanto via Xian bebericar o chá que ele preparara.

– Está bom – disse o príncipe. – Mas se me chamar de vossa alteza mais uma vez quando estivermos a sós, eu terei de mandá-lo de volta para a enfermaria, para que o médico possa determinar se seus ferimentos resultaram em perda de memória.

Zhen exibiu um sorriso furtivo, que Xian saboreou muito mais do que deveria.

– Por sinal, eu falei com o governador Gao – contou-lhe Xian.

– A partir de amanhã, Qing foi designada para servir nossas refeições, então vocês poderão se ver com mais frequência.

O rosto de Zhen se iluminou de surpresa.

– Obrigado.

– Ela não é sua irmã de verdade, é? – Xian manteve o tom sereno, sem o menor traço de acusação. O príncipe se perguntou se o outro rapaz voltaria a mentir, mas Zhen assentiu.

– Ano passado, eu a resgatei de um homem que queria matá-la – respondeu Zhen. – Nenhum de nós tinha mais ninguém, e ela se tornou praticamente uma irmã para mim. É por isso que é meu dever cuidar dela da melhor maneira que eu conseguir.

As palavras de Zhen tocaram Xian. Ele pensou na mãe, uma concubina plebeia, frequentemente ridicularizada pelas outras moças nobres por suas costas ou, de vez em quando, com menos discrição ainda. O pai de Xian a amava, mas sua lealdade estava partilhada entre o reino, a esposa, as consortes e os filhos. Ele estava dividido, e por isso mesmo Xian não poderia estar.

O príncipe removeu a vestimenta que usara durante o jantar – não seu lóng páo, mas ainda assim um traje formal. Enquanto pegava a camisa de baixo em seu cabideiro, de canto de olho vislumbrou Zhen olhando em sua direção. Mas quando o príncipe se virou, o rapaz logo desviou o olhar e se ocupou de apagar as velas e diminuir as luzes.

Será que aquele olhar roubado fora apenas curiosidade... ou algo mais?

Xian pôs o roupão de dormir, e, enquanto passava pela mesa com o tabuleiro de wéi qí, a única pedra branca na tigela de pedras pretas chamou a sua atenção. Perguntou-se como aquela pedra branca fora parar ali. Aquilo o lembrava do pequeno ponto da cor oposta em cada metade do círculo yin-yang.

Quando Zhen se dirigia à cama de lona, Xian anunciou:

– Espere – pediu, e Zhen se deteve. – Quero que durma na minha cama esta noite.

Um lampejo perpassou o rosto de Zhen, o que fez Xian se dar conta de como o outro rapaz devia ter interpretado aquelas palavras.

– Sua cama de lona é muito apertada, e dormir em uma posição ruim pode retardar o processo de cura de seus ferimentos internos – acrescentou Xian rapidamente. Ele pôs um cobertor enrolado no meio da própria cama, separando-os feito uma muralha. – Eu dormirei deste lado. Você pode dormir do outro.

Xian subiu na cama; um instante se passou antes de Zhen se dirigir para o lado oposto. Ele soltou as cordas que prendiam as cortinas translúcidas e elas envolveram a cama feito um casulo. Xian deitou a cabeça no travesseiro de seda, que era longo o bastante para que ambos o compartilhassem. De seu lado da cama, Zhen esticou os membros sem qualquer esforço, com uma graça quase sinuosa. O silêncio se instalou entre os dois, feito uma coberta de sombras.

O príncipe fechou os olhos. Com Zhen deitado a apenas alguns centímetros de distância, ele estava agora mais acordado do que nunca. Tentou se distrair pensando em uma avançada estratégia de wéi qí que Fahai lhe ensinara antes de partirem para Changle. Mas tudo que conseguiu invocar foi a memória de sua primeira partida contra Zhen, a maneira com que o outro rapaz distraidamente rolava uma pedra branca entre os dedos enquanto refletia sobre o próximo movimento. Foi incapaz de não imaginar qual seria a sensação dos dedos de Zhen na própria pele. Em sua mente, Zhen deixou a pedra branca cair de volta na tigela de pedras pretas e se inclinou sobre o tabuleiro, deslizando as mãos até os ombros de Xian e as entrelaçando por trás do pescoço do príncipe – e então Xian derrubou todas as pedras da mesa e puxou Zhen para a frente, para um beijo de língua...

Xian puxou o ar bruscamente enquanto seus olhos se abriam de repente. Um aperto familiar se alastrou por seu abdômen, afunilando-se mais abaixo.

A seu lado, Zhen estava deitado de olhos fechados. A respiração lhe escapava suave e em intervalos regulares pelos lábios levemente entreabertos, e Xian não desejava nada além de pressionar a própria boca contra eles...

Não. Ele havia garantido a Zhen que não fariam nada além de compartilhar a cama. Qualquer coisa além disso seria trair a confiança do outro rapaz.

Xian se levantou, tomando cuidado para não o incomodar, e se esgueirou para fora dos aposentos até o pátio.

A ausência da lua era um lembrete de que o quinto mês lunar acabara de começar. O Festival Duanwu aconteceria em alguns dias. O príncipe ergueu o queixo e inspirou profundamente. A lufada fresca de ar noturno tinha o mesmo efeito de um banho gelado, dispersando as imagens de Zhen que eram tão indesejadas quanto desejadas.

Uma silhueta imóvel estava sob a figueira no outro extremo do pátio: Feng. As costas dele estavam completamente eretas, a palma das mãos e os pés voltados para cima, os dedos entrelaçados e os dedões se tocando. Ele abriu os olhos enquanto Xian se aproximava.

– Desculpe – disse o príncipe. – Não quis interromper sua meditação.

Feng descruzou as pernas.

– Não consegue dormir?

Xian se sentou ao lado do amigo, apoiou os cotovelos nos joelhos e uniu os dedos.

– Sabe quando você não consegue parar de pensar em alguém, mas não pode fazer nada sem complicar as coisas?

Feng soltou um ruído sardônico.

– Isso é novidade. O príncipe que pode ter, e sempre teve, qualquer pessoa que quisesse, de repente não consegue se forçar a dar em cima de um rapaz cujo trabalho inclui dormir com ele?

– Esse é o problema. Como consigo saber se ele realmente quer dormir comigo ou se só está fazendo isso porque acha que precisa?

– E desde quando isso lhe importa? – retrucou Feng. – Ainda

recebo cartas perguntando de você, daquele colega que você seduziu no verão em que foi me visitar no Monastério Shaolin.

– Até flagrei Zhen me olhando enquanto eu me trocava e colocava minha camisa de baixo – ponderou Xian. – Acha que isso significa alguma coisa? Você não sente vontade de me observar enquanto tiro as roupas, não é?

– Não, porque conheço você desde que era um magricela de cinco anos com gravetos no lugar dos braços.

Distraído, Xian torcia uma folha de grama.

– Você acha que ele já se deitou com outro rapaz antes?

– Eu *não* vou ter essa conversa com você. – Feng revirou os olhos. – Vim até aqui para meditar porque tinha certeza de que vocês dois agiriam feito um par de coelhos esta noite.

Xian o encarou de olhos estreitados.

– Ele ainda está se recuperando. Eu não sou um animal, sabe? – O príncipe se inclinou para trás, se apoiando nos cotovelos. – Não consigo descobrir por que Zhen é diferente dos outros. Ele simplesmente é.

A maneira como Zhen titubeara quando Xian lhe pedira para dormir em sua cama permanecia vívida em sua mente. Como Feng disse, ele poderia ter qualquer um que quisesse – essa era a parte boa de, durante suas outras conquistas, fingir não ser um príncipe. Jamais precisara duvidar dos motivos de quererem estar com ele. Se ao menos tivesse conseguido manter o disfarce depois da primeira vez que vira Zhen no estábulo. Pelo menos saberia que, o que quer que acontecesse entre os dois, seria porque Zhen assim o desejava, não porque pensava não ter escolha.

Feng se pronunciou:

– Eu ouvi o que Zhen lhe disse na enfermaria. Foi astuto da parte dele não dedurar Deng. E muito decente perdoá-lo.

Isso devia ser o mais próximo que Zhen chegaria de ser aprovado por Feng.

O guarda-costas cruzou as pernas de novo, graciosamente

colocando cada pé virado para cima na coxa oposta. Xian tentou imitá-lo, mas a posição era muito mais difícil do que parecia.

– Como você consegue fazer isso?

– Esta é a postura de lótus completa. Perfeitamente simétrica e centrada, com os cinco pontos de energia virados para o céu, que concentra o qi no dān tián. Requer prática, assim como bastante flexibilidade dos quadris.

Xian exibiu um sorriso faceiro.

– Talvez você possa ensiná-la a Zhen.

Feng fingiu lhe dar um tapa.

– Não desonre as tradições sagradas do taoismo, seu herege.

Xian soltou uma risadinha. Cruzou as pernas e aninhou as palmas das mãos juntos ao umbigo, com os nós dos dedos se sobrepondo.

– Acho que preciso aprender um ou dois métodos de meditação Shaolin afinal de contas.

Capítulo 17
ZHEN

— E NADA ACONTECEU? – perguntou Qing.

— Nós dormimos em lados opostos da cama. – Zhen desembrulhou o bolinho de arroz glutinoso que Qing lhe trouxera. – Ele colocou um cobertor enrolado entre nós.

Os dois estavam sentados em um terraço descoberto próximo ao portão Sul que separava a corte interna da externa. Era um dos lugares favoritos dos funcionários do palácio para passar o intervalo do meio-dia, aproveitar a brisa fresca de verão ou tirar uma soneca sob a sombra de acácias. Ciprestes majestosos assomavam ao longo das arcadas do portão; dois deles possuíam galhos entrelaçados, e a casca nodosa de outro fazia parecer que havia um par de dragões enrolados no tronco.

Zhen mordeu o arroz pegajoso e consistente misturado com carne picada.

— Fingi que estava dormindo, e ele não tentou fazer nada. Depois de um tempo, ele se levantou e deixou o quarto durante mais ou menos meia hora.

As sobrancelhas de Qing se ergueram de um salto.

— Será que ele saiu pra... você sabe, cuidar dos assuntos dele?

Zhen a olhou com desconfiança.

– Onde foi que você aprendeu isso?

Ela sorriu largamente.

– Conversas com as garotas.

– Eu espiei pela janela. O príncipe estava no pátio, falando com Feng. Depois os dois meditaram juntos.

Zhen pensou que se sentiria envergonhado com o fato de o príncipe só parecer se interessar por seu corpo – mas, no fim, essa fora a única coisa que Xian *não* havia lhe pedido.

Qing deu uma grande mordida em seu pãozinho cozido ao vapor.

– Se você gosta dele, precisa se decidir, porque *é você que vai ter que agir primeiro*.

Zhen não conseguiu reprimir um sorriso.

– Está me dando conselhos amorosos?

– E quem mais te daria? Meninos são tão ignorantes. – Ela cutucou a lateral do corpo de Zhen. – Eu vi o jeito como ele olhava pra você na enfermaria. Se você não significasse nada pra ele, simplesmente teria se deitado com você e depois o dispensado. O fato de ele não ter te pressionado a fazer nada quer dizer que ele sente mesmo algo por você. É meio romântico.

Depois de receber alta da enfermaria, Zhen havia considerado seriamente pegar Qing e deixar o palácio em vez de voltar aos aposentos de Xian. Estariam a quilômetros de distância quando alguém se desse conta de que haviam desaparecido.

Mas algo o impedira. Algo que ia contra os instintos em que sempre confiara. Havia deixado Xian para trás antes, quando ele era um menininho indefeso que quase se afogara, e a culpa por isso ainda o atormentava. Talvez os deuses estivessem lhe dando a chance de fazer a coisa certa desta vez. Não tinha ideia do que deveria fazer, mas sabia que fugir da situação não era a resposta.

Zhen olhou para Qing com solenidade.

– Tem algo que preciso lhe contar – disse. – Sou eu quem o príncipe quer.

Qing soltou uma risadinha.

– Demorou bastante para perceber.

– Não, não foi isso que eu quis dizer. – Zhen respirou fundo. – A mãe dele está doente há muitos anos, depois de ter sido picada por uma serpente branca. Um oráculo disse ao príncipe para vir até Changle em busca da cura: outra serpente branca. Esse é o verdadeiro motivo de ele estar aqui. O príncipe vai sair para caçar serpentes, e quer que eu seja seu guia.

Os olhos de Qing se arregalaram.

– Era por isso que você queria deixar o palácio com tanta urgência naquele dia? Porque o príncipe está aqui com o único propósito de matar serpentes?

– Ele não quer matá-las. A intenção é levá-las com vida. É o último ingrediente que falta no antídoto que o conselheiro dele está fazendo.

– Ingrediente? – Qing parecia horrorizada. Ela agarrou o braço de Zhen. – Vamos sair daqui. Agora.

Zhen meneou a cabeça.

– Mudei de ideia quanto a partir. Não quero ser covarde. – *E um ladrão*, foi o que não falou. Ainda não conseguia se forçar a contar para Qing sobre a pérola. – Fugir não vai resolver nada.

– Hã, nada a não ser se livrar da *iminente ameaça à sua vida*…

Qing foi interrompida pelo ressoar ecoante de um gongo. Os dois se viraram em direção à corte externa.

– O que está acontecendo?

Qing ficou de pé num salto quando o gongo soou outra vez.

Ambos se juntaram aos demais funcionários curiosos do palácio que se aglomeravam no portão. Do outro lado, em meio à corte externa, vasta e sem árvores, uma multidão se reunira ao redor de uma plataforma elevada com uma estrutura larga de madeira com o dobro do tamanho de um portal comum.

Havia uma figura familiar acorrentada entre as colunas da estrutura, de costas para a multidão. Seus pulsos estavam amarrados sobre a cabeça com cordas afixadas à viga superior. O governador Gao e o dirigente Chu estavam próximos à plataforma, e Zhen rapidamente se escondeu atrás de um homem alto para que não o vissem.

Gao ergueu a voz.

– A corte de Changle considerou que este jovem rapaz é culpado do crime de ferir outra pessoa por vingança. Um segundo crime, este mais sério, de proferir falsidades ao príncipe de Wuyue também foi levado em consideração.

Deng fora despido até as roupas de baixo. Assim como roupas eram anormais para Zhen, ele sabia que, para humanos, ter essa dignidade removida à força era algo profundamente vergonhoso.

– Ele está condenado a quarenta golpes com a vara leve – continuou Gao. – Ficará pendurado e pernoitará na corte externa para refletir sobre seus pecados, e depois retomará seus deveres no palácio. A punição terá início agora.

Um oficial acertou o gongo com um martelo. A badalada horripilante reverberou dentro do peito de Zhen. Não conseguia ver o rosto de Deng, mas a maneira com que sua cabeça pendia e seus ombros estavam caídos já era difícil o bastante de olhar.

Um dos guardas deu um passo à frente, com uma longa vara de bambu na mão. Os nodos do bambu haviam sido raspados, o que, de alguma maneira, tornava a vara ainda mais ameaçadora.

A boca de Zhen ficou seca. Um silêncio tomou conta da multidão. Na plataforma, Deng tremia.

O guarda ergueu o bambu e o baixou com uma força brutal. A vara assoviou pelos ares e aterrissou com uma paulada barulhenta na parte traseira das coxas de Deng. O corpo do rapaz se tensionou e se arqueou como se ele tivesse sido atingido por um raio. O grito deplorável que saiu rasgando por sua garganta era um dos sons mais horríveis que Zhen já havia escutado.

As mãos de Zhen se fecharam em punhos. Qing o fitou.

A surra foi ágil e cáustica, dada de uma só vez. As lacerações sangravam uma sobre a outra, um padrão de rastros cruéis se cruzando nas costas e coxas de Deng. Zhen esperava que alguém estivesse acompanhando o número, porque ele já havia perdido a conta e Deng parara de gritar conforme cada golpe lhe atingia.

Quando o guarda enfim baixou a vara sangrenta, os espectadores soltaram um suspiro coletivo. Deng estava pendendo feito um fantoche maltrapilho da estrutura de madeira, mantido de pé apenas pelas cordas em torno de seus pulsos.

A expressão de Gao estava impassível quando ele gesticulou para as amarras de Deng. Em vez de afrouxá-las, os guardas as apertaram. O corpo de Deng foi puxado mais para cima, até que os pés dele mal conseguissem tocar a plataforma, o que colocava uma tensão imensa em seus ombros.

Por reflexo, Zhen deu um passo à frente, mas Qing apanhou-o pelo pulso.

– Não faça isso – disse ela, em voz baixa. – Vamos embora.

O coração de Zhen estava martelando, mas ele se forçou a recuar.

Capítulo 18
ZHEN

– SUA VEZ – disse Xian.

A atenção de Zhen foi trazida de volta ao tabuleiro de wéi qí. Seus pés formigavam de dormência, e ele descruzou as pernas no tapete de palha.

– Desculpe, qual pedra você acabou de colocar?

Xian apontou para uma das pedras pretas.

– Você parece distraído esta noite. Há algo de errado?

Zhen não conseguia parar de pensar no que testemunhara na corte externa mais cedo.

– Eu estava presente quando executaram a punição de Deng hoje à tarde. – Zhen respirou fundo. Sabia que deveria deixar o assunto para lá. Não tinha o direito de se intrometer. – Se você quisesse, poderia ter pedido uma sentença menos brutal.

– Deng cometeu um crime sério. – O tom de Xian era categórico. – Ele recebeu o que merecia.

– Ele é um cortesão. Aquelas cicatrizes terão mais consequências do que apenas ficarem com ele por um bom tempo. Elas diminuirão o valor dele.

Os olhos de Xian cintilaram.

– Se quer saber, eu perdoei o delito mais sério dele contra mim.

Do contrário, ele teria recebido oitentas golpes com a vara pesada em vez de quarenta com a leve. Esqueça as cicatrizes, pode ser que ele não consiga andar direito durante algumas semanas. – O príncipe fez uma pausa. – Os quarenta golpes foram pelo que ele fez a você. Eu me certifiquei de que ele recebesse a punição completa por isso.

Xian provavelmente esperava que Zhen se sentisse reconfortado pela explicação, mas saber que a surra fora exclusivamente por sua causa teve o efeito oposto.

– Eu também o perdoei! – exclamou Zhen, sem pensar, antes que pudesse se deter. – Será que o meu perdão tem menos valor que o seu, por eu ser quem sou?

Xian pareceu espantado.

– Ele o machucou, Zhen. Ele precisa pagar pelo que fez. As leis existem por um motivo. Não posso pedir que a corte pegue leve só porque você sente pena dele.

– Você pode fazer o que quiser – retrucou Zhen. – Afinal, você é um príncipe.

– Sim, eu sou. – Xian se inclinou mais para perto, com uma expressão intensa enquanto sustentava o olhar de Zhen. – E que tipo de príncipe eu seria se não protegesse aqueles com quem me importo?

Zhen pestanejou. Não estava esperando o fervor no tom de Xian ou o intenso palpitar que se intrometeu em seu próprio peito.

– Escolhi demonstrar clemência a Deng por você – continuou Xian. – Pedi especificamente que o governador Gao não o dispensasse do palácio, porque, de alguma maneira, você foi capaz de perdoá-lo. Mas eu sou o príncipe de Wuyue. Estou aqui representando meu pai. A corte de Changle está examinando minuciosamente cada uma de minhas ações, e não posso permitir que me vejam como fraco. Ou, pior, como injusto.

Zhen já vira a hierarquia volátil que existia em matilhas de lobos. Se o lobo dominante vacilasse, corria o risco de perder o poder. Lobos mais velhos atacavam os jovens desafiantes com selvageria, para impor seu controle e assegurar a obediência dos demais membros da matilha.

— Meu meio-irmão mais velho está esperando que eu cometa um erro e prove que sou indigno da estima de meu pai. Se você achou que quarenta golpes da vara leve foi algo brutal... — Xian emitiu um ruído descontente. — Deveria ver o que as consortes rivais no palácio são capazes de fazer.

Ainda mais considerando que a mãe do príncipe era uma plebeia. Ele mencionara que ela vinha de uma família de cultivadores de chá. Cada decisão que Xian tomava afetava não apenas a si mesmo como também a posição de sua mãe na corte. Ela era outro motivo pelo qual o príncipe não poderia perder a aprovação do pai.

— O amuleto ao redor de seu pescoço — comentou Zhen. — Eu nunca o vi sem ele. É um presente de sua mãe?

Xian assentiu. Ele enfiou a mão na camisa e pegou o amuleto no cordão.

— Uma vez, ela me contou que, quanto mais um pedaço de jade é usado, mais forte ficam seus poderes protetores. — Ele alisou a jade opaca entre o dedão e o indicador. — As cores têm significados diferentes: jade branca é um símbolo de amor e clareza mental, enquanto a verde-escura, como esta, representa força e resiliência.

Ao contrário de Qing, cuja mãe havia lhe dado nome e cuidados, Zhen jamais conhecera a dele. Sucuris colocavam ovos, e seus filhotes eram deixados à própria sorte depois que chocavam. Ele jamais entenderia de verdade a conexão entre uma mãe e seu filho. Mas pela maneira como Xian falava sobre a mãe — seu zelo feroz por ela, o fato de que ele faria qualquer coisa por ela — estava claro que, sem jamais hesitar, o príncipe destruiria qualquer um que ficasse em seu caminho... incluindo Zhen.

Zhen baixou o rosto para o tabuleiro e fingiu contemplar sua próxima jogada para evitar o olhar de Xian, mas, quando ele pegou uma pedra branca, o pequeno seixo parecia tão pesado quanto chumbo.

Naquela noite, Zhen aguardou até que a respiração de Xian, a seu lado, desse lugar a roncos antes de se sentar. Ele se deteve para estudar o rosto adormecido do rapaz. Uma linha tênue franzia o espaço entre as sobrancelhas de Xian, e as sombras suavizavam suas feições, o que o fazia parecer mais novo do que seus dezessete anos.

Zhen virou as pernas para a lateral da cama e silenciosamente cruzou o quarto para abrir as janelas de treliça próximas à cama de lona vazia onde deveria estar dormindo. Descer por ali seria a única maneira de sair sem alertar os vigias perto das portas do aposento.

Do lado de fora, o pátio estava escuro e silencioso. As árvores pareciam imóveis e ameaçadoras, com os braços esqueléticos erguidos em direção ao céu. Zhen furtivamente abriu caminho até a parte de trás do complexo, onde um olmeiro crescia próximo à muralha externa, com os galhos se espalhando e passando por cima do topo.

Ele fechou os olhos e se concentrou. Desta vez, a transformação foi mais dolorosa por causa das feridas internas da surra de Deng, que ainda estavam sarando. Seus ossos readquiriram a forma original, e seu corpo se alongou enquanto os membros se retraíam...

Depois de ter se transformado por completo, ele virou a cabeça serpenteante de um lado para outro. Às suas costas, as escamas dorsais brancas cintilaram, peroladas em meio à escuridão.

Algo atiçou os sentidos de Zhen: sentia como se estivesse sendo vigiado por um olhar misterioso. Mas quando checou os arredores, não viu ninguém. Na forma de sucuri, sua visão noturna não era aguçada, e durante o último ano Qing o havia ajudado a navegar no escuro. Víboras eram caçadoras noturnas, e Qing conseguia localizar presas através da temperatura corporal delas.

Zhen começou a escalar o tronco da árvore. Ao contrário das lagartixas, ele não possuía pés para ajudá-lo a subir na vertical.

Mas suas escamas se agarravam à casca áspera, permitindo que se empurrasse para cima. Ele se deteve por um breve momento no topo da muralha, para ouvir as vibrações e os movimentos. Sua língua bifurcada se projetou, detectando os mais tênues odores no ar: madeira queimada, grama esmagada, sereno da noite.

Ele desceu a muralha do outro lado do solar real. Os terraços de mármore branco do palácio o camuflavam bem, e Zhen se manteve próximo às sombras que margeavam as edificações enquanto deslizava até os portões ao Sul que levavam à corte externa.

Mesmo com sua visão ruim, ele viu a elevada estrutura de madeira fazendo contraste contra o céu noturno. Uma figura frouxa estava vergada entre as colunas verticais, com os pulsos amarrados pendendo da viga lá em cima. As costas esfoladas brilharam, pretas com sangue seco.

Zhen deslizou ao redor da plataforma. O rosto de Deng estava contorcido em uma careta, e seus ombros estavam virados em um ângulo nada natural. A pressão dolorosa parecia comprimir seu peito, o que tornava sua respiração curta e penosa.

Os olhos de Deng se abriram – e foram tomados de horror quando ele viu a serpente que era Zhen. O rapaz deixou escapar um ruído agudo e ansioso, mas não gritou, talvez por medo de receber mais punições se causasse transtornos.

A maneira mais rápida de Zhen alcançar os pulsos amarrados de Deng era escalar o corpo do rapaz – mas isso seria inútil se Deng morresse de medo depois de sobreviver a quarenta chibatadas. Ele deslizou ao longo da viga superior e se enrolou na corda que levava até os pulsos de Deng.

O rapaz ergueu o olhar até ele, choramingando e tremendo.

Zhen suspirou. Aquele som saiu como um sibilo, o que pareceu aterrorizar Deng ainda mais.

Em seguida, mordeu os nós e os puxou para soltá-los. Não poderia arriscar desamarrá-los, já que Deng poderia tentar escapar, o que lhe causaria problemas ainda piores. Zhen apenas queria poder aliviar a tensão nos braços e no peito do rapaz, ajudando-o a aguentar firme até o raiar do dia.

Conforme a corda afrouxava um tantinho, Deng enfim pareceu se dar conta do que Zhen estava fazendo. Sua expressão mudou de medo para incredulidade e, por fim, confusão. Os braços dele se contraíram num espasmo – provavelmente haviam adormecido depois de tantas horas naquela posição agoniante.

Zhen deslizou para baixo até a plataforma. Não podia ficar ali. A corte externa era vasta e descoberta, sem qualquer árvore ou arbusto onde se esconder. Precisava voltar antes que Xian despertasse e percebesse que ele havia desaparecido.

Voltou ao solar real, escalou a muralha e retomou sua forma humana atrás do olmeiro, onde deixara suas roupas. Logo se vestiu, prendendo a cinta enquanto cruzava o pátio em direção aos aposentos de Xian...

– Está indo a algum lugar?

Se Zhen estivesse em forma de serpente, teria literalmente pulado para fora da própria pele.

Fahai estava sentado sobre um banco de pedra no pátio. Zhen estivera tão preocupado que não notara a presença silenciosa do sujeito.

– Ah... Eu precisava, hã, aliviar a bexiga. – O coração dele martelava tão alto que com certeza Fahai conseguia ouvi-lo. – Não queria perturbar o príncipe, então, eu, hã, saí pela janela.

Ele percebeu tarde demais quão ridícula soava aquela desculpa. Zhen estreitou os olhos para enxergar o rosto de Fahai, mas as sombras mascaravam a expressão do homem mais velho.

– Da próxima vez, use a porta. Você pode ser confundido com um invasor. – O tom de Fahai não denunciava nada. – É bom ver que você parece bem o suficiente para a expedição de caça que o príncipe planejou para amanhã.

Zhen assentiu apesar do receio que se agitava em seu estômago.

– O príncipe está preocupado com sua saúde – acrescentou

Fahai. – Possuo algum conhecimento sobre ervas, e ele me pediu para pesquisar e preparar uma poção que possa ajudá-lo.

– Obrigado, conselheiro Fahai. – Zhen rapidamente ofereceu uma pequena reverência. – Boa noite.

Enquanto ele se apressava a voltar para dentro, ainda conseguia sentir o olhar do taciturno conselheiro da corte.

Capítulo 19
ZHEN

NO DIA SEGUINTE, TIVERAM que esperar passar a chuva de ameixa – os aguaceiros pesados que ocorriam no quarto e no quinto mês, quando as ameixas ficavam amarelas –, que melhorou no fim da tarde, antes de partirem. Zhen já tinha visto grupos de caça antes, que costumavam levar cachorros ou mesmo falcões e águias. Mas esse era o caso quando a caça eram veados ou cervos. Perseguir serpentes requeria silêncio e discrição.

– Mostre o caminho – disse-lhe Xian.

Zhen seguia à frente, em um dos cavalos do estábulo de Changle. Xian seguia em Zhaoye, e Feng e Fahai vinham na retaguarda. Fazia pouco tempo que Zhen e Qing haviam ficado naquelas florestas na forma de serpentes; ele estava familiarizado com a disposição do terreno e sabia quais áreas eram rochosas ou traiçoeiras demais para se aproximar, por causa da erosão e dos deslizamentos de terra.

Zhen os levou até um riacho com água cristalina, onde poderiam parar para descansar e os cavalos poderiam matar a sede. Ele distribuiu pãezinhos com carne que levara consigo em uma cesta feita de salgueiros trançados.

– Junte-se a nós – pediu Xian.

– Obrigado – respondeu Zhen. – Mas gostaria de explorar o terreno para me certificar de que é seguro passar por ele.

Ele montou na cela e percorreu certa distância à frente. O sol começava a se pôr, e algumas serpentes estariam despertando do sono diurno, famintas e prontas para se alimentarem. Ele ouviu com atenção o murmúrio da floresta ao redor: grilos estridulavam nos arbustos, esquilos escalavam os troncos das árvores e estorninhos e melros-pretos brigavam nos galhos.

Zhen ergueu a cabeça e emitiu um som baixo e sibilante, indetectável ao ouvido humano, que ecoou pelas copas das árvores acima dele, um aviso que outras serpentes entenderiam:

Perigo. Fiquem longe.

A imobilidade inquieta foi a única resposta. Mas se fechasse os olhos e se concentrasse o bastante, conseguia sentir dúzias de serpentes respondendo ao seu chamado urgente, se desenrolando e deslizando para dentro de riachos rochosos ou se escondendo sob o húmus gelado de troncos caídos...

– Viu algo?

Zhen virou a cabeça bruscamente quando Fahai parou ao seu lado, na montaria. A expressão do homem era inescrutável, da mesma maneira que estivera na noite anterior quando surpreendera Zhen no pátio. Uma centelha de pânico subiu pelo peito de Zhen e, por um instante, ele se perguntou se Fahai entreouvira seu aviso. Mas isso era impossível. Fahai não seria capaz de ouvir, muito menos de compreender o idioma das serpentes. Nenhum humano era.

Zhen assentiu de leve.

– A área está limpa.

Xian e Feng se aproximaram deles em seus cavalos.

– Não vimos uma única serpente até agora. – Feng ergueu o olhar para o céu, que escurecia. – Acho que vi pegadas de cervo por ali. Vamos pegar um deles e dar o dia por encerrado.

– Não estamos aqui atrás de cervos, Feng. – Xian não conseguia esconder a exasperação na voz.

– Eu sei. Mas não pegaria bem voltar ao palácio de mãos vazias...

– Esperem. – Fahai de repente ergueu a palma da mão. Ele gesticulou na direção de um amontoado de arbustos. – Vi alguma coisa branca se mexendo na grama ali.

Zhen ficou desalentado quando viu uma serpente sair apressada dos arbustos e deslizar ao longo da clareira. Suas escamas brilharam, pálidas na luz que se esvaía.

– Ali! – Xian desmontou do cavalo e agarrou um gancho de aço e um par de pinças da mala de vime amarrada na traseira da cela de Zhaoye. – Não deixem que fuja!

A serpente frenética tentou escapar pelo mesmo caminho do qual viera, mas Fahai bloqueou seu caminho. Xian se aproximou, tentando apanhá-la com as pinças. A serpente sibilou, se empinando e mostrando as presas; Feng sacou a espada, mas Xian logo esticou a mão.

– Não! Precisamos que esteja viva. – O príncipe apontou para a vara com uma forca na mala de vime. – Vou direcionar a serpente até você. Se eu não conseguir pegá-la com o gancho, você a apanha com a forca...

Um rugido às costas deles fez com que Zhen se virasse.

De repente, um leopardo saltou de uma moita, pulando uma distância assustadora e aterrissando a meros metros de Xian. A criatura rosnou e arreganhou os dentes.

A serpente desapareceu no matagal, escapando ilesa.

Os sentidos de Zhen estiveram tão concentrados na serpente que não detectaram a aproximação do leopardo. Xian segurava um gancho em uma das mãos e um par de pinças na outra: eficazes contra uma serpente, mas inúteis contra aquele predador. Leopardos estavam entre os felinos mais fortes que existiam, e Zhen já vira um deles arrastando para o alto de uma árvore uma carcaça mais pesada do que si.

Feng se moveu primeiro, colocando-se à frente de Xian. Ele brandiu a arma, com um olhar tão letal quanto o do leopardo. Feng moveu a espada no instante em que o animal saltou sobre ele.

O estômago de Zhen se revirou. Mesmo antes de a pata do leopardo derrubar a espada das mãos de Feng, Zhen sabia que o guarda-costas do príncipe não tinha a menor chance.

Feng caiu de costas sob o peso esmagador do animal. Ele soltou um grito angustiado quando os dentes do leopardo se afundaram em seu ombro esquerdo. Se não tivesse resistido tão bravamente, aquela primeira mordida teria perfurado seu pescoço. Algo que a mordida seguinte poderia fazer.

– Feng! – Xian disparou à frente.

Fahai o apanhou pelo braço.

– Não!

O conselheiro trazia um arco nas mãos, mas não poderia deter Xian e atirar uma flecha ao mesmo tempo.

Zhen pegou um galho grosso caído, correu em direção ao leopardo e, com toda a força que conseguiu reunir, acertou a pata esquerda traseira do animal. O leopardo uivou e se virou.

– Zhen, cuidado! – gritou Xian enquanto o leopardo deixava Feng de lado e avançava na direção de Zhen.

O rapaz se manteve no lugar, encarou as profundezas dos olhos do leopardo e falou em seu idioma:

Deixe os humanos em paz. Corra antes que eles o matem.

Não tinha certeza de que tipo de som emergira de sua boca, mas o reconhecimento nos olhos do leopardo era inconfundível. O animal ergueu a cabeça e olhou com ferocidade para Xian, que havia apanhado a espada derrubada por Feng, e Fahai, que puxara uma flecha de sua aljava...

Com um rosnado frustrado, o leopardo saltou para longe pouco antes de uma flecha de Fahai passar assobiando, por pouco não atingindo a cabeça do animal. O leopardo saltou por entre os arbustos e desapareceu.

– Feng! – Xian correu à frente e caiu de joelhos ao lado do melhor amigo, que estava ferido. – Foi muito feio?

Feng fez uma careta. O ombro, sangrando, parecia estar deslocado.

– Estou bem.

– Não, não está. Você acabou de ser atacado por um leopardo!
Feng olhou para Zhen, confuso.

– Aquela fera jogou minha espada como se fosse um brin-
quedo. Como foi que você a acertou com força o bastante para que
se afastasse?

– Quando ela pulou sobre você, aterrissou de mau jeito, se
apoiando na pata esquerda traseira – respondeu Zhen. – Presumi
que já estivesse ferida, então mirei em seu ponto mais vulnerável.
O animal provavelmente nos emboscou porque não conseguia correr rápido o bastante para pegar suas presas de costume...

– Precisamos levar Feng de volta ao palácio – interrompeu
Fahai. – Uma mordida de animal deve ser limpa e coberta com um
cataplasma o mais rápido possível, para prevenir infecções.

– Eu conheço o caminho mais curto – disse Zhen.

Os cavalos não haviam se assustado e saído em disparada quando
o leopardo atacou, uma prova da qualidade de seu treinamento.

Xian ajudou Feng a ficar de pé.

– Você vem comigo.

– Vou ter de recusar essa honra, príncipe. – Feng cerrou os
dentes e conseguiu subir em seu corcel sem sacudir o ombro ferido. – A única vez que me levará em seu cavalo será quando eu
estiver morto.

– Não diga uma coisa dessas, seu idiota. – Xian lhe lançou
um olhar fulminante enquanto pulava sobre a cela de Zhaoye. – Já
tivemos azar suficiente por hoje.

Capítulo 20
ZHEN

A NOITE JÁ HAVIA caído quando eles chegaram de volta ao palácio. Xian acompanhou Feng até a enfermaria. Fahai começou a segui-los, mas se deteve e se virou para Zhen.

— Admirável — disse ele. — Seus reflexos ágeis salvaram o dia.

Zhen ficou surpreso com o elogio.

— Obrigado. Fiz o melhor que pude.

— Foi estranho — ponderou Fahai, com o olhar fixo em Zhen. — O leopardo escapou assim que encaixei minha flecha. E a serpente branca parecia saber que tínhamos a intenção de capturá-la... quase como se pudessem nos entender.

Zhen se retesou por dentro, mas conseguiu não demonstrar.

— Suponho que seja o motivo por que chamam isso de instinto.

Quando Zhen retornou sozinho ao solar real, Qing o esperava com os pratos do jantar.

— Onde estão todos? A comida está esfriando.

— Fomos emboscados por um leopardo enquanto caçávamos — explicou Zhen a ela. — Feng defendeu o príncipe, e o leopardo o atacou. Agora ele está na enfermaria.

Qing parecia preocupada.

— Ele vai ficar bem?

– Acredito que sim. O leopardo mordeu o ombro dele, não o pescoço. – Zhen suspirou. – Eu deveria ter permanecido mais alerta. Mas fui distraído por uma serpente branca e não o ouvi se aproximar...

– Você encontrou outra serpente branca? Também era uma sucuri?

Zhen meneou a cabeça.

– Era uma krait. Menor, mas muito venenosa. Eu saí na frente e tentei alertar tantas serpentes quanto conseguia, mas esta deve ter entrado em pânico e saiu em disparada.

– Ei. Não dá pra salvar todas elas. – Qing esticou a mão e usou o dedão para limpar uma mancha de sujeira na bochecha de Zhen. – Sempre te digo isso, mas você nunca me dá ouvidos.

Zhen precisava fazer tudo o que pudesse para evitar que mais sangue fosse derramado – mesmo se isso envolvesse colocar a si mesmo em perigo ao ir contra o propósito do príncipe.

– Preciso tentar.

– Eu sei. – Um sorriso ergueu os cantos da boca de Qing. – Eu não estaria aqui se você não tivesse tentado.

Depois que ela foi embora, Zhen se lavou e vestiu roupas limpas. Ele percorreu o cômodo para trocar as varetas de incenso e se certificar de que as folhas de chá estivessem frescas, mas aquilo não o fez se sentir nem um pouco menos inquieto. Ou impotente.

Qing estava certa. Ele não poderia salvar todo mundo. Como aquela serpente morta no litoral da ilhota com o anzol na boca dilacerada. O velho espírito de tartaruga havia lhe contado aquele dia sobre o yin e o yang, sobre como o equilíbrio sempre se reencontrava. Mas aquela dura verdade do universo não tornava mais fácil aceitar a sensação esmagadora de insignificância.

Por fim, pouco antes da meia-noite, as portas se abriram e Xian adentrou o cômodo, com o rosto sério. A parte frontal de sua túnica de caça feita de couro estava manchada com o sangue de Feng.

Zhen logo se aproximou dele.

– Como está Feng?

– Recolocaram o ombro no lugar, mas ele estava com uma febre altíssima – respondeu Xian. – Os médicos temeram que algum tipo de doença tivesse entrado em sua corrente sanguínea através da mordida. Fahai preparou uma poção de ervas para retirar qualquer toxina. Vamos ter de esperar e ver se isso adianta de algo.

Zhen se lembrou da comida que Qing havia trazido.

– Você deve estar com fome. O jantar já esfriou, mas posso ir à cozinha...

– Não é necessário. – Xian soava exausto enquanto esfregava a nuca. – Levaram algo para que eu comesse na enfermaria. Vou ver como Feng está de novo daqui algumas horas. Com sorte, a febre terá baixado até lá.

Zhen caiu de joelhos. Ele vislumbrou um pouco da surpresa que isso causou em Xian.

– Eu era o guia. – Zhen curvou a cabeça. – Deveria ter ficado mais alerta. O que aconteceu com Feng foi minha culpa. Aceito qualquer punição que você decidir.

– Não seja ridículo. – O príncipe tomou Zhen pelo braço e o colocou de pé. – Você foi o único que notou a pata frágil do leopardo e conseguiu espantá-lo. Salvou a vida de Feng.

Se o leopardo tivesse atacado Xian em vez disso, e se tivesse se recusado a dar ouvidos ao aviso de Zhen para que fugisse, Zhen teria feito muito mais do que atingir sua perna. Sucuris eram constritoras poderosas e conseguiam se enrolar à presa em um piscar de olhos, cortando assim a circulação sanguínea e bloqueando as vias aéreas. Zhen não poderia fazer isso na forma humana, mas, se houvesse sido necessário, teria morrido tentando. Devia isso a Xian.

– Eu estava tão perto. – A angústia silenciosa na voz de Xian era quase insuportável para Zhen. – A serpente branca estava bem ali... e eu a deixei escapar.

– Aquele leopardo atacou de repente. – Zhen tentou manter a voz neutra. – Precisávamos ajudar Feng. Você fez a única escolha natural.

– Cùn cǎo chūn huī. – Um sorriso triste bruxuleou ao longo da boca de Xian. – Um filho jamais consegue recompensar o amor de uma mãe, assim como uma folha de grama não é capaz de recompensar a luz do sol de primavera. Eu carrego as esperanças de minha mãe em meu nome, mas, mais uma vez, falhei com ela. Sou um filho indigno.

Naquele momento, Zhen queria contar a ele a verdade. A verdade sobre a pérola, sua identidade real, tudo.

– Sua mãe não pensa assim – sussurrou Zhen em vez disso. – Ela lhe deu um nome que significa "imortal" por um motivo.

– Você se lembra. – Uma emoção indefinível perpassou o rosto de Xian. – E você? Qual é o ideograma de seu nome?

Zhen foi pego de surpresa.

– Eu... não tenho certeza. Não sei ler nem escrever.

Antes de se tornar um espírito de serpente, outras criaturas haviam lhe chamado de Pequenino Branco, por conta de sua cor inusitada. Na primeira vez em que se transformou, enquanto estava tremendo e desnudo na margem enlameada de um rio, ele ouviu ao longe a risada de um menino e uma mulher que o chamava: "Zhen! Zhen!".

– Talvez seja este. – Xian se aproximou da penteadeira, pegou um pincel e escreveu um único caractere em um pedaço de pergaminho: 貞. – Significa virtude e lealdade.

Um sentimento inexplicável desabrochou no peito de Zhen enquanto ele encarava o caractere na caligrafia de Xian. Havia escolhido aquele nome porque gostara da sonoridade e porque fora o primeiro nome que ouvira na forma humana. Mas agora sentia como se Xian houvesse lhe dado não apenas o significado de seu nome, mas também outro pedaço de quem ele era.

Xian se dirigiu até a bacia de cobre e jogou água no rosto. Zhen olhou para a banheira de ouro que ficava em um canto do quarto. O dirigente Chu dissera que seus deveres incluíam preparar o banho do príncipe.

Zhen se pronunciou:

– Você gostaria que eu... hã, que eu preparasse o banho?

Houve uma pausa. Zhen prendeu a respiração, torcendo para não parecer tão encabulado quanto se sentia.

Xian encontrou seu olhar.

– Sim, eu gostaria.

O coração de Zhen batia mais rápido do que de costume enquanto ele preparava o banho, primeiro fervendo a água no fogão e então a vertendo na banheira com um jarro. Xian foi até o cabideiro de madeira e, de costas para Zhen, retirou a túnica e a camisa de baixo. Não era a primeira ocasião em que Xian se despia em sua presença, mas daquele vez seria... diferente. Xian ficaria nu por um bom tempo, e Zhen estaria bem ali. Não tinha certeza se estava arrependido de oferecer o banho ou se lamentava que Xian tivesse aceitado.

E então o príncipe se virou, e a alça do jarro quase escorregou da mão de Zhen.

Zhen nunca prestara muita atenção aos detalhes do físico humano, mas agora seus olhos sorviam os músculos magros dos braços de Xian, os ângulos retesados de seu abdômen, o rendilhado de pelos escuros que se delongava abaixo do umbigo...

Esforçou-se para desviar o olhar. O calor em suas bochechas não tinha nada a ver com o vapor se erguendo da água. Tentou se concentrar no pó de sabão, na toalha e na pedra-pomes que era bem mais suave do que a usada para esfregar Zhen quando o prepararam para sua primeira noite como acompanhante do príncipe. Mas suas mãos não estavam firmes, e, por acidente, ele acrescentou sabão demais na banheira, o que criou uma camada grossa de espuma na superfície.

Xian veio em sua direção. Parecia indiferente por estar nu... e pelo efeito que causava em Zhen.

Zhen engoliu o nó na garganta.

– Por favor, tome cuidado. A água está um pouco quente.

Xian ergueu um dos pés e testou a água com os dedos antes

de graciosamente entrar na banheira, e Zhen quase ficou aliviado quando a parte inferior do corpo de Xian desapareceu sob as bolhas. O príncipe fechou os olhos e se recostou contra a banheira, com os cotovelos descansando na beirada.

Zhen passou a pedra-pomes pelos ombros e pela nuca dele, tomando cuidado para não puxar as mechas de cabelo que haviam escapado de seu coque. Aproveitou a oportunidade para admirar os cumes das clavículas de Xian, o contorno de seu maxilar, a planície de seu peito, onde o amuleto de jade repousava.

Xian soltou um ruído suave e satisfeito quando Zhen começou a massagear seus ombros, pressionando os músculos tensos em círculos vagarosos para aliviar a tensão. A pressão se acumulava entre as coxas de Zhen, e ele se remexeu de desconforto. Nunca se sentira tão atraído por ninguém antes. Quantas vezes mais poderia limpar a metade superior do corpo de Xian sem se aventurar sob a água?

Zhen passou a toalha sobre o peito do príncipe – e, sem aviso, a mão de Xian o agarrou pelo pulso.

Zhen se deteve.

– Meu nome. – As gotas nos cílios de Xian reluziram feito pérolas minúsculas. – Quero ouvir você dizê-lo.

O espaço entre os dois era tudo e nada ao mesmo tempo. O ar estava denso e carregado, feito o arvoredo antes de uma tempestade, o que se acentuava com o aroma de petricor. Zhen tinha certeza de que Xian conseguia ouvir seu coração disparado dentro de sua caixa torácica, da mesma maneira que sucuris conseguiam sentir o pulso se esvaindo de suas presas...

– Xu – começou a dizer Zhen, mas Xian meneou a cabeça.

– Não. – Ele se inclinou para mais perto, com intensidade no olhar. – Me chame de Xian.

Zhen o encarou, de olhos arregalados, feito um animal paralisado por uma luz ofuscante.

– Xian – disse, exalando o ar. Ele deixou o nome escorrer por sua língua mais uma vez, e foi a coisa mais natural do mundo. – Xian...

Uma emoção ardente se formou nos olhos do príncipe ao ouvir o som de seu nome, e uma espiral carregada de anseio se comprimiu dentro do baixo-ventre de Zhen. Mas Xian não se aproximou, como se estivesse conscientemente se mantendo à beira de uma linha invisível que esperava que fosse Zhen a cruzar.

É você que vai ter que agir primeiro, havia dito Qing.

Zhen o beijou. A sensação era desnorteante, irresistível, como da vez em que engoliu a pérola, exceto que agora era a boca de Xian se movendo contra a sua, o arranhar prazeroso de sua barba por fazer roçando os lábios de Zhen...

Xian se ergueu de repente da banheira, fazendo a água transbordar pelas beiradas, riachos escorrendo por seus membros. Zhen se afastou, atordoado, e automaticamente esticou a mão para pegar uma toalha, mas Xian o deteve.

– Você vai pegar um resfriado – tentou dizer Zhen.

Xian deu um passo para fora da banheira e o puxou contra seu corpo nu.

– Não me importa.

Desta vez, a boca de Xian estava resoluta, insistente, a língua se movendo contra a de Zhen, os dentes puxando seu lábio inferior. A intensidade era espantosa, mas para Zhen não era o suficiente.

Xian incitou Zhen a subir na cama e o fez se deitar sem interromper o beijo. Ele se escanchou na cintura de Zhen e se inclinou sobre ele, com seu amuleto de jade pendurado no pescoço balançando feito um pêndulo.

Zhen tomou o rosto de Xian entre as mãos e o puxou para perto até que as bocas se encontraram de novo. Desejava tanto o príncipe que mal conseguia respirar. Seus dedos se enredaram no cabelo de Xian, retirando mais mechas de seu coque. Xian deslizou a mão entre seus corpos – e um choque perpassou Zhen mesmo através da camada de roupa que vestia, e ele se sobressaltou em resposta.

Xian imediatamente se deteve.

– Tudo bem?

– Sim. – Zhen sorveu um fôlego trêmulo. – É só que eu nunca...

Ele deixou a voz se esvair, esperando um lampejo de impaciência do outro. Em vez disso, Xian afagou a bochecha de Zhen e retirou uma mecha de cabelo de seu rosto enquanto dizia:

– Não tem problema. Não precisamos fazer nada.

Os dedos de Xian eram calejados, provavelmente pelas horas segurando cabos de espada e puxando flechas. Um lembrete de seu futuro como líder de um reino, alguém que esperava ser obedecido sem questionamentos. E ainda assim, lá estava ele, se recusando a exigir o que era seu por direito quando ambos estavam a sós. Ele não queria nada que Zhen não estivesse disposto a lhe dar.

Uma pedra do tabuleiro de wéi qí não poderia ser movida a menos que fosse capturada. O rapaz que dividira um damasco com ele no estábulo, que lhe preparara um bule de chá pu'er e o ensinara a saboreá-lo, que não hesitara em limpar o sangue que lhe escorrera do nariz com a própria manga... havia capturado o coração de Zhen.

Zhen não desviou o olhar enquanto afrouxava a frente do próprio traje. Uma expressão de surpresa tremulou como o fogo pelos olhos de Xian, que logo se escureceram com um desejo que refletia o que ele próprio sentia.

Zhen pegou o pequeno frasco ao lado da cama e o pressionou contra a palma da mão de Xian.

– Eu quero – sussurrou ele.

Capítulo 21
ZHEN

ESTAVAM DEITADOS NUMA CONFUSÃO de corpos, recuperando o fôlego.

Haviam feito amor duas vezes: uma na noite anterior e novamente de manhã cedo. O corpo de Zhen estava dolorido de um jeito prazeroso, e as marcas invisíveis do toque de Xian ainda permaneciam em seus braços, seu torso, suas coxas.

Apesar de todas as ocasiões em que havia se transformado, seu corpo humano sempre parecera uma segunda pele pronta para ser descartada. Mas Xian mudara isso. Pela primeira vez, Zhen havia descoberto locais sensíveis que não conhecia, sensações que jamais soube que o corpo era capaz de produzir. Tentou memorizar tudo aquilo, o prazer, até mesmo a dor, porque Xian estivera bem ali, murmurando palavras tranquilizantes a cada passo.

Fez menção de se levantar, mas o príncipe pegou sua mão.

– Fique aqui – pediu Xian.

Zhen cedeu e aconchegou a cabeça no peito do príncipe. As vibrações estáveis dos batimentos cardíacos de Xian contra sua bochecha de repente o lembraram do coração de uma presa envolta por seu corpo de serpente, fraquejando até esmaecer por completo. Zhen afastou as memórias indesejadas.

Distraído, Xian acariciou seus cabelos.

– Está cansado?

Zhen roçou os lábios na clavícula do príncipe.

– Estou pronto para uma terceira rodada quando você estiver.

Xian deixou escapar uma risadinha ofegante.

– Me dê um momento para me recuperar.

Deslizou a mão pelo torso de Zhen e tracejou círculos em sua pele. Zhen se arrepiou, mas se retesou quando os dedos de Xian encontraram a cicatriz lisa e alta acima de seu quadril esquerdo.

Xian se deteve.

– O que aconteceu aqui?

Se a velha tartaruga não o tivesse encontrado naquela armadilha para cobras e o ajudado a se soltar...

– Não me lembro – respondeu Zhen. – Faz muito tempo.

Aquilo era mentira, e ele tinha certeza de que Xian sabia. Uma dor que deixava uma marca tão profunda não era algo fácil de se esquecer. Mas não poderia contar ao príncipe como havia ganhado aquela cicatriz, assim como não poderia lhe contar a verdade sobre quem ele de fato era.

Xian rolou o corpo de Zhen para que ele ficasse deitado de costas. O príncipe se inclinou e deixou uma trilha de beijos lânguidos descendo pelo peito de Zhen e por todo seu abdômen, até que encontrou a marca. O rapaz arfou quando a língua de Xian se lançou sobre o nó de pele cicatrizada. A intimidade, a ternura... Zhen sentiu um estímulo entre as pernas mais uma vez.

Ele inverteu a posição dos dois, encaixou um joelho de cada lado do corpo de Xian e capturou sua boca em um beijo fervoroso. O sorriso largo e satisfeito que o príncipe exibiu quando os dois se afastaram, ofegantes e corados, confirmava o quanto Xian se deleitava vendo o lado ousado do outro.

– Você disse que nasceu em Wuyue – comentou Xian, passando um dedão sobre a maçã do rosto de Zhen. – Quero que volte para casa comigo.

Zhen prendeu a respiração.

– Você... Você está falando sério?

Xian assentiu.

– O palácio de Xifu é bem ao lado do Lago do Oeste – disse. – Assistir ao pôr do sol por trás do Pagode Leifeng enquanto se está sobre a Ponte Quebrada... é inesquecível. E eu posso apresentá-lo à minha mãe. Acho que ela adoraria conhecê-lo.

A menção à mãe do príncipe parecia uma avalanche desabando sobre Zhen.

Ele se afastou.

– Não acho que seja uma boa ideia.

Xian pareceu perplexo.

– Por que não?

– Tenho certeza de que você possui cortesãos muito mais capazes de servi-lo em Wuyue.

– Você não é um cortesão. E eu não quero nenhum deles. Quero você. – Xian franziu a testa. – Por que tem tanta dificuldade de acreditar nisso? Do que é que você tem medo?

Voltar a Wuyue com o príncipe era o que Zhen mais queria. Mas não poderia fazer isso.

Sem dizer uma única palavra, ele puxou Xian para mais um beijo, desta vez lento, profundo, demorado. Como a neve derretida na parte ensolarada da Ponte Quebrada, aquela ilusão não duraria. Mas mesmo que jamais fosse real, Zhen não conseguia abrir mão dela.

Quando se afastaram, Xian arrumou uma mecha de cabelo solta atrás da orelha de Zhen.

– O oráculo me trouxe até Changle para curar minha mãe – disse o príncipe. – Não voltarei a Wuyue sem a cura. – Ele se inclinou até que seus narizes se tocassem. – E eu sei, no fundo do meu coração, que também não voltarei sem você.

Zhen desviou o olhar para que Xian não visse a expressão estampada em seu rosto.

– Está clareando. – Ele jogou as pernas para a lateral da cama. – Por que não vamos até a enfermaria ver se Feng está se sentindo melhor?

Encontraram Feng com o ombro esquerdo enfaixado e o braço em uma tipoia. Qing estava ao seu lado, erguendo uma colherada de mingau de arroz. Será que ela estava alimentando o rapaz?

– Se soubesse que você estava na companhia desta jovem donzela – disse Xian, dirigindo-se até a cama de seu melhor amigo –, eu não teria vindo visitá-lo tão cedo.

Feng corou. Assim como Qing, que baixava a colher. Zhen arqueou a sobrancelha em sua direção, e ela lhe lançou um olhar que o aquietou.

Zhen ainda não se sentia completamente à vontade na presença do guarda-costas.

– Espero que esteja se sentindo melhor, meu senhor.

– Espere aí, Zhen. – Xian virou-se para ele. – Quando impediu que o leopardo arrancasse a cabeça de Feng, você conquistou o direito de chamá-lo pelo nome. É um dos decretos reais do Reino de Wuyue.

Feng lançou ao príncipe um olhar fingidamente ofendido.

– Arrancar minha cabeça é um exagero, você não acha?

Xian encostou o dorso da mão na testa de Feng.

– Sua febre já passou? Está sentindo calafrios?

– Estou ótimo – respondeu Feng. – O médico disse que devo retirar a tipoia antes do Festival Duanwu.

Xian olhou para Qing.

– Diga na cozinha que preparem uma sopa especial de costela de porco cozida em banho-maria com peônias brancas, sementes de lótus, ginseng e cogumelo cordyceps a cada refeição pelos próximos dias. Essa é a receita especial do tônico de minha mãe. Sirva-a a Feng pessoalmente.

– Pois não, vossa alteza – respondeu Qing. – Vou pedir aos chefs que comecem o preparo neste instante.

– Eu irei com ela e pedirei que seu café da manhã seja trazido, vossa alteza – sugeriu Zhen. Ele tinha quase certeza de que Xian queria passar um tempo a sós com o melhor amigo.

Quando os dois saíram da enfermaria, Zhen sorriu para Qing.

– Não esperava te ver aqui.

Qing deu de ombros.

– Meu trabalho é levar as refeições para a delegação de Wuyue. Já que Feng está na enfermaria, entreguei o café da manhã dele aqui.

– Entendi. Mas o seu trabalho inclui dar de comer para ele?

Ela ficou vermelha.

– O braço dele está em uma tipoia! Como é que vai segurar a tigela e a colher ao mesmo tempo?

– Bem, ele parecia contente. – Zhen a cutucou com carinho. – Quase como se pensasse que valeu a pena ter sido atacado por um leopardo.

Qing mostrou um sorriso furtivo.

– Acho que ele é legal. Bem menos irritadinho do que eu pensava.

Zhen olhou em volta para se certificar de que ninguém estava por perto para ouvi-los.

– Escute, tem uma coisa que preciso te dizer.

– É, eu sei. – Qing sorriu de maneira afetada e apontou para o pescoço dele. – Seu principezinho deixou uma dica bem óbvia.

As bochechas de Zhen coraram. Estivera andando pelo palácio com uma marca de mordida no pescoço. Feng também devia ter visto.

Qing se aproximou de forma conspiratória.

– Então, como foi? Doeu muito da primeira vez?

Zhen a dispensou com um aceno.

– Não era disso que eu queria falar. O príncipe me contou que quando voltar para Wuyue... ele quer que eu vá junto.

– E você vai? – Qing soou espantada. – Espera... E eu? Você vai perguntar se eu posso ir também, não vai?

– Não. Precisamos ir embora de Changle antes dele. Já ficamos tempo demais aqui.

Qing pestanejou.

– Achei que você gostasse do príncipe.

Zhen fechou os olhos. Seu peito doía como se tivesse sido ferido por um anzol serrilhado.

– Eu gosto.

Qing franziu o cenho.

– Então o problema é ele estar caçando serpentes? Humanos têm nos caçado há muito tempo, por todo tipo de motivo. Nossa pele. Nossa carne. Nossa vesícula...

– Fui eu que lhe roubei a cura – Zhen deixou escapar.

Qing ficou assustada.

– O quê? Como assim? Você acabou de conhecê-lo!

Zhen não conseguia mais esconder aquela informação.

– A primeira vez que encontrei Xian foi sete anos atrás, quando eu era uma serpente normal – explicou. – Ele só tinha dez anos na época. Xian caiu no Lago do Oeste e quase se afogou. Algo me atraiu até ele e eu o arrastei para fora da água. Ele segurava uma pérola espiritual na mão, e eu... a peguei.

Os olhos de Qing se encheram de compreensão.

– A pérola te tornou um espírito de serpente?

– A mesma pérola que teria curado a mãe dele da mordida da serpente. – Zhen esfregou a testa, completamente desolado. – Eu não sabia até ele me contar, uns dias atrás.

– Você não pode ficar se culpando – opinou Qing. – Você não fazia ideia da função da pérola. Você era uma serpente. Viu uma coisa brilhante e a engoliu. É isso o que animais fazem.

– Eu sabia exatamente o que era aquilo – retrucou Zhen. – Um velho espírito de tartaruga uma vez me contou que essas pérolas eram tão valiosas para eles porque consumir uma delas acrescentaria centenas de anos de cultivação, e assim poderiam ascender aos céus mais rápido. Eu não me importava com nada disso; só queria me tornar um espírito de serpente para poder me transformar e viver como um humano. Eu peguei a pérola e... deixei Xian ali naquela ilhota no meio do lago. Ele poderia ter morrido se ninguém o tivesse salvado.

– Ele é um *príncipe*. O palácio não teria parado de procurar até encontrá-lo. Você salvou a vida dele, Zhen. Ele não estaria aqui se não fosse por você.

Zhen jamais havia pensado na questão daquela forma. Muito embora os mais fortes tomarem dos mais fracos fosse a lei da natureza, durante todos aqueles anos ele lidara com a culpa e com o lembrete persistente de que era um impostor, vivendo uma vida que não era sua por direito.

Zhen deslizou a mão para dentro da manga de sua veste e retirou um pequeno pedaço de pergaminho. Ele o havia sorrateiramente pegado da penteadeira quando Xian não estava olhando.

貞. *Significa virtude e lealdade*, havia dito Xian.

Zhen olhou para o próprio nome escrito na caligrafia do príncipe e sentiu uma pontada conflitante em seu peito.

– O que é isso? – perguntou Qing.

O rapaz dobrou o pedaço de pergaminho e o colocou de volta na manga. Ele era uma serpente, e Xian era um caçador de cobras. Não havia como as coisas terminarem bem.

– Vamos embora de Changle no dia seguinte ao Festival Duanwu – disse Zhen a Qing.

Capítulo 22
XIAN

DUANWU, UMA DAS QUATRO festividades mais importantes, marcava uma mudança de estação que poderia trazer um ano de prosperidade – ou de desastre. O início do verão coincidia com a chegada de pragas como doenças, secas e insetos que destruíam as colheitas. Para afastar os males, as pessoas penduravam artemísia e cálamo nas portas e pregavam talismãs de moedas de oito lados aos portões de suas casas.

Diante do espelho, em seus aposentos, vestido com seu lóng páo, Xian notava a mesma sensação se revolver no peito: estavam à beira de uma mudança na sorte – se boa ou ruim, ele não sabia.

As portas do quarto adjacente se abriram e Feng apareceu, trajado finamente em seu uniforme. O colarinho transpassado de um branco vibrante o distinguia como um guarda-costas real. A espada estava pendurada ao lado da cintura em uma ornamentada bainha preta e dourada, que ele utilizava apenas em ocasiões oficiais.

Xian deu uma piscadinha.

– Você está ótimo.

– Cuidado. – Feng flexionou o braço esquerdo, recém-saído da tipoia. – Pode ser que seu parceiro fique com ciúme.

– Ele já foi se aprontar. Fizeram para ele uma vestimenta especial.

Feng bufou de sarcasmo.

– A única diferença que importa para você é o quão rápido conseguirá retirá-la à noite.

Xian mostrou um sorriso afetado. Nas últimas noites, Zhen ficara morrendo de vergonha a cada vez que a cama rangia debaixo deles, quando os sons ritmados de ambos ficavam mais altos e mais frenéticos.

– Desculpe. Sei que o seu sono é leve. – Xian fez uma pausa. – Eu quero levar Zhen conosco quando voltarmos para Wuyue.

Feng parecia surpreso.

– Como é que é?

– Não se preocupe, vou me certificar de que a irmã dele também venha. Não duvido que você será completamente honroso e se casará com Qing antes de se deitar com ela.

– Não tente mudar de assunto. – Feng lhe lançou um olhar. – Eu não daria falsas esperanças desse tipo ao pobre rapaz. Pode ser que você se canse dele antes mesmo de chegarmos a Xifu, e, depois disso, o que acontece?

Xian ergueu a sobrancelha.

– Isso que estou vendo é preocupação? Em relação àquele sobre o qual você argumentou com tanta veemência que não deveria receber permissão de dormir em meus aposentos? Foi assim que você decidiu mostrar sua gratidão por ele ter salvado a sua vida?

– Ele agiu com coragem naquele dia. – O tom de Feng era relutante. – Mas acho que está indo rápido demais. Você mal o conhece.

A objeção de Feng espelhava a reação de Zhen quando Xian mencionou que o levaria de volta a Wuyue. Assim como seu melhor amigo, Zhen não parecia acreditar que conseguiria manter a atenção de Xian por muito tempo.

No entanto, ambos estavam enganados. Zhen não escondera o fato de que jamais estivera com outra pessoa, mas aquela também era uma primeira vez para Xian. Sentia por Zhen algo completamente diferente do que sentira por qualquer rapaz antes dele, e o príncipe não queria que ele fosse apenas um casinho agradável em uma terra distante. Pretendia levá-lo para o palácio em Xifu, e assim que encontrassem a cura e sua mãe tivesse sarado, Xian teria tempo de conquistar o coração do rapaz.

– Tive uma longa conversa com Fahai mais cedo – comentou o príncipe. – Caçar serpentes não nos levou a lugar algum, e estamos ficando sem tempo. Precisamos de uma maneira mais eficiente de capturar a serpente branca.

– E qual seria? – perguntou Feng.

Xian lhe mostrou um talismã de moeda com um buraco quadrado no meio, do tipo que era amplamente vendido em mercados antes do festival. Um lado da moeda estava gravado com os símbolos do wǔ dú, os cinco venenos: a centopeia, a lagartixa, o escorpião, o sapo... e a serpente.

– "Até mesmo um poderoso dragão custa a superar uma serpente em seu refúgio natal" – disse Xian. – As palavras do sacerdote são a pista que faltava. Quando o oráculo disse que a chave para encontrar a cura estava em Changle, não se referia apenas ao lugar, mas ao povo. Precisamos que nos tragam a serpente branca.

– Seu pai não queria que ninguém soubesse o real motivo de nossa visita a Changle – observou Feng. – Como podemos empregar a ajuda da população sem levantar suspeitas?

Os cantos da boca de Xian se ergueram.

– Eu tenho um plano.

O palácio em Wuyue estava localizado bem ao lado do Lago do Oeste, onde a corrida anual de barco-dragão era realizada. Mas o palácio de Changle ficava mais ou menos a uma hora de cavalgada do Rio Min, onde era feita a corrida local de barco-dragão.

Quando Xian e sua comitiva chegaram, as celebrações já estavam a toda. Famílias andavam à toa, rindo e conversando, enquanto as crianças perseguiam umas às outras com bolsinhas de ovo balançando ao redor do pescoço. Vendedores ofereciam desde comida a lenços de seda, braceletes de cinco cores e sachês de incenso. O chiado de bombinhas preenchia o ar, e o rio cintilava em tons de crepúsculo, vermelho e violeta, enquanto os barcos-dragão se reuniam rio abaixo.

Um estrado coberto e decorado com mesas, sofás e um palco para os entretenimentos da noite fora armado à margem do rio para os oficiais seniores da corte e os mais honrados convidados de Wuyue. Cornetas anunciavam e davam as boas-vindas ao séquito real, e todos se detiveram para oferecer reverências enquanto Xian passava, seguido por Feng, Fahai e o governador Gao.

O olhar de Xian procurou por Zhen e o encontrou no estrado, de pé ao lado do mais magnífico sofá acolchoado. O rapaz estava lindo em uma túnica branca bordada que chegava até seus calcanhares. Um arco de filigrana prateado circundava sua testa, e a metade de cima de seu longo cabelo estava trançada de maneira elaborada enquanto o restante fluía além de seus ombros.

Enquanto Xian subia os degraus, Zhen se ajoelhou graciosamente, com as mãos dobradas à sua frente. Depois se ergueu e ofereceu ao príncipe uma xícara de chá fumegante.

– Vossa alteza – disse, com um brilho de alegria nos olhos.

Xian aceitou a xícara e bebeu o chá. Depois esticou a mão e prendeu uma mecha solta de cabelo atrás da orelha de Zhen. Jamais fizera aquilo com algum dos outros rapazes com quem dormira. Ele os havia beijado e tocado, mas nunca lhes afastara o cabelo do rosto ou sentira tanto afeto enquanto passava a ponta dos dedos sobre a curva de suas orelhas.

Qing apareceu com uma travessa de bolinhos envoltos em folhas de bambu. Estava usando um vestido verde de cintura alta com longas mangas brancas, a vestimenta formal de criadas do palácio. Ela sorriu para Feng, que se sentara no outro sofá com Fahai. Feng retribuiu, a expressão radiante.

Rufos de tambores sinalizaram que a corrida de barco-dragão estava prestes a começar. O sol poente havia tocado o horizonte, e alguns escaleres enfeitados com bandeiras e estandartes aguardavam na linha de largada. Cada embarcação de madeira possuía uma cabeça de dragão entalhada à frente, uma cauda atrás e escamas de cores vivas pintadas dos lados. O casco era excepcionalmente estreito, com espaço suficiente apenas para uma tripulação de vinte homens sentados em duplas com seus remos.

Xian desembrulhou um bolinho triangular e mordeu o recheio de castanhas, jujubas, feijões-vermelhos e carne de porco picada misturados ao arroz glutinoso.

– Isso aqui nem se compara ao zòng zi que minha mãe prepara – disse ele a Zhen. – Os ingredientes secretos dela são tâmaras vermelhas secas e pinhões. Meu pai gosta de brincar que Qu Yuan teria escrito poemas sobre eles.

– Quem é Qu Yuan? – perguntou Zhen.

Xian ficou surpreso. Que tipo de infância isolada Zhen teria vivido para não estar familiarizado com as pessoas e histórias por trás das festivais populares?

– Qu Yuan foi um poeta e oficial da corte que morava em Chu durante a época dos Estados Combatentes – respondeu o príncipe. – Era um bom homem, mas rivais invejosos o difamaram, e ele foi exilado pelo rei. Quando ouviu falar da derrota de Chu pelas mãos de seus inimigos no quinto dia do quinto mês, ele se jogou no rio de tanto desgosto. Os aldeões ficaram tão tocados pelo amor de Qu Yuan por sua terra natal que saíram de barco para procurá-lo.

– E eles o encontraram? – indagou Zhen.

– Não. Mas jogaram bolinhos de arroz glutinoso na água para impedir que os peixes comessem o corpo dele, e continuaram a se lembrar do dia de sua morte, indo até o rio em barcos decorados com cabeças de dragões ferozes, tocando altos tambores para afastar os monstros aquáticos.

Ao som da corneta, os barcos-dragão dispararam da linha de largada e partiram a água feito lâminas de madeira. Era uma corrida de velocidade ao longo de quatrocentos e cinquenta metros, uma explosão de pura energia incitada pelos vivas de espectadores que abarrotavam as margens. Os homens remavam em sincronia perfeita e furiosa ao som estrondoso e frenético do percussionista na ponta do barco.

Xian olhou de esguelha para Zhen. A admiração no rosto do rapaz conforme o barco vencedor ultrapassava a linha de chegada era mais interessante do que a corrida em si.

Em festivais, era costume que o oficial da mais alta patente fizesse um curto discurso antes de o banquete ter início. Xian subiu ao palco. Era a primeira vez que o príncipe de Wuyue se dirigia ao povo, e a multidão ficou em silêncio, ansiosa para ouvir o que ele tinha a dizer.

Xian se pronunciou, com a voz clara em meio à fria brisa noturna:

– Quando eu era apenas um garoto, minha querida mãe seguia meticulosamente todas as tradições do Festival Duanwu – disse. – Ela me banhava em água que jamais havia ficado sob a luz do sol. Fervia um ovo em chá, o pintava de vermelho e o pendurava no meu pescoço, em uma pequena bolsa costurada com fios coloridos. Então mergulhava os dedos em vinho branco misturado a pó de realgar e escrevia o ideograma 王 na minha testa para afastar espíritos maléficos. Vejo que muitos de vocês, pais e mães, fizeram o mesmo.

A multidão escutava, absorta. As famílias abraçavam apertado suas crianças.

Xian ergueu o lado contrário do talismã de moeda que havia mostrado a Feng mais cedo, no qual estavam gravados os dizeres 驅邪降福.

– Qū xié jiàng fú. "Expulsem os males e enviem boa sorte" – leu o príncipe. – Em nome de meu pai, o rei de Wuyue, e neste Ano da Serpente, eu anuncio uma recompensa: irei premiar com um tael de prata cada pessoa que trouxer uma serpente branca ao palácio de Changle até o fim do dia de amanhã.

Fez-se um silêncio estarrecido. Um tael de prata equivalia a dois meses de salário para a maioria dos trabalhadores.

– A serpente deve ser branca, e deve estar viva e intacta – continuou Xian. – Do contrário, não haverá gratificação.

Aplausos irromperam, e algumas pessoas se retiraram na mesma hora, provavelmente para começar a caçada em vantagem. Xian deu um passo para trás, satisfeito. Com sorte, a esta hora do dia seguinte, eles possuiriam ao menos uma serpente branca, e ele teria uma desculpa para deixar Wuyue imediatamente.

Os pratos servidos no banquete eram parecidos com o que Xian comia em casa durante o festival: brotos de feijão, alho-poró e carne desfiada envolta em panquecas de farinha de trigo tão finas que ficavam translúcidas como seda. Enguias, que estavam na época e particularmente roliças e macias, ensopadas com tofu e cogumelos. Ovos de pato salgados e cozidos com claras líquidas e gemas firmes de um laranja avermelhado.

Enquanto Xian e sua comitiva banqueteavam, músicos tocavam instrumentos de corda e de sopro, címbalos, gongos e o qín, o instrumento favorito dos imperadores. Cortesãos subiram ao palco e dançaram, girando leques de seda multicoloridos. Deng não estava entre eles.

Ao lado de Xian, Zhen parecia pálido demais, e mal tocou na comida. Antes que o príncipe pudesse perguntar se estava tudo bem, algumas gotas de sangue fresco caíram na túnica branca de Zhen.

– Seu nariz está sangrando de novo. – Xian pegou na mão do rapaz enquanto outra gota carmesim caía. – Suas mãos estão congelando! Você está doente?

– Não me sinto bem. – A voz de Zhen estava contida. – Eu poderia me retirar? Qing pode me acompanhar de volta ao palácio...

– Pode ser que isto ajude. – Fahai se aproximou com um cálice feito de cerâmica em ambas as mãos. – Príncipe, eu preparei esta poção de ervas, como você me instruiu.

– Chegou na hora certa. – Xian pegou o cálice e o ofereceu a

Zhen. – Eu pedi que Fahai preparasse este remédio para você. Vai ajudar com o seu sangramento nasal. Aqui, beba.

Zhen parecia aflito, feito um animal encurralado. Sangue continuava a pingar de seu nariz. Xian pegou um lenço e deu batidinhas no lábio superior do rapaz.

– Dê uma chance ao remédio de Fahai – encorajou. – O palácio fica a uma hora daqui e parece que você vai desmaiar se der mais do que alguns passos.

Ele levou o cálice até a boca de Zhen, mas o rapaz se encolheu. Qing e Feng se aproximaram, parecendo ansiosos.

– O que tem de errado com ele? – perguntou Qing.

Xian não sabia por que Zhen estava tão relutante em beber a poção.

– E se fizermos assim? – disse o príncipe. – Eu bebo o primeiro gole e você termina o resto.

Era assim que sua mãe costumava persuadi-lo a tomar remédios quando ele era mais novo. Xian bebericou do cálice e reprimiu a vontade de regurgitar. Aquelas poções sempre tinham um gosto péssimo.

– Agora é sua vez.

Zhen pareceu empalidecer ainda mais, depois desviou o rosto da bebida.

– Xian – sussurrou ele, baixo o bastante para que apenas o príncipe o ouvisse. – Por favor...

Fahai falou com firmeza:

– Não é de bom-tom rejeitar a preocupação do príncipe, ainda mais diante de tantos de seus súditos.

Zhen parecia angustiado. Seus lábios enfim se entreabriram, e ele estremeceu enquanto engolia a poção de odor pungente. Quando terminou, permaneceu estranhamente imóvel, de olhos fechados. Suas mãos estavam cerradas com tanta força que os nós dos dedos ficaram brancos.

– Zhen? – Qing foi correndo até o outro lado dele. – Está tudo bem com você?

Zhen a pegou pelo pulso; seus dedos se afundaram tanto em sua carne que ela ofegou. Quando ele abriu a boca, um som ininteligível saiu – uma respiração gutural que parecia quase selvagem.

Xian se pôs de pé num salto.

– Zhen? O que aconteceu?

Os olhos do rapaz se reviraram nas órbitas. Ele se contraiu feito um fantoche sacudido por fios invisíveis e desabou no chão, convulsionando em espasmos violentos. Porções de escamas brancas irradiaram ao longo de seu rosto e pescoço, espalhando-se por sua pele.

Xian se aproximou às pressas, mas Fahai o tomou pelo braço.

– Fique longe, príncipe.

Zhen soltou um guincho horripilante e inumano. Seus membros começaram a encolher; era como se seus ossos estivessem derretendo. O torso se alongou com a mesma velocidade espantosa com que os braços e as pernas desapareciam. Seu corpo ficou mais comprido, mais estreito, e a túnica bordada se acumulou ao redor da figura sem membros que se contorcia. Seu rosto se retorceu como se tivesse sido atingido por ácido, mudando de humano para algo grotesco, algo repti...

Xian encarou, horrorizado, uma enorme serpente branca se erguer no lugar em que Zhen estivera. Suas escamas cintilaram, e, quando ela levantou a cabeça, mostrou que passava da cintura de um homem, o corpo grosso como um enorme cano. Do lado esquerdo havia uma cicatriz profunda e esburacada de vários centímetros de comprimento.

O caos se instaurou. Pessoas gritaram e caíram umas sobre as outras, tentando fugir. Guardas sacaram suas armas, mas até mesmo eles pareciam temerosos demais de se aproximar.

A língua bifurcada da serpente branca se projetou para fora da boca. Seus brilhantes olhos verdes sem pálpebras se fixaram em Xian.

Feng brandiu a espada. A ponta da lâmina roçou na serpente, deixando uma fina linha de sangue contra seu corpo branco feito osso. A criatura sibilou e abriu a mandíbula, revelando duas fileiras de dentes afiados que se curvavam para trás.

Feng puxou o braço para desferir outro golpe...

– Não! – Xian se desvencilhou das mãos de Fahai e pulou na frente da serpente. – Não ataque!

Todos ficaram paralisados. Feng parecia chocado; seu braço se deteve em meio ao ar, com a lâmina a centímetros de dar um golpe fatal no pescoço do príncipe.

Xian sentia como se estivesse debaixo d'água mais uma vez, se afogando no Lago do Oeste, com a serpente branca dando voltas ao redor de seu corpo e espremendo o último fôlego de seus pulmões...

– Não o mate – exclamou Xian. – Eu preciso dele vivo.

Capítulo 23
XIAN

XIAN ESTAVA SOZINHO NA escuridão de seus aposentos. Ainda vestia o lóng páo, sujo de terra por conta da cavalgada de volta ao palácio. Sua pulsação martelava dentro do crânio, tão forte que sua cabeça doía e ele precisava fechar os olhos.

O oráculo o havia mandado a Changle. O sacerdote o avisara dos perigos à espreita. Mas a serpente branca estivera mais perto do que o príncipe pensara.

Ao seu lado. Em sua cama.

Os sinais estiveram todos presentes: o ferimento cicatrizado no quadril esquerdo de Zhen, que correspondia à marca da serpente branca que o havia retirado do Lago do Oeste. O fato de Zhen ter lhe contado que nascera em Wuyue e a relutância do rapaz em voltar para lá junto dele. Sua conexão misteriosa com animais, incluindo Zhaoye e o leopardo que os havia atacado durante a expedição de caça.

Lá no estrado, Fahai lançara um dardo carregado de tranquilizante, que atingira em cheio as escamas dorsais da serpente branca. A criatura havia se arqueado e guinchado, com o corpo ondulando e a poderosa cauda derrubando tamboretes mesmo enquanto seus movimentos enfraqueciam.

Quando a serpente enfim parou de se mover, os guardas a trancafiaram numa enorme jaula de vime.

– Levem-na para o palácio – ordenara Xian.

Agora o príncipe abriu os olhos. Tudo em seus aposentos o lembrava de Zhen. Os bules que usara para lhe mostrar como preparar uma xícara de chá pu'er. A cômoda de madeira onde Zhen havia meticulosamente alisado os vincos do lóng páo de Xian, o mesmo que ele estava usando naquele exato instante. O tabuleiro com o qual o príncipe ensinara Zhen a jogar wéi qí. A cama de estrado onde seus corpos haviam se entrelaçado com risadas ofegantes e beijos demorados.

Com um rugido, Xian varreu a louça de chá para fora da mesa. Xícaras de porcelana despencaram pela borda e se estilhaçaram no chão. Bules se despedaçaram, atirando cacos de argila roxa em todas as direções. O príncipe virou a mesa baixa com o tabuleiro de wéi qí, que atingiu o chão com tanta força que se partiu ao meio. Pedras pretas e brancas se espalharam para os cantos e escorregaram para debaixo da cama.

Xian esticou as mãos trêmulas e encarou um corte sangrento nos nós de seus dedos.

Havia encontrado a serpente branca, mas não experimentava nenhuma sensação de vitória. Apenas o gosto da traição, amarga feito bílis no fundo de sua garganta.

Quando ergueu o olhar, Fahai e Feng estavam à porta, com o semblante fechado. As batidas na porta deviam ter sido abafadas pelos sons do alvoroço do príncipe. Eram as únicas pessoas que seriam perdoadas por entrar sem permissão.

Xian cerrou a mão. Chegava a ser estranho como a ardência da dor era calmante.

– O prisioneiro já foi confinado?

– Está trancafiado nas masmorras – respondeu Feng. – Ele havia se transformado de volta em humano quando chegamos ao palácio, mas ainda está inconsciente.

– Coloquei uma coleira ao redor de seu pescoço – informou Fahai. – É feita de aço bīn que foi temperado e endurecido até que um padrão em espirais surgisse. A coleira possui o poder de impedir que ele volte à forma de serpente e escape.

Xian soltou uma risada aguda e desequilibrada.

– Você calhou de ter uma coleira mágica na manga, Fahai?

– Não. Fui em busca de uma na primeira vez que tive suspeitas em relação a Zhen. – O tom do conselheiro era moderado. – Mas não quis acusá-lo até ter certeza absoluta. Foi aí que entrou o pó de realgar presente na poção.

Xian entendeu.

– Serpentes não toleram enxofre. Foi por isso que ele se encolheu quando lhe oferecemos o remédio.

– Eu acrescentei diversas ervas de cheiro forte para mascarar o realgar, mas serpentes possuem um excelente olfato – comentou Fahai. – Ele deve ter detectado o odor. No entanto, diante de sua insistência e sob os olhares de todos nós, ele não teve escolha a não ser ingerir a poção.

– Quando foi que você começou a suspeitar que Zhen não era quem ele dizia ser? – indagou Feng.

– Desde o início havia algo estranho nele – respondeu Fahai. – As coisas que ele dizia sobre o passado e a família... algo não fazia sentido.

A família dele...

– Onde está Qing? – questionou Xian.

Um lampejo perpassou o rosto de Feng.

– Nós a procuramos, mas não conseguimos encontrá-la. Os guardas estão vasculhando as florestas neste momento.

Era muito provável que Qing também fosse um espírito de serpente. Zhen não mentira ao dizer que eram irmãos. Duas serpentes demônio vivendo como humanos no palácio de Changle. As mãos de Xian se cerraram em punhos. Mas que piada.

– Quando ele se juntou à caçada como nosso guia – disse

Fahai, com gravidade –, tive a impressão de que ele na verdade estava alertando as serpentes para que fugissem.

– Mas nós quase pegamos uma delas – observou Feng.

– Essa deve ter entrado em pânico e cruzado nosso caminho por acidente. – Fahai lançou um olhar de soslaio para Xian. – Não me surpreenderia se fosse Zhen quem tivesse invocado aquele leopardo para atacar Feng, como uma distração para permitir que a serpente escapasse.

– O que é que Zhen quer? – Feng parecia abismado. – Por que ele foi tão longe para se infiltrar no palácio e se aproximar de Xian?

– Se eu fosse menos astuto, diria que foi um ato de má-fé por parte da corte de Min – disse Fahai. – Mas Zhen não estava entre os cortesãos oferecidos. Não teria como saberem que o príncipe o escolheria. A serpente deve estar atrás de outra coisa.

Xian apertou o topo do nariz. Feng e Fahai desconheciam a conexão forjada entre ele e Zhen naquele fatídico dia, anos antes.

Mas e quanto a Zhen? Em que momento ele percebeu que Xian era o menino do lago?

Ele devia ter reconhecido o príncipe desde o início. E tirara proveito disso, furtivamente espalhando seu encanto por trás das linhas inimigas... e Xian estivera tão enamorado que baixara a guarda. Não havia percebido o engodo até que fosse tarde demais.

O príncipe olhou para Fahai.

– É possível usar um espírito de serpente para criar o antídoto para minha mãe?

O conselheiro assentiu.

– Talvez suas habilidades sobrenaturais até aumentem a eficácia da cura. E esse é possivelmente o único lado positivo desta situação lamentável.

– Não há nada para lamentar. Nós enfim conseguimos o que viemos buscar. – O tom de Xian era implacável. – Fahai, por favor, informe o governador Gao que partiremos para Wuyue ao amanhecer. Feng, faça os arranjos necessários para que nossa delegação esteja pronta para partir com o prisioneiro. E dobre nossa guarda para a jornada de volta a Xifu.

– Eu devo partir primeiro para informar seu pai? – perguntou Fahai. – Ele ficará ansioso em saber que encontramos o que precisávamos para o antídoto.

Xian assentiu.

– Chegar mais cedo te daria mais tempo para preparar seu laboratório. Você partirá esta noite.

O conselheiro estendeu um par de algemas.

– Isto vai garantir que o prisioneiro não escape.

Xian fitou a longa e frágil corrente que conectava os grilhões.

– Eu me sentiria mais confortável com algo mais robusto.

Fahai sorriu.

– As aparências enganam, príncipe Xian. Estas são as amarras mais seguras que vai encontrar. Elas também foram fabricadas em aço bīn e reforçadas com uma fechadura em formato de garra de dragão. Arma nenhuma consegue cortar este metal, e apenas uma única chave no mundo é capaz de abrir a fechadura.

Xian pegou o par de algemas e a chave. Então ambos tinham propriedades mágicas, assim como a coleira. O conhecimento arcano de Fahai lhes servia muito bem.

– O espírito de serpente pode tentar barganhar por sua liberdade, se oferecendo para curar sua mãe – continuou Fahai, em um tom severo. – Ele sabe muito bem que, acima de qualquer outra coisa, você está em busca de uma cura, e pode ser que tente se aproveitar disso. Mas você não deve confiar nele. Se Zhen se aproximar dela e tentar executar qualquer tipo de magia das trevas, isso poderia custar a vida de sua mãe. Não permita que ele o engane novamente, príncipe.

– Eu seria tolo de cometer o mesmo erro duas vezes – retrucou Xian, em um tom tão duro quanto aço bīn.

Feng lançou ao amigo um olhar preocupado antes de ele e Fahai se retirarem do cômodo, deixando Xian sozinho.

O príncipe ficou imóvel por um longo tempo, encarando as pedras brancas e pretas espalhadas pelo chão. Não fora apenas no tabuleiro wéi qí que Zhen encontrara uma fraqueza nas defesas de Xian.

Precisava parar de pensar em Zhen como um rapaz com quem outrora se importava. Aquele rapaz jamais existira. A serpente branca era sua prisioneira e teria de pagar a própria dívida em carne e sangue. E, ao final, ficaria completamente claro qual dos dois havia de fato vencido o jogo.

Capítulo 24
ZHEN

OS OLHOS DE ZHEN se arregalaram.

Onde estava? Será que era serpente ou humano? Ou uma terceira coisa? Ele não sabia. Não tinha nenhuma noção de tempo e espaço. Seu corpo parecia desprovido de ossos; se possuía membros, não os sentia.

As lembranças ardiam feito o enxofre na poção que descera por sua garganta. A dor lancinante de suas juntas se abrindo contra sua vontade – a primeira vez em que não tivera controle sobre a própria transformação. Cada osso parecera estar sendo arrancado das juntas, e tudo o que ele conseguira fazer fora gritar e se debater e implorar que tudo cessasse, que tudo acabasse.

Havia gritado para Qing na linguagem das serpentes, incompreensível para humanos, e dito a ela para fugir. Esperava que, uma vez na vida, ela o tivesse escutado. Não suportava nem imaginar o que fariam com ela se a capturassem. Zhen rezava para que, àquela altura, ela estivesse longe, bem longe de onde quer que ele estivesse.

Os arredores foram aos poucos se materializando em meio às sombras. Ele estava deitado em um gélido chão de pedra, diante de uma parede. Um brilho doentio se derramava por entre as grossas grades. Não demorou para adivinhar de qual lado das grades estava.

Era humano de novo. Zhen estremeceu, um lembrete de que estava nu. Um cobertor esfarrapado fora jogado sobre a parte inferior de seu corpo. Sentia a garganta como se tivesse engolido arbustos espinhosos, e seu crânio parecia ter se partido ao meio e se fundido mais uma vez. Provavelmente porque tinha mesmo.

Não o mate. Eu preciso dele vivo.

Um terrível formigamento cobriu a pele nua de Zhen. O tom frio da voz de Xian enquanto proferia aquelas palavras era algo de que ele jamais se esqueceria.

O príncipe enfim sabia quem Zhen era. *O que* ele era. Não apenas uma serpente, mas o monstro que Xian vinha caçando durante todos aqueles anos. O ser que o príncipe culpava por ter roubado a cura de sua mãe.

Quando Zhen ergueu a cabeça, algo frio e duro apertou seu pescoço. Ele esticou a mão e roçou os dedos no anel de metal que circundava sua garganta. Dava para sentir o poder anormal do minério reprimindo o seu. Com aquela coleira, ele não conseguiria voltar a se transformar em serpente.

O equilíbrio sempre se reencontra.

Como serpente, não quisera nada além de vivenciar tudo o que a vida humana tinha para oferecer... e Xian lhe dera exatamente isso. Cada toque, cada fôlego, cada sensação havia marcado sua alma, e toda vez que Xian lhe abraçava, os corpos se encaixando feito duas metades de um todo, Zhen desejava que pudessem ficar assim para sempre.

Essa ilusão se estilhaçara no momento em que Xian anunciara a recompensa. Um tael de prata para cada serpente branca levada com vida até o palácio. O decreto transformara em gelo o sangue nas veias de Zhen, assim como na noite em que Xian havia aberto a mala de vime contendo os instrumentos de aço que fediam a sangue de serpente. Exceto que esse horror seria multiplicado milhares de vezes conforme os cidadãos de Changle apinhassem as florestas ao redor da capital para caçar serpentes, matando indiscriminadamente aquelas que não fossem da cor que buscavam. O choque e o pavor haviam sido sobrepujantes demais, e o nariz de Zhen começara a sangrar de novo.

O farfalhar de passos o fez se retesar. Em vez de um guarda robusto descendo os degraus de lajota, foi uma silhueta esbelta que apareceu no outro extremo da masmorra. A figura andou de lado ao longo da parede e se deteve diante da cela, revelando um rosto familiar.

Veio o reconhecimento.

– Deng?

Deng falou com um espanto baixo em sua voz.

– Era mesmo você.

Zhen levou um momento para perceber que o rapaz se referia ao que acontecera na corte externa na noite da punição de Deng, quando Zhen havia se transformado em serpente e mordido as cordas até se desgastarem, para tornar mais suportável o suplício dele.

– O que está fazendo aqui? – Zhen se pôs de pé, segurando o fino cobertor em volta da cintura enquanto mancava até as grades. – Como foi que passou pelos guardas?

– Eles abrem os túneis subterrâneos durante o verão para o caso de alagamento. E eu sei onde se interseccionam com as masmorras. – Deng se aproximou. – Eu vim assim que ouvi o que aconteceu no festival. Você está ferido?

Será que Deng estava de fato ali para ajudá-lo? Zhen mal conseguia acreditar. Mas ele não tinha muita escolha. No momento, o número de pessoas no palácio que estavam ao seu lado poderiam ser contadas nos dedos que ele possuía na forma de serpente.

Deng apontou para o lado direito do corpo de Zhen.

– Você está sangrando.

Zhen olhou para o corte linear em sua caixa torácica. O sangue já havia encrostado. Ele se lembrava vagamente da pontada de dor quando Feng o atacara com a espada no estrado.

– É só um arranhão – respondeu. – Por acaso você viu Qing, a minha irmã? Eles também a capturaram?

Deng meneou a cabeça. O coração de Zhen fraquejou de alívio.

– Os guardas estão vasculhando as florestas em torno do palácio, mas não acho que vão encontrá-la – disse o rapaz. – Ela também é um espírito de serpente?

Zhen ignorou a pergunta.

– Você precisa ir embora agora. Se os guardas o encontrarem aqui, você terá sérios problemas...

– Eu sei que você intercedeu com o príncipe a meu favor – interrompeu-o Deng. – É o único motivo de eu ter recebido uma punição mais leve. Fez isso mesmo depois que te dei uma surra brutal. Tenho uma dívida de gratidão com você. – Ele se deteve. – Disseram que você se transformou no meio do banquete. O que aconteceu?

Zhen fez uma careta e empurrou o longo cabelo embolado para longe do rosto.

– Havia enxofre no tônico que o príncipe pediu que o conselheiro me preparasse. – Zhen detectara o odor, mesmo que densamente mascarado por outras ervas. – Serpentes não toleram enxofre.

– As pessoas gostam de misturar realgar com vinho branco durante o Festival Duanwu – comentou Deng. – Espera... Você acabou de dizer que o conselheiro do príncipe preparou o tônico para você?

Zhen assentiu.

– Foi por isso que eu não pude recusar, embora tivesse medo do que o enxofre poderia fazer comigo.

Havia pensado que a substância o faria desmaiar ou ficar terrivelmente doente. Jamais imaginara que desencadearia uma transformação incontrolável.

A testa de Deng se franziu.

– O conselheiro do príncipe me procurou no dia seguinte à minha punição. Ele exigiu saber a respeito de uma serpente branca que havia aparecido na corte externa na noite anterior.

O coração de Zhen se apertou.

– O que você disse a ele?

– Nada. Eu nem sabia que era você. Falei apenas que uma serpente branca apareceu, me assustou pra caramba e foi embora.

Fahai havia descoberto seu segredo. O sujeito devia ter visto Zhen voltar à forma humana naquela noite. Provavelmente deduzira que Zhen alertara as serpentes durante a expedição de caça, e havia acrescentado o enxofre na poção para expor diante de todos a verdadeira natureza dele.

– Vamos, não temos muito tempo – disse Deng. – Os túneis desviam inundações para canais subterrâneos, e você pode segui-los para chegar ao Rio Min. – Ele começou a andar na direção de onde viera antes de parar e olhar por cima do ombro para Zhen. – O que está esperando? Transforme-se em serpente e me siga!

Zhen apontou para o anel de metal ao redor do pescoço.

– Não consigo me transformar com essa coisa em mim. É uma coleira mágica.

Deng pareceu abatido.

– Então como é que eu tiro você daqui?

– Não acho que você vá conseguir – respondeu Zhen. – Eles se certificaram disso.

Vozes masculinas fizeram com que ambos se voltassem para as escadas. Os olhos de Deng se arregalaram de pânico.

– Você precisa ir embora – avisou-lhe Zhen. – Se alguém o pegar, eu não vou conseguir ajudar dessa vez.

Deng mordeu o lábio.

– Desculpe. Fiz o melhor que pude.

– Eu sei – disse Zhen. – Obrigado.

Enquanto Deng desaparecia feito um fantasma, Zhen pressionou a testa contra as frias barras de metal. Seu outrora inimigo era a última pessoa que teria esperado que viesse em seu auxílio.

Botas desceram pelos degraus de lajota, e o guarda-costas do príncipe surgiu à vista. Feng havia desconfiado de Zhen desde o início, mas agora seus receios haviam sido comprovados além de qualquer expectativa. A traição de Zhen era, mais do que qualquer outra coisa, um tapa no rosto de Feng enquanto guarda-costas do príncipe.

Xian apareceu atrás de Feng.

O estômago de Zhen se contraiu. A expressão do príncipe, meio encoberta pelas sombras, era a imagem perfeita de tranquilidade. Um verdadeiro líder não vacilava diante de nada, nem mesmo de traições. Qualquer outra pessoa teria visto ali um príncipe com o poder de sentenciá-lo à morte, mas Zhen via o rapaz que ele jamais tivera a intenção de machucar.

Quando Xian deu um passo à frente, os dedos de Zhen se apertaram ao redor das barras que os separavam.

– Xian, por favor...

– Não ouse falar o nome que minha mãe me deu. – O tom de Xian era como uma lâmina acertando Zhen entre as costelas, causando uma dor excruciante em seu peito, como se ele não houvesse se transformado por completo, como se fosse um humano tentando sobreviver com o coração de uma serpente.

– Sinto muito – sussurrou Zhen.

– Abram a cela – ordenou o príncipe aos guardas.

Eles destrancaram a porta da cela e, truculentos, arrastaram Zhen para fora. A coberta esfarrapada caiu, expondo seu corpo nu e machucado. Um corpo que Xian já havia tocado e beijado com ternura. Mas, dada a maneira impassível com que o príncipe lhe encarava agora, isso já havia ficado para trás.

Um guarda empurrou uma túnica cinza rústica em suas mãos, e Zhen baixou o olhar enquanto, desajeitado, vestia a peça. Não havia mais nada a proteger, nem mesmo seu orgulho.

Feng ergueu a voz.

– Posso colocar as algemas nele.

– Não – respondeu Xian. – Eu mesmo faço isso.

Ele pegou um par de algemas conectadas por uma corrente estranhamente fina. Ainda assim, Zhen conseguia sentir a qualidade sobrenatural do metal. Exatamente como a coleira que haviam colocado em seu pescoço, aquelas algemas não eram feitas de aço comum.

– Estique os braços – ordenou Xian.

Zhen obedeceu. Suas unhas, primorosamente cortadas e polidas apenas algumas horas antes, agora estavam encrostadas de sujeira e de seu próprio sangue seco.

Xian fechou as algemas em torno de seus pulsos antes de erguer os olhos, de expressão dura, para encontrar os de Zhen.

– Eu falei que não voltaria para Wuyue sem você.

Aquelas palavras eram uma zombaria cruel do que Xian lhe dissera na manhã seguinte à primeira vez que fizeram amor. Zhen deveria ter partido imediatamente depois disso e poupado ambos daquele desfecho inevitável. Mesmo serpentes sabiam quando desistir de uma causa perdida.

Quanta arrogância pensar que não pagaria um preço terrível por sua fraude.

Xian virou-se e subiu a passos largos os degraus de lajota, sem olhar para trás.

Depois que os guardas ajustaram um conjunto de grilhões comuns ao redor dos tornozelos de Zhen, Feng deu um passo à frente. O brilho cortante nos olhos do guarda-costas era mais assustador do que qualquer espada. Zhen tinha certeza de que Feng o teria massacrado no estrado se Xian não houvesse interferido.

O tom de Feng era severo quando falou:

– Levem esta criatura sórdida para a carroça.

Capítulo 25

XIAN

XIAN ESTAVA SOZINHO DIANTE do Salão dos Espíritos. O céu ainda estava escuro, mas, ao longe, era possível ouvir o relinchar de cavalos e o ranger de rodas de carroças, a algazarra de sua delegação se preparando para partir assim que amanhecesse.

Ele entrou no templo pelo portão do dragão, e os sons externos desapareceram. O silêncio era uma badalada tão ressonante quanto os sinos sān qīng de três pontas que sacerdotes taoistas faziam soar, durante rituais, para atrair deidades e banir demônios.

As palavras cruéis que dissera a Zhen na masmorra ecoavam em sua cabeça com a mesma clareza de cobre. Xian quisera tanto transformar sua dor em ódio. Depois de Zhen tê-lo enganado, tê-lo feito de piada diante de toda a corte de Min e de sua própria comitiva... havia pensado que dizer aquelas palavras em voz alta diante de Zhen extinguiria a conexão entre ambos.

Um príncipe não chora, dissera seu pai com dureza a um Xian de quatro anos, quando ele correu até os aposentos do trono, às lágrimas, depois de Wang tê-lo atirado ao chão e puxado suas calças para baixo enquanto seus outros meios-irmãos riam. *Um príncipe não demonstra fraqueza.*

Um príncipe não deveria ficar de coração partido.

Mas ver Zhen trancafiado naquela cela, tremendo e desamparado... Aquilo quase o destruíra. Apesar de tudo, Xian ainda não conseguia se forçar a odiar o rapaz responsável pelo sofrimento de sua mãe. Que patético. Que falta de piedade filial...

– Príncipe de Wuyue.

Xian se virou. O sacerdote havia surgido do santuário interior.

– Dao Zhang. – Xian se curvou. – Estou partindo de Changle. Vim até aqui agradecer e solicitar aos deuses uma jornada tranquila de volta ao palácio de meu pai.

Suas palavras eram vazias, diligentes, e ele tinha a impressão de que aquilo não escapa ao sacerdote. O sujeito, de olhos enrugados e que não piscavam, estudava Xian como se fitasse dentro de sua alma. O príncipe desviou o olhar, desacostumado a se sentir tão exposto, como se a ferida invisível em seu interior, que fora completamente esgarçada quando viu Zhen se transformar em serpente, estivesse nítida aos olhos de todos, um emblema de vergonha e desonra.

– Você veio em busca da cura para a enfermidade de sua mãe – disse o sacerdote. – Está partindo com o que esperava encontrar?

Xian sentiu uma pontada.

– Sim – respondeu. – Por um preço.

O sacerdote assentiu de maneira solene.

– Você foi traído.

Xian pestanejou. Será que estava assim tão óbvio?

O sacerdote pegou dois jiǎo bēi, blocos de bambu em formato de lua crescente pintados de vermelho, e os pressionou nas mãos de Xian.

– Talvez isto lhe dê um pouco de clareza.

Os jiǎo bēi eram sempre usados em pares. O lado côncavo de cada bloco representava o yang; e o convexo, o yin. Um peregrino devia fazer aos deuses uma pergunta e jogar ambos os blocos no chão. Se um caísse com o yin e o outro com o yang voltados para cima, o resultado era shèng jiǎo, a resposta sábia: as deidades estavam favoráveis. Se ambos dessem yang, significava xiào jiǎo, a resposta ridícula:

as deidades estavam rindo de desdém. Se ambas caíssem em yin, as deidades estavam descontentes: nù jião, a resposta da fúria.

O sacerdote falou:

– Suas dúvidas podem parecer insignificantes no momento. Você pode até não lhes dar importância, feito a água que desaparece entre as fendas. Mas, com o passar do tempo, a água vai congelar e depois derreter, e assim se tornará forte o bastante para partir pedras imensas.

Xian encarou os blocos. Uma parte dele ainda desejava desesperadamente negar que havia se apaixonado pelo inimigo. Que a emoção perceptível nos olhos de Zhen quando eles faziam amor era real…

Não. Nada disso era importante. A única pessoa que importava agora era sua mãe. Xian fechou os olhos, e seus dedos apertaram os dois blocos curvados de bambu enquanto, em silêncio, ele perguntava:

É Zhen quem salvará a vida de minha mãe?

Ele arremessou os blocos no ar. Quando eles retiniram no chão, o som ecoou intensamente.

Xian abriu os olhos.

Um bloco estava virado para cima, e o outro para baixo.

O coração de Xian se contraiu. Shèng jião. Os deuses lhe haviam dado sua aprovação.

Zhen era a cura que o oráculo previra. Fahai encontraria uma maneira de usá-lo para criar o antídoto. Sua mãe ficaria bem.

Uma onda de alívio o perpassou enquanto tocava a frente de sua camisa, onde o amuleto de jade estava escondido. Mas, ao mesmo tempo, sentia algo a mais, um espasmo de dor no fundo do peito, como um batimento cardíaco ao inverso, que empurrava o sangue para trás, indo contra a natureza.

Xian se forçou a deixar os receios de lado. Uniu as palmas das mãos e se curvou.

– Sou eternamente grato por seus conselhos, Dao Zhang.

Enquanto ele se virava para sair, seu coração parecia tão pesado quanto as estátuas laminadas de bronze de deidades que cercavam o Salão dos Peregrinos.

Você foi traído.

O sacerdote estava se referindo a Zhen, mas, de certa maneira, Xian traía a si mesmo. Precisava arrancar pela raiz os últimos sentimentos traiçoeiros que ainda tinha por Zhen, que continuavam ali. Mas isso era tão impossível quanto tentar drenar a água que já havia escorrido pelas fendas de seu coração.

O príncipe foi em direção à porta do tigre, mas estava tão preocupado que quase se esqueceu de com qual perna deveria atravessá-la. Xian se deteve no limiar bem a tempo e passou por cima da tábua vermelha com o pé direito.

Capítulo 26
XIAN

O DIA AMANHECEU EM meio a uma enxurrada de atividades na corte externa enquanto o contingente de Wuyue se preparava para viajar. Fahai já partira na noite anterior. Para a viagem de volta, Xian dispensou sua armadura oficial por uma brigandina mais leve e mais confortável para cavalgar. A jornada até em casa seria bem mais rápida, já que não transportavam carroças abarrotadas de presentes, e Xian queria cobrir o máximo de terreno possível a cada dia. A saúde de sua mãe devia ter se deteriorado nesse meio-tempo, e ele esperava que não fosse tarde demais.

Os guardas logo se puseram a postos enquanto Xian e Feng inspecionavam a delegação. O contingente havia sido dobrado, como Xian instruíra. Em meio a eles havia uma carroça encouraçada construída para transferir prisioneiros. A estrutura e as rodas eram feitas de madeira robusta reforçada com espigas de metal. Um guarda estava sentado em um banco à frente para guiar os dois cavalos.

Xian andou até a porta de ferro com barras na traseira da carroça.

Lá dentro, Zhen se encolhia em um canto, com os joelhos encostados no peito. Não se parecia em nada com a criatura feroz de escamas brancas cintilantes e olhos verdes ardentes que surgira durante o festival na véspera. Era quase impossível acreditar que se tratava do mesmo ser.

Agora os olhos de Zhen estavam taciturnos, cabisbaixos com mais do que apenas exaustão. A coleira de aço bīn cintilava ao redor de seu pescoço, e seus pulsos estavam acorrentados pelas algemas que Fahai havia providenciado. Seu cabelo escuro era um emaranhado desgrenhado rodeando o rosto pálido, e ele vestia uma túnica cinza de algodão.

Ainda não tenho certeza de qual exatamente é a parte da serpente branca que vai completar o antídoto, dissera Fahai, *se é o veneno, os órgãos ou talvez até seu coração.*

Quando chegassem ao palácio em Xifu, Zhen seria levado até o laboratório secreto no Pagode Leifeng, onde o conselheiro encontraria a resposta. O que significava que, muito provavelmente, aquela seria a última vez que Xian veria Zhen com vida.

Uma dor surgiu no coração de Xian, mas ele a reprimiu. As deidades haviam falado. Os blocos em formato de lua crescente eram a resposta do destino.

O governador Gao e os oficiais seniores da corte de Min se despediram de Xian com a formal saudação do punho fechado contra a outra palma aberta. Xian agradeceu o cumprimento antes de andar até Zhaoye, que aguardava à frente da delegação. Na ausência de Fahai, era Feng quem cavalgaria à esquerda do príncipe, na posição mais favorável.

Ao sinal de Xian, eles se afastaram, deixando Changle para trás. O príncipe jurou jamais voltar.

Passaram por encostas forradas de arbustos e samambaias, depois planícies onde manadas de búfalos-d'água e de cervos pastavam. O terreno se tornara mais acidentado e íngreme ao entrarem na floresta, mas a chuva de ameixa já passara e o solo que os cascos dos cavalos pisoteavam estava seco e firme. Os galhos entrelaçados das copas das árvores os protegiam do sol do meio-dia, e o ar estava fresco e limpo, embora Xian conseguisse detectar um leve indício de fumaça.

O odor se intensificou enquanto cavalgavam, e quando fizeram uma curva, viram à frente um tronco enorme e oco bloqueando o caminho em meio a uma clareira. Fumaça densa e branca se erguia dos buracos no tronco. Não havia odor químico, apenas o cheiro de grama molhada ardendo em fogo lento e de madeira úmida.

Zhaoye e os demais cavalos desaceleraram, relinchando e se detendo por nervosismo. O caminho através da floresta era ladeado por densas muralhas de pinheiros, e seria difícil contornar a obstrução com a carroça encouraçada.

– Retirem aquele tronco da estrada – ordenou Xian. Não havia tempo a perder.

Feng e alguns outros na vanguarda desceram das montarias e se aproximaram do obstáculo, e Xian deslizou para fora da cela de Zhaoye, com o olhar indo de um lado a outro. Havia algo errado. Aquela não era uma simples árvore caída que pegara fogo por conta de um relâmpago ou de uma centelha ao acaso. O tronco oco possuía diversos buracos entalhados ao longo de sua extensão, e não se via fogo, apenas uma quantidade abundante de fumaça que abruptamente reduzira a visibilidade. O vento soprava na direção deles, mergulhando a delegação em densas nuvens.

– Esperem – alertou Xian, mas Feng e os demais guardas estavam à frente demais para ouvi-lo. Através da névoa, ele mal conseguia ver suas silhuetas.

A floresta ficara peculiarmente imóvel. Era o oposto do frenesi de uma caçada – latidos de cachorros, berros estridentes de cervos, o bater de asas de pássaros alçando voo de modo frenético –, e Xian tinha a sensação nítida e desagradável de que *eles* é que estavam sendo seguidos.

O grito horripilante de um homem fez o príncipe se virar bem a tempo de vislumbrar o que parecia ser uma dúzia de cordas caindo dos galhos sobre suas cabeças.

Mas não eram cordas.

Eram serpentes.

O pandemônio se instaurou. Cavalos guincharam e empinaram e guardas bem-treinados gritaram e se jogaram ao chão conforme inúmeras serpentes se agarravam aos corpos.

Uma serpente marrom-avermelhada com listras pretas pousou no ombro de Xian. Ele se contorceu e a derrubou; destemida, a serpente subiu deslizando pelo pé esquerdo do príncipe, abriu a mandíbula e afundou as presas na canela dele.

Xian gritou e golpeou com a espada o corpo sem membros da criatura, arrancando sangue. A serpente sibilou e bateu em retirada. No entanto, outras se materializaram no matagal – em ondas rodopiantes sem membros que cercaram toda a companhia deles. Era a mais horrenda batalha que Xian já vira, e um dos lados claramente sobrepujava o outro.

Os cavalos arreados à carroça encouraçada batiam as patas dianteiras no chão, de olhos desvairados e bufando pelas narinas enquanto as serpentes envolviam seus pescoços e pernas. Um cavalo colidiu com o outro, fazendo com que os dois caíssem, arrastando a carroça consigo. Ela tombou no chão com um estrondo ecoante de madeira se estilhaçando.

Xian foi inundado de pavor, mais gelado do que o formigamento se espalhando pela perna que a serpente mordera.

Zhen. Xian não podia deixá-lo escapar.

– Vigiem o prisioneiro! – gritou o príncipe, mas suas palavras foram abafadas pela gritaria histérica ao redor. Um cavalo em pânico surgiu do nada e avançou na direção de Xian, que precisou se esquivar para não acabar pisoteado. A espada saiu voando de sua mão e aterrissou fora de alcance.

Um dos guardas cambaleou até Xian, vomitou sangue escuro e desabou. O príncipe deu um salto e disparou em seu auxílio, mas os olhos do homem se reviraram nas órbitas e ele ficou imóvel. Havia duas perfurações em seu pescoço.

Xian gritou à procura de Feng; não conseguia encontrar o guarda-costas em meio à fumaça e ao caos. O príncipe tossiu, com os olhos se enchendo de lágrimas enquanto corria em direção à carroça desabada, que estava tombada de lado. A porta de grades estava escancarada, e a jaula estava vazia.

Zhen se fora.

O coração de Xian se apertou. Desesperado, ele olhou ao redor, mas a fumaça envolvia tudo, tornando impossível ver além de alguns metros. De repente, uma cãibra paralisante cingiu sua perna esquerda; sem aviso, seu joelho fraquejou, e o príncipe caiu no chão.

Uma mão tocou seu braço.

– Xian?

Ele rolou até ficar de costas e se viu encarando o rosto de Zhen.

– Está tudo bem com você? – O olhar de Zhen percorreu a perna de Xian, retorcida em um ângulo não natural. – Você foi mordido?

Incrédulo, Xian o fitou. As mãos e os pés de Zhen ainda estavam acorrentados, mas ele não parecia ferido – é claro que não. Aquela emboscada era tramoia dele. Embora a coleira que Fahai colocara no rapaz o impedisse de se transformar, ele ainda devia ser capaz de invocar as serpentes que passavam pela floresta, chamando-as para se insurgirem em números assombrosos e atacar.

Mas por que Zhen ainda estava ali? Por que não havia fugido?

A dor na perna de Xian deu lugar a uma dormência gélida, o que era ainda mais aterrorizante. Não conseguia se mover ou sentir nada abaixo do joelho esquerdo. Não conseguia se levantar. Não conseguia se defender. A única arma que possuía era uma adaga escondida numa bainha em seu tornozelo direito.

Zhen se ajoelhou a seu lado.

– Consegue andar? – A preocupação nos olhos do rapaz enquanto ele tomava o braço de Xian era inegável. – Aqui, deixe que eu ajudo...

O primeiro instinto do príncipe era se desvencilhar bruscamente do toque de Zhen, mas, em vez disso, ele agarrou o pulso direito do rapaz e o puxou para mais perto. Xian enfiou a outra mão no pequeno bolso em seu cinto e retirou a chave das algemas de Zhen. Seus dedos tremiam tanto que ele só conseguiu abrir a algema na segunda tentativa.

Zhen parecia confuso.

– Xian, o que você está...

Xian colocou a algema aberta ao redor do próprio pulso esquerdo e a fechou com um estalo. Depois, puxou o braço para trás e atirou a chave com tanta força quanto conseguia. A chave saiu voando pelos ares e desapareceu em meio aos arbustos.

Zhen ficou boquiaberto enquanto encarava os pulsos de ambos, agora acorrentados um ao outro.

Xian o encarou com a maior intensidade possível.

– Não vou deixar você escapar de novo.

Antes que Zhen pudesse responder, uma figura alta em um manto encapuzado saltou do denso matagal de árvores. O rosto estava oculto por uma máscara preta sobre o nariz e a boca, e em sua mão ele empunhava uma cimitarra.

– Venha comigo – disse, em uma voz profunda e rouca.

Xian demorou um instante para perceber que o mascarado estava falando com Zhen, que parecia tão perplexo quanto o príncipe.

O olhar do homem recaiu sobre as mãos algemadas deles. Seus olhos se estreitaram enquanto ele se virava para Xian.

– Que gesto tolo, príncipe. – Soava feito um homem mais idoso, mas, a julgar por sua agilidade, era claramente qualquer coisa, menos isso. – Acorrentar-se ao inimigo com algemas inquebráveis... Não acho que tenha sido isso o que o mestre Sun Tzu queria dizer com manter os amigos por perto mas os inimigos mais perto ainda.

– Quem diabos é você? – questionou Xian.

– Pergunta errada. – O mascarado soltou uma risada repentina. – Você deveria estar se perguntando quanto apreço sente por sua mão algemada, porque ela não estará conectada ao seu corpo por muito mais tempo. Talvez seu destino esteja mais próximo a outro axioma do mestre Sun: se esperar tempo o bastante à beira do rio, o corpo de seus inimigos passará boiando.

O homem empunhou a espada. Xian sentiu o sangue sumir de seu rosto.

– Espere! – Zhen se jogou à frente, colocando-se entre o príncipe e o homem. – Não faça isso!

Xian pestanejou.

Uma surpresa semelhante cruzou os olhos do mascarado enquanto ele olhava para Zhen.

– Você deve ter batido a cabeça quando a carroça se estatelou. O príncipe tem a intenção de torturá-lo até você ficar à beira da morte quando ele o levar para Wuyue como seu prisioneiro.

– Eu sei. – Zhen permaneceu onde estava. – Mas, ainda assim, não posso permitir que o machuque.

Xian não conseguia acreditar nos próprios ouvidos. Zhen o estava *protegendo*?

– *Estou aqui para levar você a um local seguro*. – A resposta do mascarado foi sucinta. – Não posso fazer isso com o braço dele unido ao seu. – O sujeito gesticulou para a perna de Xian, inútil e dobrada sob o corpo. – Ele não consegue andar. A única maneira de se livrar dele é cortar sua mão...

– Não! – Zhen se jogou sobre o corpo de Xian para protegê-lo. – Eu... Eu vou carregá-lo.

Xian estava chocado demais para reagir.

– Não – retrucou o homem, sem qualquer emoção. – Ele não pode vir conosco.

Zhen encarou de frente o sujeito de máscara.

– Quem quer que você seja, obrigado por tentar me resgatar. Mas se realmente tem boas intenções, então vai respeitar meus desejos. Não posso deixar que o machuque.

Havia exasperação nas feições do homem, assim como outra coisa que Xian não foi capaz de decifrar.

– Alto lá! – Um dos guardas veio aos tropeços na direção deles. Pressionava uma mordida sangrenta no ombro, mas ainda assim sacou a espada. – Fique longe do príncipe, seu bandido!

O mascarado não hesitou. Deu um passo à frente e, em um ágil movimento, afundou a cimitarra no peito do guarda.

Os olhos do guarda se arregalaram. O mascarado retirou a lâmina com um puxão. Sangue de um vermelho vívido esguichou da boca do guarda e escorreu por seu queixo antes que tombasse, morto.

Indiferente, o mascarado deu um passo para trás, como se tivesse acabado de espantar uma mosca. Xian virou-se para Zhen, cujo rosto refletia o mesmo horror que o príncipe sentia.

– Xian! – A voz de Feng veio por entre a fumaça. – Xian, onde você está?

Antes que o príncipe pudesse chamar seu guarda-costas, o mascarado se abaixou e deu um cutucão com dois dedos em um ponto específico do pescoço de Xian. Feng lhe contara sobre as técnicas diǎn xuè que aprendera no Templo Shaolin – uma habilidade avançada de artes marciais que um agressor poderia usar para imobilizar uma pessoa da cabeça aos pés com um simples golpe preciso em pontos de acupressão em seu corpo. De repente, Xian ficou incapaz não apenas de sentir a própria perna como também de mover qualquer outra parte do corpo, exceto os olhos.

– Precisamos ir embora logo – afirmou o mascarado. Com um movimento ágil, ele acertou a lâmina da cimitarra contra a corrente comum que conectava os grilhões ao redor dos tornozelos de Zhen. Os elos de ferro se despedaçaram, libertando os pés do rapaz.

Estou aqui para levar você a um local seguro, havia dito o mascarado.

Zhen parecia genuinamente confuso com aquela emboscada. Se não fora ele quem planejara aquilo tudo, quem fora? Quem era aquele homem mascarado e como conseguira recrutar a ajuda de uma multidão de serpentes?

Zhen se agachou e passou um braço por baixo dos ombros de Xian e o outro sob seus joelhos. A corrente que unia seus pulsos retiniu enquanto Zhen o erguia do chão com uma força surpreendente.

A cabeça de Xian pendeu para um lado. Conseguia ouvir Feng

chamando seu nome, parecendo muito distante. Mas era incapaz de responder.

O mascarado disparou com tudo para dentro da floresta. Zhen o seguiu, carregando Xian em seus braços.

O príncipe conseguiu ter um último vislumbre nebuloso da carnificina ao redor da carroça tombada. Alguns guardas sustentavam os membros mordidos por serpentes e grunhiam de dor enquanto outros estavam imóveis, feito pedras em um jogo de wéi qí em que haviam sido completamente derrotadas pelo inimigo.

Capítulo 27
ZHEN

O CORAÇÃO DE ZHEN martelava enquanto eles se entremeavam pelas árvores. As correntes quebradas dos grilhões que levava ao redor dos tornozelos arrastavam consigo detritos de folhas mortas no chão. Cada sensação parecia amplificada – as cerdas de musgo no solo, o sussurro do vento através da abóbada frondosa, o cheiro terroso de plantas misturado à decomposição.

À frente, a figura usando manto disparava com agilidade e discrição pela floresta. Era evidente que não apenas conhecia o terreno como também sabia evitar deixar rastros. Ficava longe de trilhas de terra, saltava por cima de troncos caídos, desviava de galhos baixos e pegava atalhos através do matagal.

Quem seria aquele homem? Havia algo estranhamente familiar na voz e nos olhos do mascarado... mas Zhen não conseguia determinar o quê. A pergunta mais importante ainda era: por que o sujeito o estava ajudando?

Zhen estava ofegante demais para se questionar por mais tempo. Ele bufou sob o peso de Xian; o príncipe parecia ficar mais pesado a cada passo. O príncipe não se mexia – não conseguia se mexer –, mas seus olhos acusatórios estavam cravados em Zhen. Zhen queria tranquilizá-lo, mas sabia que nada do que dissesse poderia convencê-lo.

O mascarado se deteve em frente a uma densa cortina de videiras que pendia de uma escarpa rochosa e quase escondia por completo a entrada de uma gruta. Ele empurrou as videiras para o lado e gesticulou para que Zhen entrasse primeiro.

Zhen baixou a cabeça para entrar, ainda carregando Xian. O ar no túnel era fresco, repleto do odor úmido de líquen e minerais. Estalagmites se projetavam do chão, com extremidades lisas e achatadas, enquanto estalactites pendiam do teto, de pontas tão afiadas quanto adagas.

Eles se embrenharam mais fundo até que a passagem subterrânea se abriu em uma larga caverna. Vãos nas fissuras rochosas acima permitiam que raios de sol entrassem. No centro, havia uma impressionante coluna, um pilar natural feito do encontro entre uma gigantesca estalactite com uma enorme estalagmite.

Qing recostava-se contra o pilar, ainda usando o vestido verde de cintura alta do festival, embora suas longas mangas brancas estivessem agora manchadas de sujeira.

Zhen parou.

– Qing?

– Zhen! – O sorriso largo de Qing logo desapareceu quando ela avistou Xian. – O que *ele* está fazendo aqui? – Virou-se bruscamente para o mascarado. – Você o deixou trazer *o príncipe*?

– Não tive escolha. – O mascarado agitou a cimitarra para indicar os pulsos unidos de Xian e Zhen. – Eu queria cortar a mão do príncipe para soltá-lo, mas seu galante amiguinho aqui se recusou e insistiu em trazê-lo conosco.

Zhen baixou Xian até o chão, com os pulsos de ambos ainda ligados pelas algemas. Qing se aproximou e jogou os braços ao redor do irmão.

– Fiquei tão preocupada – sussurrou ela, afundando o rosto no pescoço dele. – Está tudo bem com você? Eles te machucaram?

– Não se preocupe, ainda estou inteiro. – Ele a envolveu com o braço livre. – Por que não saiu de Changle, como eu te falei?

– Eu saí – respondeu ela. – Me escondi na floresta e chamei as serpentes. Falei que um espírito de serpente branca estava em apuros. – Qing indicou o mascarado com a cabeça. – Algumas serpentes o buscaram para pedir ajuda, e ele me encontrou no meio da noite. Nós bolamos um plano para te salvar, e nossas amigas concordaram em ajudar.

Zhen ficou mais uma vez dominado pela sensação de reconhecimento. Já tinha visto aquele homem de máscara em algum lugar antes...

– O equilíbrio sempre se reencontra, Pequenino Branco – disse o sujeito.

O queixo de Zhen caiu.

– Hei Xing? – perguntou, ofegante.

Os olhos do homem se enrugaram em um sorriso que foi escondido pela máscara.

– Você se lembra do meu nome.

– Eu jamais esqueceria – respondeu Zhen. Aquele nome significava "estrela preta", uma referência ao padrão em formato de estrelas no casco da velha tartaruga do Lago do Oeste. – Você salvou minha vida. De novo.

– Tartarugas e serpentes possuem grande afinidade, afinal de contas – disse Hei Xing. – A floresta estava agitada com rumores de que um espírito de serpente branca corria grave perigo nas mãos de humanos, e pensei: *Será que poderia ser a mesma jovem serpente branca que conheci no Lago do Oeste? Será que ele viajou ao sul até Changle, assim como eu?* Quando encontrei com sua amiga Qing, ela me contou tudo o que aconteceu.

Qing olhou para Zhen.

– Tinha algum veneno na poção que o conselheiro do príncipe fez, não tinha?

Zhen assentiu.

– Pó de realgar. Dava para sentir o cheiro.

Qing franziu a testa.

– Então por que você bebeu?

– Pensei que as habilidades que passei os últimos sete anos cultivando como espírito de serpente seriam capazes de se contrapor à toxina, ao menos por um tempo – explicou Zhen. – Jamais imaginei que o enxofre seria potente o bastante para me fazer perder o controle e me transformar bem na frente de todos.

Hei Xing se pronunciou:

– Você precisa de muitos anos a mais de cultivação antes de ser forte o bastante para suportar algo tão letal para serpentes.

Xian fez um som estridente com a garganta, chamando a atenção de Zhen. O príncipe estava deitado no chão, tão rígido quanto um espantalho, e o rosto dele se contorcia como se tentasse tossir, mas não conseguisse.

Zhen olhou para Hei Xing.

– Você pode, por favor, liberar o ponto diǎn xuè do príncipe?

– Não – retrucou Qing imediatamente. – Prefiro que ele fique assim. Em silêncio. Impotente. – Ela deu um passo à frente e encarou Xian com dureza. – Não é agradável estar à mercê de outra pessoa, não é mesmo?

Xian lhes lançou um olhar cortante.

– Qing, ele foi mordido por uma serpente – falou Zhen. – Se ele não conseguir se mexer, a toxina na mordida pode estagnar e infeccionar. Não acho que ele esteja em condição nenhuma de ser uma ameaça para nós três.

– Primeiro, vou pegar isto – disse Hei Xing a Xian, inclinando-se para remover a adaga oculta na bainha do tornozelo do príncipe. Zhen não havia sequer notado a arma ali.

Hei Xing usou dois dedos para cutucar o ponto de acupressão no pescoço de Xian. Um espasmo perpassou o príncipe, e seu corpo inteiro estremeceu. A postura rígida relaxou, e a boca se abriu em uma exalação silenciosa. Zhen se perguntou se ele tentaria lutar. Mas Xian parecia saber que seria inútil, ainda mais com Hei Xing preparado para imobilizá-lo de novo.

Zhen olhou para a corrente entre seus pulsos algemados.

– Alguma ideia de como tirar isto aqui?

– Fácil – disse Qing. Ela apanhou um graveto. – É só transmutar isso para uma chave mestra, como você fez quando fomos trancafiados por aqueles guardas.

– Não consigo. – Zhen apontou para o próprio pescoço. – Esta coleira suprime os meus poderes.

Qing se virou para Hei Xing.

– Você consegue fazer alguma coisa?

O sujeito meneou a cabeça.

– Essas algemas são feitas de aço bīn indestrutível. Possuem propriedades mágicas poderosas e não podem ser abertas por uma chave transmutada. Uma única chave no mundo é capaz de abrir a fechadura, e o espertinho do nosso príncipe nos fez o favor de atirá-la na floresta.

Zhen voltou a sua atenção para a mordida de cobra na perna de Xian. O príncipe vestia grossas botas de couro, que protegiam seus pés, mas as presas da serpente haviam penetrado as calças de equitação. Havia duas perfurações inflamadas em sua canela. O fato de Xian não estar morto naquele exato momento significava que aquela provavelmente fora uma mordida seca. Glândulas venenosas levavam bastante tempo para se reabastecerem, e serpentes precisavam tomar cuidado para não desperdiçar veneno quando não estavam caçando. Mas mesmo uma quantidade minúscula de resíduo de toxina fora o suficiente para paralisar a perna de Xian, o que indicava que a cobra que o mordera era altamente venenosa. Curar o príncipe com seus poderes espirituais teria sido fácil, mas, com a coleira reprimindo suas habilidades, Zhen precisaria tentar da maneira humana.

Xian se encolheu quando Zhen levou a boca para perto da mordida de cobra.

– O que diabos você está fazendo?

– Preciso tirar o máximo de veneno antes que ele se espalhe ainda mais.

Zhen pensou nas vezes em que seus lábios tocaram outras partes do corpo de Xian, em circunstâncias completamente diferentes e provocando reações completamente opostas...

Naquele instante, ele apenas esperava que Xian não lhe desse um chute no rosto.

Ele chupou as perfurações e cuspiu o sabor amargo de cobre; repetiu o processo algumas vezes antes de se afastar. Qing parecia aborrecida. Hei Xing entregou a Zhen uma cuia de água. O rapaz limpou a boca, depois derramou água na mordida de cobra. Ele rasgou um pedaço da barra de sua túnica e o amarrou ao redor do ferimento. Para cicatrizar seria preciso um cataplasma de verdade, mas, por ora, isso teria de bastar.

Qing cruzou os braços e estreitou os olhos para Xian.

– Você não o merece.

A expressão que cruzou rapidamente o rosto de Xian era difícil de decifrar, como tentar contar dezenas de borboletas alçando voo.

Zhen olhou para Qing e Hei Xing.

– Vocês dois poderiam nos dar um minuto?

– Eu subirei até o mirante acima da caverna, para ver se estão seguindo nosso rastro – disse Hei Xing. – Deveríamos partir o mais cedo possível. Conheço um esconderijo mais seguro nas profundezas da montanha.

– Vou pedir que as serpentes procurem pela chave na floresta, para que a gente se livre desse peso morto. – Qing lançou um olhar hostil ao príncipe. – E se você tentar qualquer gracinha enquanto estivermos fora, vou usar seus intestinos para fazer um daqueles nós decorativos que eles vendem nos mercados.

Furioso, Xian a encarou, mas não falou nada. Zhen tinha certeza de que ninguém ousara falar daquela forma com o príncipe durante toda a sua vida.

Qing e Hei Xing saíram da caverna, deixando Zhen a sós com Xian. Ainda restava um pouco de água na cuia, e Zhen a ofereceu ao príncipe.

– Aqui. Você deve estar com sede.

Os dedos deles se roçaram por um breve instante quando Xian pegou o recipiente. Não houve qualquer emoção, apenas o lembrete amargo do entusiasmo que costumava percorrer Zhen toda vez que se tocavam.

Xian bebeu a última gota antes de baixar o recipiente. Seus ombros despencaram, e de alguma maneira ele pareceu... menor, como o menino que Zhen abandonara na ilhota no Lago do Oeste tantos anos antes. Mas os olhos do príncipe continuavam incandescentes quando encontraram o rosto de Zhen.

– Você pegou a pérola como uma espécie de pagamento por ter impedido que eu me afogasse? – perguntou ele.

Uma pontada cruzou o peito de Zhen.

– É claro que não.

– Então *por quê?* – A voz de Xian ecoou nas rochas ásperas acima e ao redor deles. – Me diga a verdade ao menos uma vez: por que você pegou a pérola?

Dizer a verdade exporia o lado vergonhoso da jovem e imprudente serpente que Zhen fora outrora. Mas depois de tudo pelo que fizera Xian passar, Zhen lhe devia isso.

– Eu queria saber como era ser um humano – respondeu Zhen. – Como serpente, eu observava os humanos dos lagos e canais, e tinha inveja de sua vida despreocupada, a maneira com que vocês conseguiam cantar, dançar, rir e... amar.

O silêncio cortante causou um arrepio na pele de Zhen.

– O intuito da pérola era curar minha mãe. – O tom de Xian estava suave, mas ameaçador. – E você a roubou porque queria saber como era andar sobre duas pernas e dormir com rapazes?

Zhen estremeceu. Xian era o prisioneiro deles, mas o brilho letal em seus olhos fez Zhen sentir como se fosse ele quem estivava à mercê do príncipe.

– Se você não tivesse roubado a pérola, minha mãe teria sido curada sete anos atrás – continuou Xian. – Por sua causa, o sofrimento dela se prolongou por muito mais tempo do que precisava, e agora ela está morrendo. Quero que se lembre disto: nada, *nada* neste mundo vai compensar o que você fez.

Se ao menos Zhen pudesse voltar no tempo – se jamais tivesse pegado a pérola naquele dia, Xian a teria em sua posse quando foi resgatado, e eles a teriam usado para curar a mãe do príncipe. Zhen teria continuado a viver como uma serpente comum no Lago do Oeste, observando, melancólica, as pessoas cruzando a Ponte Quebrada, e Xian teria vivido os últimos sete anos sem sentir culpa e raiva pela enfermidade da mãe. Os dois jamais se conheceriam em Changle, jamais teriam bebido chá pu'er juntos ou jogado wéi qí ou se beijado... A vida de Zhen não teria sido tão memorável, mas ele faria essa troca em um piscar de olhos. O sacrifício valeria a pena.

Qing entrou num rompante na caverna, interrompendo os pensamentos de Zhen.

– Encontramos!

Triunfante, ela sacudiu a chave. Xian parecia chocado.

– Como vocês a encontraram tão rápido? – perguntou Zhen.

– Uma das minhas colegas víbora viu a chave voando pelos ares e aterrissando nos arbustos – respondeu Qing. – Ela se deu conta de que deveria ser importante, então a pegou e a trouxe direto até mim. Instinto de caçadora.

Qing entregou a chave a Zhen. Com um clique suave, a algema ao redor de seu pulso se abriu. Antes que ele pudesse fazer qualquer outra coisa, Qing esticou a mão e, com um estalo, fechou a algema aberta ao redor do outro pulso de Xian, acorrentando as mãos do príncipe uma à outra.

– Temos um problema – anunciou a voz de Hei Xing.

Eles se viraram quando o sujeito apareceu do lado oposto da caverna, parecendo soturno.

– O guarda-costas do príncipe está vindo em nossa direção com reforços – reportou Hei Xing. – Alguns guardas devem ter escapado, voltado para Changle e feito o alerta. Estão armados com pó de enxofre, que estão espalhando ao longo da trilha da floresta enquanto avançam. As serpentes não vão poder nos auxiliar desta vez.

Qing parecia estar em pânico.

– O que a gente vai fazer?

Hei Xing apontou para a abertura nas rochas por onde havia acabado de chegar.

– Esta é a única saída. Ela atravessa o coração da montanha e emerge do outro lado.

– Vamos – disse Zhen. – Vamos deixar Xian aqui para que seu guarda-costas e os outros o resgatem...

– Perdeu o juízo? – retrucou Hei Xing. – Foi você quem quis trazê-lo, e ele é o motivo de estarem tão próximos da nossa cola. Agora quer deixá-lo para trás?

– Ele não consegue andar com aquela mordida de cobra! – respondeu Zhen. – Não sei até onde consigo carregá-lo.

Xing soltou um ruído exasperado. Ele caiu de joelhos e colocou uma das mãos na perna machucada de Xian – a julgar pela incredulidade tomando conta dos olhos de Xian, Zhen percebeu que Hei Xing estava usando seus poderes espirituais para curá-lo.

– Ele é a única vantagem que temos. – O homem agarrou Xian pelo colarinho, puxou-o bruscamente para que ficasse de pé e o empurrou à frente. – Se nos alcançarem, precisaremos trocá-lo por nossa liberdade.

Xian tropeçou, ainda vacilando em sua recém-curada perna esquerda.

Zhen imediatamente o apanhou.

– Você está bem?

Xian sacudiu o braço para se livrar das mãos de Zhen.

– Não me toque.

– Não vou pedir com tanta educação quanto ele. – Hei Xing ergueu a cimitarra até a altura do rosto de Xian. – Mexa-se. *Agora*.

Eles escaparam em fila através da arcada estreita. À frente de Zhen, Xian andava mancando de leve, como se não tivesse recuperado por completo a sensação na perna. Serpentes viviam em buracos e tocas, então Zhen estava acostumado a navegar por espaços subterrâneos apertados, mas Xian ficava esbarrando a cabeça no teto baixo enquanto a passagem subia, descia e virava para um lado e para o outro.

Enfim eles emergiram em outra câmara subterrânea imensa, esta dividida em duas por um largo abismo sobre o qual havia uma fina passagem de pedra. O grupo se deteve à beira da divisa. O pé de Zhen derrubou algumas pedrinhas, que ecoaram diversas vezes enquanto despencavam antes de abruptamente desvanecerem.

Hei Xing se pronunciou:

– Espero que nenhum de vocês tenha medo de altura.

Qing e Zhen trocaram olhares duvidosos. Não havia outro caminho além daquele.

Hei Xing foi na dianteira, segurando uma tocha, seguido por Qing, depois Xian. Zhen vinha na retaguarda. A ponte tinha mais ou menos um metro de largura, embora parecesse bem mais estreita com a queda abrupta de ambos os lados.

A meio caminho da travessia, Xian de repente tropeçou. Ele cambaleou para a frente, mas sua perna esquerda não estava forte o bastante para aguentar seu peso...

O estômago de Zhen se revirou.

– Xian!

O príncipe vacilou na beirada instantes antes de cair.

Zhen se jogou à frente e agarrou ambas as mãos algemadas de Xian. Tudo aconteceu muito rápido; se Zhen não possuísse os reflexos de uma serpente, não teria reagido rápido o bastante para alcançar Xian.

Qing se virou.

– Zhen!

Começaram a ouvir o estrépito de botas e o som de vozes masculinas vindas da caverna que haviam deixado para trás. Os homens que os perseguiam os haviam encontrado e estavam ganhando terreno...

– Solte-o! – exclamou Hei Xing de sua posição à dianteira. – Não temos tempo para isso!

Os olhos de Xian estavam esbugalhados de horror enquanto ele se agarrava às mãos de Zhen.

– Zhen...

Zhen olhou para Qing e Hei Xing.

– Vocês dois, vão na frente sem mim.

– Não! – gritou Qing. – Não vou a lugar nenhum sem você!

– Escute, Qing! – A voz de Zhen estava ofegante pelo esforço de sustentar todo o peso de Xian. – Corra. Não olhe para trás.

Uma pequena pedra passou sibilando pelo ar e acertou o dorso da mão de Zhen feito a mordida de uma serpente alada. A dor aguda o fez afrouxar um pouco as mãos.

Uma das palmas do príncipe deslizou da sua.

– Xian! – A cabeça de Zhen se voltou abruptamente para Hei Xing enquanto outra pedra era atirada em sua direção. Ela errou por pouco a sua outra mão, que era a única coisa impedindo Xian de despencar às profundezas infinitas e vazias. – Hei Xing, o que está fazendo?

Os olhos do sujeito flamejavam em seu rosto mascarado.

– Solte o príncipe!

– Não! – berrou Zhen. – Eu o abandonei uma vez... Não vou cometer esse erro de novo!

– Eu não vou te deixar! – Qing saiu correndo, mas Hei Xing a agarrou pelo braço. Ela rosnou, tentando se libertar.

– Aqui! – A voz de Feng veio de trás deles. Passos em disparada se aproximavam da ponte.

– Pegue Qing e *vá embora*! – berrou Zhen.

Hei Xing soltou um grunhido frustrado. Ele ergueu Qing, que se debatia, sobre o próprio ombro e correu em direção à outra extremidade da ponte, onde um indício de luz do dia iluminava o caminho até a liberdade. Com um farfalhar de seu manto escuro e um último cintilo do vestido verde de Qing, os dois sumiram.

Xian encarou Zhen, com as pernas se agitando desenfreadas sobre o abismo que se abria abaixo. As palmas unidas deles estavam suadas, e a mão de Xian começava a escorregar...

– Eu estou aqui – sussurrou Zhen. Abaixo dele, Xian se esforçava para se agarrar à outra mão; os dedos de ambos se tocaram, mas nenhum deles conseguia se segurar com firmeza. – Não vou soltá-lo...

Feng enfim os alcançou. Ele se inclinou, apanhou o braço de Xian e, juntos e grunhindo pelo esforço, ele e Zhen ergueram o príncipe de volta à ponte.

– Xian! – Feng segurou os ombros do melhor amigo com ambas as mãos, e Zhen conseguia ver a preocupação e o alívio brilhando nos olhos dele. – Está tudo bem com você? Está machucado?

O rosto do príncipe estava pálido, e o olhar que lançava a Zhen estava repleto de incredulidade.

Antes que algum deles pudesse dizer alguma coisa, os guardas que acompanhavam Feng agarraram Zhen e o arrastaram para longe de Xian. Eles o jogaram de cara no chão, e um dos homens apertou o joelho contra as costas de Zhen, machucando-o. O rapaz não resistiu e permitiu que o girassem e amarrassem seus braços atrás das costas.

Recebera uma segunda chance de fazer a escolha certa – e, desta vez, ficara ao lado de Xian.

Capítulo 28
XIAN

XIAN LEVOU A XÍCARA de bái jiŭ aos lábios e bebeu, permitindo que o fogo líquido escorregasse por sua garganta. O licor branco era forte e feito para ser consumido com comida, não sozinho, mas os pratos na mesa ainda estavam intocados. O príncipe havia dispensado a todos, e eles o deixaram sozinho no mais refinado quarto daquela hospedaria na primeira parada para descanso.

Cinco guardas foram mortos e catorze estavam feridos. Mas em vez de retornarem para Changle e se reagruparem, Xian escolhera dar continuidade à jornada. Já haviam perdido tempo o suficiente naquele dia. O objetivo permanecia o mesmo: chegar a Wuyue o mais rápido possível.

Havia uma confortável poltrona de madeira no quarto, mas Xian optara por se sentar no chão. Ele esticou a perna esquerda enfaixada. Um leve formigamento nos nervos era tudo o que restava da mordida de cobra curada pelo mascarado. Um médico havia declarado que a ferida estava limpa e passado nela um bálsamo de ervas.

Uma imagem da boca de Zhen retirando o veneno da mordida cruzou a mente do príncipe. Não houve nada de romântico ou excitante na visão do sangue escuro sendo cuspido pelos lábios de Zhen, mas, de alguma forma, aquilo significara mais do que os beijos que o rapaz lhe dera.

Eu o abandonei uma vez… Não vou cometer esse erro de novo!

Zhen havia salvado sua vida. Quando seu cúmplice mascarado atirou pedras nele para forçá-lo a soltar Xian, Zhen se recusara a sair do lado do príncipe, mesmo que aquilo significasse ser capturado de novo. Mesmo que significasse se separar de Qing, a única família que ele possuía. Uma escolha tão inexplicável quanto o emaranhado de sentimentos que Zhen ainda provocava no príncipe.

Xian se pôs de pé, tomando cuidado com o peso que apoiava na perna ferida. Ele agarrou a alça da jarra de bái jiǔ e foi até a porta. Os guardas fora do cômodo ficaram em posição de sentido enquanto o príncipe passava e se dirigia para fora da hospedaria.

Ao lado do celeiro onde estavam os cavalos, havia uma nova carroça encouraçada que Feng requisitara de Changle. O próprio Feng a vigiava; depois do último fiasco, o guarda-costas real não se arriscaria.

Feng pareceu resignado quando viu Xian, como se soubesse que ele apareceria mais cedo ou mais tarde.

– Você deveria estar descansando. – A testa do guarda-costas se franziu enquanto seu olhar recaía sobre a jarra na mão do príncipe. – E certamente não deveria beber.

– Quero falar com ele – declarou Xian.

Feng soltou um suspiro baixo. Deu um passo para o lado, e Xian se aproximou da porta com barras.

Zhen estava encolhido em um canto da cela. Lá na ponte subterrânea, o rapaz se rendera sem resistir e entregara a chave para abrir as algemas de Xian. Agora elas envolviam seus próprios pulsos, cintilando feito a coleira ao redor de seu pescoço, que o forçava a permanecer na forma humana.

Zhen pestanejou quando avistou Xian. Ele vestia uma túnica cinza limpa, embora seu longo e escuro cabelo continuasse desgrenhado. Seus braços e cotovelos estavam cobertos de arranhões, provavelmente esfolados pela beirada rochosa onde ele havia se agarrado a Xian e prometido não o soltar.

Xian falou na direção de Feng:

– Abra a porta.

– O quê? – O guarda-costas soou alarmado. – Xian...

– Você estava lá – respondeu o príncipe. Não importava que Zhen os estivesse escutando. – Ele poderia ter escapado. Mas não escapou.

Feng ainda parecia bastante receoso, e era visível que seus instintos de guarda-costas se altercavam com as ordens de Xian. O príncipe ergueu o queixo, como se desafiando o melhor amigo a contrariar suas ordens. Um momento se passou antes de Feng chegar com a chave da carroça. As dobradiças rangeram enquanto ele abria a porta.

Zhen saiu, com uma expressão temerosa conforme colocava no chão os pés acorrentados. Mesmo como prisioneiro, ele ainda possuía um tipo de graça, uma espécie de dignidade que se recusava a desaparecer.

Com a cabeça, Xian indicou um banco de pedra a certa distância. O olhar duro e desaprovador de Feng os seguiu enquanto andavam em direção ao banco. As amarras de Zhen retiniam conforme ele se movia, com um novo conjunto de grilhões ao redor dos pés impedindo-o de dar mais do que pequenos passos.

O príncipe não tinha certeza de por que havia pedido que Zhen fosse solto da carroça. Talvez fosse a imprudência do álcool. Ou talvez Xian soubesse que não poderia ter aquela conversa com Zhen através de barras de ferro.

Os dois se sentaram lado a lado no banco. De soslaio, Xian via Feng de guarda a alguns metros de distância, com a mão posicionada no cabo da espada. Diante deles estava a silhueta parcamente iluminada dos arvoredos, demarcada pela vertente das montanhas. Seria como uma piada de mau gosto levar Zhen àquele lugar, à vista de seu lar na floresta, sabendo que ele não poderia voltar para lá?

Zhen interrompeu o silêncio.

– Você está bêbado.

Xian soltou um ruído infeliz. Levou a jarra até os lábios e bebeu direto do gargalo. Seu pai ficaria horrorizado.

– Você deveria experimentar. – O príncipe chacoalhou a jarra de bái jiǔ, mais ou menos pela metade, e a ofereceu para Zhen. – Não se preocupe, não tem realgar aqui.

Zhen não se mexeu durante um longo tempo. Justo quando Xian estava prestes a recolher a mão, o rapaz estendeu o braço e pegou a jarra pelo pescoço. Os dedos deles se tocaram, despertando a memória de algo que agora estava fora do alcance.

Xian observou Zhen beber sofregamente, como um condenado à beira de sua execução. Ficou surpreso que ele tivesse sido capaz de tomar o licor forte e ardente sem tossir. Talvez houvesse aprendido a beber em outras ocasiões nas quais esteve na forma humana. Ocorria-lhe agora que sabia muito pouco de fato sobre Zhen, sobre a vida que ele levara nos últimos sete anos. Antes de seus caminhos terem se cruzado mais uma vez em Changle, será que Zhen já havia experimentado tudo o que desejava como humano?

Zhen devolveu a jarra para Xian, que furtivamente tocou o gargalo dela com os lábios. Talvez fosse sua imaginação, mas o calor da boca de Zhen ainda permanecia ali, feito a sombra de um beijo.

Zhen olhou para a perna enfaixada de Xian.

– Está tudo bem com você?

Xian se virou para encará-lo.

– Seus amigos queriam que você escolhesse sua liberdade no lugar da minha vida. Por que não fez isso?

Os dois estavam próximos o bastante para se tocarem, mas a distância entre eles parecia vasta, intransponível.

– O que você falou era verdade – respondeu Zhen, em voz baixa. – Nada jamais vai compensar o que tirei de você. Não espero que o que eu fiz agora mude algo.

Um nó se formou na garganta de Xian. Queria acreditar que Zhen apenas lhe contara mentiras – mas enquanto dependurava-se sobre o precipício, com as pernas se agitando trezentos metros acima do nada, havia visto apenas sinceridade ao encarar os olhos do outro rapaz.

Xian inspirou e se preparou.

– Antes de deixarmos Changle, eu fui até o templo. Pedi aos deuses que me dessem um sinal, e eles deram. Eu preciso levar você para Wuyue. Você é a cura que vai salvar a vida de minha mãe.

Zhen ficou com uma expressão séria.

– Você viu como Hei Xing curou a mordida de cobra para que você pudesse andar. – Ele baixou a voz, de modo que Feng não pudesse escutar. – Nossas habilidades espirituais nos permitem curar os outros. Uma vez curei Qing quando ela esteve gravemente ferida. Eu poderia tentar fazer o mesmo pela sua mãe...

O espírito de serpente pode tentar barganhar por sua liberdade, se oferecendo para curar sua mãe. O alerta de Fahai ecoou pela mente de Xian. Mas você não deve confiar nele. Se Zhen se aproximar dela e tentar executar qualquer tipo de magia das trevas, isso poderia custar a vida de sua mãe. Não permita que ele o engane novamente.

– Não – declarou Xian.

Uma sombra de dor cruzou o rosto de Zhen.

– Você acha que sou um monstro.

– Não acho – respondeu o príncipe. – Você salvou minha vida, embora não precisasse. Mas não posso deixá-lo chegar perto de minha mãe. Não torne as coisas mais difíceis ainda.

Ao se levantar, Xian sentiu um puxão em sua manga.

– Xian...

Zhen se calou, e o príncipe pestanejou ao ver o brilho de uma lâmina no pescoço do outro rapaz.

Em uma fração de segundo, Feng avançara e erguera a espada até o pescoço de Zhen.

– Tire suas mãos dele.

Zhen engoliu com dificuldade e deu um passo para trás, erguendo as mãos acorrentadas. Seus olhos reluziram na escuridão ao encontrar os de Xian.

O príncipe sustentou seu olhar.

– Adeus, Zhen. – Ele vislumbrou a expressão devastada do rapaz antes de se virar para Feng. – Convoque o médico para cuidar dos ferimentos nos braços dele.

Xian precisou reunir cada pedacinho de sua força de vontade para não olhar para trás enquanto andava até a hospedaria.

Voltou para o quarto e se sentou pesadamente no chão, deixando a jarra vazia cair de sua mão. O recipiente tombou de lado com um baque fraco e rolou para longe.

Xian quisera tanto levar Zhen consigo para Wuyue. Mas jamais imaginara que seria assim. Enjaulado em uma carroça. Com as mãos e os pés acorrentados, e uma vergonhosa coleira ao redor do pescoço para impedi-lo de voltar a assumir sua verdadeira natureza.

Um príncipe não deveria ficar de coração partido.

Ele ergueu a voz rouca.

– Guarda.

Um dos guardas entrou no quarto com uma reverência abrupta.

– Sim, vossa alteza?

Xian apontou para a jarra vazia perto de sua perna esticada.

– Me traga outra – pediu.

Eles chegaram ao palácio em Xifu ao crepúsculo da oitava noite de jornada. Àquela altura, a cidade já estava em polvorosa com as notícias sobre a serpente branca que o príncipe estava trazendo a Wuyue, que, em sua forma humana, fora seu acompanhante e provavelmente também seu amante.

Xian não se incomodava. Que falassem o que quisessem. Aquela não era a primeira vez que as pessoas fofocavam sobre sua vida amorosa, e com certeza não seria a última. O importante era que ninguém mais sabia o que acontecera de fato depois da emboscada.

O ataque à delegação deles fora um evento grave demais para ser ofuscado – mas, na versão oficial, Xian havia perseguido Zhen pela floresta e o encurralado na caverna subterrânea enquanto o restante dos cúmplices dele havia fugido.

Ninguém, exceto Feng, que fora o primeiro a chegar até eles naquela ponte, sabia que Zhen só fora recapturado porque havia ficado para trás e salvado a vida de Xian.

A maioria das pessoas especulava que Xian trouxera o espírito de serpente ao palácio para ser subjugado pelos sacerdotes ou sacrificado aos deuses. Apenas um punhado sabia onde a serpente branca estava sendo mantida.

Feng escoltou a carroça para o Pagode Leifeng, onde Fahai estaria aguardando, e Xian retornou ao palácio sob o pretexto de ter que falar com seu pai. A verdade era que ele não suportava a ideia de entregar Zhen pessoalmente ao destino que o aguardava.

Quando o príncipe chegou ao palácio, o general Jian o informou de que seu pai havia convidado monges de Goryeo para pedir bênçãos de seus ancestrais e rezar pela recuperação de sua mãe. O rei estava cumprindo os ritos por trás das portas fechadas do Templo Ancestral e dera ordens estritas de que não deveriam interrompê-los.

Já que Xian precisaria esperar até de manhã para ver o pai, ele foi direto aos aposentos da mãe. As criadas dela se curvaram enquanto ele entrava no quarto. Quando o príncipe deu a volta no biombo dobrável, viu a mãe deitada na cama em vez de sentada contra a cabeceira.

– Niang Qin – disse, cumprimentando-a. – Eu voltei.

Em um mês, ela havia ficado visivelmente mais fraca, como as folhas verdes cerosas de um lótus cujas extremidades começavam a murchar. Mas o sorriso dela ainda brilhava feito as elegantes pétalas daquela flor.

Ela esticou os braços finos.

– Xian'er.

O príncipe a abraçou. Ela parecia tão frágil. Mas não por muito mais tempo. Sua mãe se recuperaria. Os deuses assim haviam decretado. Xian trouxera a cura... embora ele sentisse ter perdido tanto quanto havia ganhado.

– Como você está se sentindo? – perguntou ele.

– Eu prometi que ficaria com saúde para esperar que você voltasse para casa – respondeu ela. – A sua jornada até Changle foi bem-sucedida?

Xian reprimiu uma pontada brusca.

– Tudo ocorreu como planejado.

– Que maravilha. Seu pai ficará satisfeito. – A mãe ficou radiante. – E, como sempre, eu estou muito orgulhosa.

O príncipe tomou a mão dela entre as dele.

– Por acaso você fez zòng zi para o Festival Duanwu?

– Desta vez, não – respondeu ela. – Não tive vontade sem você por aqui para me ajudar.

Xian supôs que ela tivesse estado fraca demais.

– Ainda bem – acrescentou a mãe. – Eu teria sentido falta de repreendê-lo por amassar os bolinhos ao amarrá-los.

Xian sorriu, apesar de tudo.

– Eu lhe dou minha palavra de que a ajudarei no ano que vem. E juro solenemente que comerei todos os bolinhos que eu amassar.

Sua mãe soltou uma risadinha.

– Garoto danado. Isso só vai servir de incentivo para você amassar ainda mais deles! – Ela esticou a mão, com os dedos ossudos trêmulos, e tocou na bochecha do filho. – Há algo diferente em você. Por acaso algo de incomum aconteceu em Changle?

Eu me apaixonei pelo ser responsável por prolongar seu sofrimento durante sete anos, era o que Xian não poderia dizer. E ainda não consigo me forçar a odiá-lo.

A expressão de sua mãe se tornou furtiva.

– Ah... Eu conheço esse olhar. Por acaso conheceu alguém especial?

Xian queria que as coisas fossem simples assim. Que Zhen fosse apenas um rapaz comum que havia conhecido em Changle e por quem se apaixonara, alguém que ele poderia levar ao palácio e apresentar à mãe como seu amado. Em vez disso, Zhen estava aprisionado no Pagode Leifeng, e sua mãe jamais o conheceria ou saberia seu nome.

Ela apertou a mão do filho.

– Ah, tudo bem. Fique com seus segredinhos. Eu sei que vai me contar quando for a hora.

Se sua mãe soubesse o verdadeiro preço de sua cura, aquilo a afligiria. Sempre teriam de esconder aquele segredo dela.

– Está ficando tarde. – Xian se inclinou e beijou a testa dela. – Voltarei a visitá-la pela manhã.

Quando o príncipe saiu do quarto da mãe, Feng o esperava no corredor. As criadas lhe lançavam olhares furtivos e ligeiros. Xian sinalizou para que fossem até o jardim, e ambos saíram.

– Houve algum problema? – perguntou Xian.

– Tudo correu bem – respondeu Feng. – Fahai estava nos esperando no pagode. Zhen não demonstrou nenhuma resistência quando nós o entregamos. – O guarda-costas hesitou. – O que Fahai vai fazer com ele?

– Não sei. – Xian não tinha certeza se queria saber. – O que quer que precise fazer para preparar o antídoto. – De soslaio, o príncipe vislumbrou um coque alto disparando por trás de um arbusto de jujubas na extremidade do jardim. – Quem está aí?

A figura se escondeu nas sombras, se esgueirou para um corredor lateral e desapareceu.

– Os jardineiros não deveriam estar trabalhando a esta hora – comentou Feng, franzindo a testa. – Vou trocar uma palavrinha com os guardas de sua mãe para que fiquem de olho em intrusos.

Xian olhou para o melhor amigo.

– Por acaso Zhen disse alguma coisa antes de você ir embora?

Feng meneou a cabeça.

Depois da primeira noite na hospedaria, Xian não visitara mais Zhen. Não havia mais nada a ser dito, e ele não poderia se dar ao luxo de se embebedar até perder os sentidos todas as noites quando precisava cavalgar do amanhecer ao anoitecer do dia seguinte.

Feng se pronunciou:

– Você ainda gosta dele.

Não era uma pergunta, mas uma afirmação. Xian virou-se para que Feng não pudesse notar a verdade, embora seu melhor amigo o conhecesse bem demais.

– Isso não importa – respondeu o príncipe. – Já não importa mais.

Capítulo 29
ZHEN

ZHEN ABRIU OS OLHOS. Uma pressão estranha e fraca pulsava em sua cabeça. O teto de pedra cinzenta se revolvia lá em cima – custou-lhe um momento para perceber que, na verdade, se tratava do chão.

Ele estava suspenso de cabeça para baixo no centro de uma câmara vasta e sem janelas. Os grilhões e as algemas haviam sumido; em vez disso, ao redor de seus tornozelos havia correntes conectadas a um gancho, que estava anexado a um complexo sistema de roldanas ancoradas ao teto. Os braços de Zhen estavam atados com corda junto ao seu corpo.

Ele virou a cabeça para enxergar melhor os arredores. Um estreito lance de escadas vinha de um patamar acima, e bruxuleantes lamparinas a óleo projetavam sombras ao longo dos baixos-relevos de deidades entalhadas nas paredes. Aquele lugar devia ter sido usado por monges taoistas como um tipo de salão de meditação. Provavelmente subterrâneo, a julgar pelo odor estagnado e embolorado.

Logo abaixo de Zhen havia um reservatório de água perfeitamente circular, feito uma lua preta afundada no chão de pedra. A superfície do reservatório parecia levemente agitada embora o ar na câmara estivesse opressivamente imóvel, o que significava que a agitação devia estar vindo de suas profundezas.

O som de dobradiças rangendo fez Zhen erguer o olhar. Houve passos de alguém descendo o lance de escadas, e Fahai surgiu.

Zhen se lembrava da expressão estoica de Feng ao entregá-lo a Fahai na base do pagode. O conselheiro esperara que o guarda-costas fosse embora antes de forçar um lenço empapado de alguma substância química pungente contra o nariz e a boca de Zhen, que se engasgara enquanto gases ardentes preenchiam suas narinas e garganta... e depois havia despertado ali.

Os olhos de Fahai cintilaram enquanto ele acenava para a câmara de pedra ao redor deles.

– Monges costumavam passar horas, dias, até mesmo semanas aqui embaixo, cultivando suas habilidades em artes marciais. – Era como se o conselheiro da corte houvesse retirado a máscara de cordialidade e sob ela houvesse algo impiedoso. – Um espírito de serpente como você deve estar familiarizado com o xiū liàn, a prática mística da cultivação, que é capaz de prolongar a vida de uma pessoa, aumentar seus poderes e, por fim, conceder-lhe a imortalidade.

Fahai puxou uma alavanca na parede. O dispositivo no teto, que estava anexado às correntes que envolviam os pés de Zhen, começou a se mover. Engrenagens giraram, as roldanas guincharam e o estômago de Zhen deu um solavanco quando ele se viu sendo lentamente baixado...

– Sete anos atrás, você roubou algo muito precioso que não lhe pertencia – disse Fahai. Um arrepio subiu pela espinha de Zhen. Xian devia ter contado tudo ao conselheiro da corte. – A pérola que você consumiu possui um imenso poder que equivale a quinhentos anos de cultivação. Tolo, você desperdiçou um pouco quando a pérola o tornou um espírito de serpente, mas devem restar ao menos trezentos anos, o que é mais do que suficiente.

Mais do que suficiente para o quê? Será que havia uma maneira de devolver o poder da pérola depois que ela fora engolida?

Era isso o que Xian queria dizer quando falara que Zhen era a cura que salvaria a vida de sua mãe?

– A pérola é divina, e, uma vez consumida, sua pureza e vigor não podem ser retirados à força da pessoa que a possui – respondeu Fahai, como se adivinhando as perguntas que passavam pela mente de Zhen. – Você deve entregar o poder dela por vontade própria, o que não vai fazer, é óbvio. É aí que entra este reservatório de cultivação.

Uma aura sombria e antiga pareceu emanar de suas profundezas, um sussurro gélido de um poder sinistro que fez a pele de Zhen formigar.

– Existem poucos reservatórios de cultivação como este no mundo. – Fahai observou a descida de Zhen em direção ao reservatório, agora anormalmente calmo. – Ele possui a habilidade de acelerar o processo de cultivação, que é o motivo pelo qual os monges construíram o pagode acima desta câmara subterrânea: para manter o reservatório escondido de todos, exceto dos que são dignos.

Zhen ergueu os olhos enquanto o reservatório continuava a se aproximar. A superfície cintilava de maneira opaca, feito um espelho invertido, atraindo a luz e não refletindo nada de volta.

– Gastei bastante tempo e energia alterando a natureza fundamental deste reservatório – continuou Fahai. – Agora, em vez de acelerar a cultivação, as águas aos poucos vão remover o poder da pérola. E daqui a sete dias, a essência dela terá sido completamente extraída de seu corpo.

Zhen estava menos de um metro acima do reservatório; o pânico se instalou e ele se debateu, mas foi inútil.

– Precisei remover a coleira bīn que estava inibindo suas habilidades, do contrário, o reservatório não conseguiria absorver seu poder – acrescentou Fahai. – Mas, depois que você for submerso pela primeira vez, não será capaz de mudar de forma.

De perto, o reservatório cintilava feito gelo preto. Zhen inspirou abruptamente e fechou os olhos com força enquanto mergulhava de cabeça na água.

Exceto que não era água. Zhen jamais experimentara algo assim. Seu corpo inteiro foi engolido por algo intenso, indescritível, vazio – como cair em outro universo, em outra eternidade. A escuridão pareceu entrar por suas narinas, alcançando as profundezas de seu âmago e extraindo uma lasca de sua alma...

Ele sentiu um espasmo distante nos tornozelos e se viu arrancado do reservatório, arquejando e convulsionando feito um peixe em um anzol. Zhen estremecia incontrolavelmente, como se tivesse sido submerso em um lago congelado. Seus dentes batiam e ele não conseguia falar, mal conseguia respirar...

Quando ergueu a cabeça, Fahai estava ao lado da alavanca, com uma expressão maravilhada, como se Zhen fosse um experimento que se mostrara bastante promissor.

– O mecanismo é movido a vapor por uma fornalha no laboratório acima de nós – contou Fahai a Zhen. – Ele vai imergir você no reservatório em intervalos regulares. Não por tempo o bastante para que você se afogue, é claro. Com certeza não é isso que queremos.

– Por acaso Xian sabe? – A voz de Zhen estava rouca, e sua respiração ainda saía em pontadas bruscas. – Sabe o que você está fazendo?

Fahai soltou uma risada.

– Por que você acha que ele não o trouxe pessoalmente até mim?

Não torne as coisas mais difíceis ainda.

Uma conclusão gélida se cristalizou no coração de Zhen, tão pontiaguda quanto agulhas de gelo. Xian sabia. Era por isso que o príncipe não o visitara mais depois daquela primeira noite de jornada. Por isso ele havia mandado Feng entregá-lo a Fahai.

Adeus, Zhen.

O sistema de roldanas no teto começou a se mexer, baixando-o mais uma vez. Zhen fechou os olhos de medo enquanto afundava cada vez mais perto do reservatório. Ele se preparou segundos antes de tocar a superfície e deixou-se ser tragado por inteiro pela escuridão escaldante.

Capítulo 30
XIAN

NA MANHÃ SEGUINTE, XIAN entrou nos aposentos do rei usando sua vestimenta amarelo-dourada da corte. Fahai já estava ali. O incenso que se desprendia dos incensários de cada lado do trono de seu pai fez o príncipe se lembrar de quando esteve no templo pouco antes de partir de Changle, inspirando o mesmo odor doce e amadeirado enquanto se perguntava em silêncio.

É Zhen quem salvará a vida de minha mãe?

O destino respondera com dois blocos em formato de lua crescente estirados no chão, um virado para cima, o outro para baixo.

Enquanto se aproximava do trono, Xian ergueu os olhos para a placa de madeira que escondia a caixa sagrada com o nome do herdeiro escolhido pelo rei.

— Meu pai. — O príncipe se curvou profundamente. — Eu voltei.

— O general Jian informou que sua delegação foi atacada por serpentes em seu retorno de Changle. — O pai dele se inclinou para a frente, parecendo preocupado. — Você foi corajoso, porém descuidado, ao perseguir o espírito de serpente e seus aliados por conta própria antes de Feng e os outros guardas o terem alcançado.

— O guarda-costas real Feng merece uma menção honrosa especial pela maneira como lidou com a situação – respondeu Xian.

– Não permitimos que esse atraso nos detivesse de trazer o prisioneiro para cá.

Fahai baixou a cabeça na direção de Xian.

– Fico aliviado de ver que você está bem, príncipe.

– Fahai acabou de me passar um relato detalhado de suas ações decisivas na corte de Min. – O rei deu a Xian um aceno de cabeça de aprovação. – Apesar de diversos eventos inesperados, você levou a cabo sua missão de buscar a cura que o oráculo havia previsto.

– Obrigado, meu pai – respondeu Xian. – Eu não teria sido bem-sucedido sem a sabedoria e a orientação do conselheiro Fahai.

Fahai se pronunciou:

– Vossa majestade, já dei início ao processo de fabricação do antídoto. Ele ficará pronto daqui a sete dias.

O estômago de Xian se revirou. Deveria se sentir contente que a recuperação de sua mãe finalmente estivesse ao alcance. Mas pensar no que quer que Zhen estaria passando agora, no que ele precisaria suportar pelos próximos sete dias...

Um dia para cada ano que sua mãe havia sofrido sem necessidade, Xian tentou lembrar a si mesmo.

– Os monges de Goryeo irão embora amanhã, e eles têm me pedido para conhecê-lo – disse o rei a Fahai. – Um banquete extravagante não está de acordo com os votos ascéticos deles, então se certifique de que os melhores pratos vegetarianos sejam servidos em meu aposentos de jantar.

Fahai curvou a cabeça.

– Sim, vossa majestade.

O rei se voltou para Xian.

– Você deveria descansar depois dessa longa jornada. Está dispensado do jantar de hoje. Wang comparecerá como o representante dos príncipes.

Depois que a reunião terminou, Xian e Fahai saíram juntos do salão do rei. O conselheiro se deteve no terraço e olhou para Xian com seriedade.

– Fiquei chocado quando soube da emboscada – comentou. – Os cúmplices de Zhen deveriam ser levados à justiça por ousarem atacar uma delegação real. Estou aliviado de ver que você escapou ileso desse suplício.

Xian olhou por cima do ombro para se certificar de que ninguém estava por perto para ouvi-los.

– Por acaso extrair a cura… – O príncipe hesitou. – Vai machucá-lo? Fahai inclinou a cabeça.

– Ainda se preocupa com o bem-estar dele?

– Só não quero que ele sofra mais do que o necessário.

O conselheiro colocou a mão sobre o ombro de Xian.

– Eu lhe dou minha palavra.

– Ora, ora, se não é nosso menininho de ouro que acabou de voltar de Changle – disse uma voz desdenhosa atrás de ambos.

Xian se virou. Wang estava ali, de braços cruzados por cima da vestimenta amarela. O cabelo dele estava preso em um coque coroado por seu adereço guān lǐ. Por fora, ele parecia a imagem perfeita do príncipe herdeiro, o primogênito alto e belo que era talentoso nos estudos e no manejo da espada.

– Olá, Wang – falou Xian. – Nosso pai me contou que enquanto eu estava fora você adquiriu de um mercador do Nihon diversos sutras inestimáveis para a coleção dele.

Wang exibiu um sorriso afetado.

– Assim como recepcionei os monges de Goryeo e realizei reuniões com os magistrados das prefeituras de Huzhou.

– Sim, também ouvi falar nisso – respondeu Xian. – Os magistrados relataram problemas em relação à criação de gado, não é mesmo? Fazendeiros estão se recusando a castrar bezerros machos com características indesejáveis. Muito bom ouvir que você ficou com as mãos cheias de bolas de gado enquanto eu estava longe.

A raiva irrompeu nos olhos de Wang. Se fossem mais novos, ele teria arrastado Xian para longe e o espancado. Mas já não eram mais crianças. Não desde que Xian derrotara o irmão, pela mais ínfima margem, em um campeonato de luta com espada, na frente de toda a corte real, incluindo o pai deles e a mãe de Wang. Na época, Xian tinha quinze anos e Wang, dezoito. Fora nesse momento que seu meio-irmão mais velho havia parado de vê-lo como uma criança a quem atazanar e passara a vê-lo como um concorrente ao trono.

Fahai lançou a Xian um olhar que dizia *Pare de provocar seu irmão*.

– Vou me retirar. Príncipe Wang, nós nos veremos esta noite no jantar de despedida para os convidados de seu pai.

Enquanto Fahai se afastava, Wang deu um passo à frente para ficar bem perto do rosto de Xian.

– Um príncipe se engraçando com um rapaz que acabou se revelando uma serpente demônio. – A voz do irmão estava repleta de desprezo. – Está todo mundo comentando. Você é uma desgraça. Nosso pai deve estar muito envergonhado.

Xian se retesou, mas se manteve firme.

– Fahai e eu acabamos de nos reunir com nosso pai, e ele declarou que a missão diplomática para Changle foi um sucesso. Então talvez você devesse cuidar da própria vida.

– Como é mesmo aquele ditado? Gè huā rù gè yǎn? – A boca de Wang se contorceu. – "Flores diferentes atraem olhos diferentes"... e você sempre teve as preferências mais sórdidas. Dá para fazer vista grossa para o sexo do escolhido, mas para a espécie?

A mão de Xian disparou e empurrou o ombro de Wang. Ele imediatamente se arrependeu de deixar o meio-irmão saber que havia tocado em uma ferida, mas era tarde demais.

Wang fez questão de cambalear alguns passos para trás antes de exibir um sorriso convencido.

– Dizem que a aberração da natureza que você trouxe para casa foi levada para a prisão do palácio. – Ele lançou um olhar incisivo na direção em que Fahai havia partido. – Mas acho que sei onde o seu parceiro réptil está de fato sendo mantido.

Os pelos na nuca de Xian se eriçaram, mas ele se forçou a conter o lampejo de pânico que se avolumava em seu interior. Não era possível que Wang soubesse sobre o laboratório secreto de Fahai no Pagode Leifeng. Mas a ausência de uma resposta rápida de Xian era reveladora, e seu irmão era esperto demais para deixar aquilo passar despercebido.

– Suponho que se deva perdoar seu péssimo gosto em parceiros de cama. – Wang espanou o ombro que Xian havia empurrado. – Afinal, ninguém deveria esperar qualquer moral vinda do filho de uma reles concubina.

A fúria subiu à cabeça de Xian feito salitre explodindo em uma bombinha oca de bambu. Feng lhe ensinara a acertar o nariz de um oponente com força o bastante para que ficasse entortado pelo resto da vida. Toda vez que Wang olhasse no espelho, lembraria que jamais deveria ter falado daquele jeito sobre a mãe de Xian...

Xian cerrou o maxilar. Revidar era inútil. Poucas regras nos ensinamentos confucianos eram mais sagradas do que demonstrar honra aos parentes mais velhos, incluindo irmãos. Então ergueu o queixo, com uma expressão letal nos olhos enquanto encarava seu meio-irmão, e virou-se, andando a passos largos na direção oposta, com as botas ecoando bruscamente no mármore branco.

O príncipe entrou no salão de treino de artes marciais sozinho, ainda enfurecido. Feng lhe dissera para jamais treinar partindo da raiva; o progresso só viria de uma mente calma e concentrada, e ele não melhoraria se usasse emoções negativas como combustível. Mas Xian precisava extravasar e encenar o que queria ter feito com o rosto de sorriso presunçoso de seu meio-irmão.

Colocou a roupa para praticar e andou até o mù rén zhuāng, um pilar de treino de madeira inventado por um mestre do Templo Shaolin. O pilar possuía quatro ripas protuberantes em diferentes alturas e ângulos, usadas para representar a posição dos braços e pernas de uma pessoa. As ripas eram flexíveis, e absorviam e devolviam a energia de cada golpe para imitar os movimentos de bloqueio de um oponente.

A verdade era que ele não sentia apenas raiva. Raiva era um sentimento simples, um incêndio disparando em direção ao céu, destruindo tudo em seu caminho e se extinguindo quando todas as árvores houvessem se tornado cinzas. O que queimava no peito de Xian era mais complexo, feito um fogo que se espalhava sob a superfície, sem ver visto, e consumindo fósseis de coisas mortas enquanto continuava a arder lentamente mesmo sob o solo coberto de neve.

O príncipe golpeou o pilar com ferocidade, trocando de uma posição para outra com desenvoltura. Mas sua concentração estava fragmentada, feito um mar de gelo estilhaçado. Ele atingiu os alvos de madeira com mais força do que deveria, mesmo sabendo que se machucaria ou logo se cansaria.

– Pare. Sua postura está muito errada.

Xian se deteve enquanto Feng entrava no salão de treino.

– O que está fazendo aqui? – O príncipe limpou o suor da testa. – Não temos treino hoje.

– Procurei você por toda parte – respondeu o guarda-costas. – Wang não está se sentindo bem, e seu pai quer que você ocupe o lugar dele no jantar de despedida para os monges de Goryeo. Começa em menos de uma hora, então você deveria se limpar e se aprontar.

Xian franziu o cenho. Wang parecera perfeitamente bem mais cedo. Aquele babaca pomposo não perderia um evento de tanto prestígio, ainda mais quando sabia que seu lugar seria ocupado por Xian.

Feng devia ter percebido sua expressão.

– Alguma coisa errada?

– Acho que a pessoa que estava nos bisbilhotando na noite passada, do lado de fora dos aposentos de minha mãe, era Wang – disse Xian. – Hoje ele me confrontou, todo convencido, e parece saber mais do que deveria sobre Zhen.

– Mas por que Zhen faria alguma diferença para ele? – perguntou Feng. – Nós dois sabemos que seu irmão não é o tipo de pessoa que se envolveria a menos que pudesse manipular o assunto para seus próprios propósitos egoístas. Mesmo se seu pai soubesse que você e Zhen estiveram juntos em Changle, duvido que isso afetaria suas chances de ser escolhido como herdeiro.

Fofocas sobre os flertes do príncipe com rapazes provavelmente haviam chegado aos ouvidos de seu pai muito antes de Xian viajar para Changle; Wang devia ter se certificado disso. Cumprir os deveres reais ao mesmo tempo que prezava pelo amor verdadeiro era algo que o rei entenderia melhor do que ninguém. O sexo de Zhen não afetaria a posição de Xian como herdeiro em potencial tanto como a vergonha pela maneira como ele enganara o príncipe.

– Wang está tramando alguma coisa, e preciso que você descubra o que é – disse Xian. – Tenho que comparecer ao jantar, seria uma desgraça para meu pai se nenhum de seus filhos favoritos aparecesse. Mas Wang claramente quer que eu esteja ocupado hoje à noite, para que ele possa fazer alguma coisa sem interrupções. Siga-o. Vou inventar uma desculpa para me retirar mais cedo. Me encontre em meus aposentos meia hora depois do início do jantar.

Capítulo 31
XIAN

FENG ESTAVA AGUARDANDO NOS aposentos do príncipe quando Xian apareceu, quase quinze minutos mais tarde do que combinado. O guarda-costas arqueou a sobrancelha para a mancha de molho de soja na frente do lóng páo de Xian.

– Foi isso que você quis dizer com inventar uma desculpa para se retirar mais cedo?

– Wang já usou a desculpa de estar doente, então tive de improvisar. – Xian fechou as portas. – Você conseguiu segui-lo?

– Ele saiu do palácio sozinho pouco depois do início do jantar – informou Feng enquanto ajudava o amigo a remover o lóng páo. – Cavalgou até a estrada sul ao longo do lago. Eu o segui por uma curta distância antes de voltar.

Xian sentiu um choque percorrê-lo. A estrada sul levava ao Pagode Leifeng. Wang havia insinuado que sabia que Zhen não estava trancafiado na prisão do palácio. Teria ele descoberto que o rapaz estava sendo mantido no laboratório subterrâneo de Fahai?

– Ele está indo atrás de Zhen – disse Xian. – Não era apenas a mim que ele queria manter ocupado no jantar. Ele sabia que Fahai também estaria lá, o que deixaria o laboratório dele desprotegido por algumas horas.

Feng parecia perplexo.

– Ainda não entendo o que Wang quer com isso. Como ele está planejando usar Zhen contra você?

– Talvez ele só queira me ferir. Machucar alguém com quem me importo e que não consegue revidar. – Xian colocou a túnica externa por cima de sua camisa de baixo. – O que quer que seja, não planejo ficar parado e deixá-lo se safar.

– Se vai até o Pagode Leifeng, eu vou com você – declarou Feng.

– Não – respondeu Xian. – Preciso que você fique aqui. Para arranjar desculpas para o meu pai.

Feng ficou horrorizado.

– Está me pedindo para mentir? Para o rei?

– Não quero dar a Wang nenhuma chance de acusá-lo ou causar-lhe problemas. – Xian olhou ao redor e pegou um bule de argila roxa. – Você tentou me deter, mas eu te acertei na nuca com isto aqui. – O príncipe atirou o bule ao chão. Fragmentos de argila se espalharam ao redor dos pés de ambos. – Quando você finalmente acordou, eu já tinha partido.

– E se eu dissesse que você jogou molho de soja no meu rosto? – resmungou Feng, mas cedeu. – Se não voltar em uma hora, eu vou até lá para procurá-lo. Não me importo com Wang.

Xian deu um tapinha no ombro do amigo.

– Você deve conseguir chegar a tempo para tirar uma lasquinha do que restar dele no chão do pagode.

Conforme Xian se aproximava do pagode, suas suspeitas foram confirmadas: o cavalo de Wang estava ali, com o cabresto amarrado a uma árvore. A noite estava silenciosa, exceto pela estridulação de grilos e pelos eventuais piados sonolentos de papa-figos. Xian não queria que o som de cascos alertasse Wang de sua chegada, então desacelerou e desmontou a certa distância. Zhaoye relinchou, insatisfeito, mas concordou em ficar escondido atrás de um matagal de salgueiros.

Xian furtivamente deu a volta por trás do pagode – a porta de ferro que levava até o laboratório estava destrancada. Wang devia tê-la descoberto quando Xian e Fahai estavam em Changle; ele tivera semanas para aprender a arrombar a fechadura.

O príncipe empurrou a porta aos poucos, para que o rangido das dobradiças não denunciasse sua presença. A luz das bruxuleantes lamparinas a óleo emanava ali de dentro, assim como o crepitar de lenha. Ele sacou a espada enquanto se esgueirava pela escada abaixo.

O laboratório de Fahai estava iluminado, mas vazio. A lareira queimava vivamente, e a mesa de trabalho apresentava seu estado costumeiro de bagunça organizada. Os ouvidos de Xian detectaram um zumbido baixo e mecânico que ele não havia escutado em nenhuma das outras vezes que estivera ali. Quando o príncipe pressionou a orelha contra a parede, o zunido similar a uma engrenagem ficou mais alto, como se viesse de *dentro* das pedras.

Xian passou a palma da mão ao longo da parede e se deteve em frente a uma das estantes. Um calhamaço estava caído no chão, com as páginas abertas. Enquanto pegava o livro, o espaço que ele deixara na prateleira chamou sua atenção. Havia uma maçaneta de madeira no fundo da estante que o livro escondia.

Ele esticou a mão e girou a maçaneta. Houve um clique, e, em seguida, a estante começou a se mover, rotacionando para revelar um lance de escadas que descia até um patamar mais profundo. O zumbido aumentou, ecoando de algum lugar lá embaixo.

O príncipe franziu a testa. Fahai devia estar ciente daquela entrada secreta em seu laboratório, então por que não dissera nada a Xian ou a seu pai? O que estava acontecendo lá embaixo?

Com cautela, Xian desceu os degraus irregulares, que davam em outra câmara subterrânea. A mobília esparsa e os entalhes em baixo-relevo de deidades nas paredes de pedra eram similares aos do Salão dos Peregrinos em um templo – tirando o reservatório preto circular no meio do lugar, sobre o qual uma figura familiar estava suspensa de cabeça para baixo por um sistema de roldanas e cordas instaladas no teto.

O coração de Xian gelou.

– Zhen?

Os olhos do rapaz se abriram com um espasmo. Seus olhares se encontraram, e nenhum dos dois conseguiu esconder o choque. Os braços de Zhen estavam amarrados junto ao corpo, e seu longo cabelo, pendendo em mechas frouxas, estava molhado, o que indicava que ele já estivera imerso na água.

– Zhen – Xian ouviu Wang dizer. – Então essa aberração da natureza tem nome.

Xian virou a cabeça bruscamente enquanto seu meio-irmão surgia de trás de um dos pilares. Ele não parecia nem um pouco surpreso que Xian tivesse aparecido. Xian ficara tão atordoado de ver Zhen pendurado de cabeça para baixo que esquecera por um momento que estava ali atrás de Wang.

– O que diabos está fazendo com ele, Wang? – questionou Xian.

– Eu? Está me dando crédito demais. – Wang gesticulou para a câmara subterrânea. – Eu sempre me perguntei aonde Fahai ia quando deixava o palácio tarde da noite. Ele devia estar trabalhando nesta pequena câmara de tortura. Não me surpreende que vocês dois se deem tão bem, ambos têm inclinações desviantes.

Um arrepio fluiu pelas veias de Xian. Não fora Wang quem prendera Zhen naquela posição cruel – fora Fahai. O conselheiro se voluntariara a viajar antes de todos e chegar um dia mais cedo para fazer os preparativos, mas ele havia claramente passado muito mais tempo preparando aquela câmara.

Wang ergueu o olhar até Zhen, que tremia enquanto pendia.

– Aposto que você esperava ser mais do que apenas outra conquistazinha dele. – Wang soltou um ruído desdenhoso. – Ora, meus parabéns, seu desejo se realizou. Tenho quase certeza de que ele nunca fez isso com nenhum dos outros rapazes com quem se deitou.

– Cale a boca – sibilou Xian. Apertou o cabo da espada enquanto saía pisando duro em direção ao meio-irmão. – Não *ouse* falar assim...

– Ou o quê? Você vai salvá-lo? – Wang sorriu com sarcasmo. – Foi você quem o trouxe de Changle acorrentado e enjaulado feito o animal que ele é...

Xian pegou impulso e acertou Wang com o punho. O outro príncipe cambaleou para trás, mas se firmou antes de atingir a parede. Segurou o maxilar enquanto encarava Xian, e sua expressão se fechou.

– Este lugar não foi o único segredo que descobri enquanto você estava em Changle – disse Wang. – Também abri a caixa atrás da placa.

O queixo de Xian caiu.

– O quê? Você sabe que a punição para isso é a morte...

O rosto de Wang se contorceu quando ele jogou um pedaço desdobrado de pergaminho aos pés de Xian.

– *Isto* deveria ser punido com morte.

O selo de cera com o carimbo do rei, que mantinha o conteúdo em segredo, fora violado. Xian encarou o próprio nome na caligrafia de seu pai: 許仙.

O rei o havia escolhido como seu sucessor.

– *Eu* sou o príncipe herdeiro por direito. – Wang sacou a espada e ergueu a lâmina até o rosto de Xian. – Será que em algum momento ele pensou na humilhação a que eu seria submetido quando todos descobrissem que escolheu o filho de uma concubina em vez de seu primogênito?

Xian não entendia por que Wang o havia atraído até ali embaixo para ter aquele confronto.

– Se quer um duelo até a morte para decidir quem será o príncipe herdeiro, por mim tudo bem. – Xian apertou a própria espada na lateral do corpo. – Mas deixe Zhen fora disso. Ele não significa nada para *você*.

Wang soltou uma gargalhada.

– Mas qualquer um com meio olho consegue ver que ele significa algo para você.

Seu meio-irmão se moveu em direção à alavanca na parede conectada à corda que suspendia Zhen.

– Não! – gritou Xian, saindo em disparada.

Wang brandiu a espada e cortou a corda.

As roldanas chacoalharam conforme a tensão diminuía abruptamente. Suspenso sobre reservatório, Zhen deu uma guinada. A corda se prendeu em um dos cordames, desacelerando a queda – mas antes que Xian conseguisse se aproximar o bastante, a corda afrouxou e se soltou.

Zhen despencou de cabeça na água num mergulho barulhento.

Xian largou a espada enquanto se esticava até a beirada do reservatório. Zhen havia desaparecido sob a superfície.

O príncipe pulou.

Depois de cair no Lago do Oeste, Xian havia aprendido a nadar. Mas aquilo não se parecia em nada com água – era nauseante, anormal, feito óleo. Ele afastou as bolhas de seu rosto e se forçou a abrir os olhos. Zhen, de mãos e pés atados, afundava continuamente, como se algum tipo de magnetismo o estivesse sugando até as profundezas intermináveis.

Xian mergulhou mais fundo atrás do outro rapaz. Mas a água retardava seus movimentos, feito dedos invisíveis puxando seus pulsos e tornozelos, restringindo-o enquanto carregava Zhen para mais longe dele. O príncipe se atirou à frente, batendo as pernas com mais força até que conseguiu agarrar Zhen pelo ombro. Trouxe o corpo de Zhen para junto do seu, envolvendo o outro bem apertado pela cintura, e impulsionou ambos para o alto. A luz cintilante acima parecia estar a um universo de distância; seus pulmões estavam em chamas, implorando por ar, e com Zhen fazendo peso, o príncipe não sabia se conseguiria chegar até lá...

Ele enfim surgiu à superfície, arfando e com a cabeça girando.

– Zhen? – Xian sacudiu o rapaz imóvel em seus braços.

Zhen não respondeu. Seus olhos estavam fechados, e os lábios, levemente entreabertos, estavam tingidos de azul como se queimados pelo frio.

Wang não estava em lugar algum. Xian nadou até a beirada

e, com esforço, ergueu Zhen até a borda do reservatório e se içou depois dele. A temperatura da água não estava fria a ponto de ser desconfortável, mas Zhen, desacordado, tremia sem parar.

Durante suas aulas no palácio, Xian havia estudado técnicas de resgate em caso de emergência, escritas pelos médicos da dinastia Jin havia mais de quinhentos anos.

Ele deitou Zhen de costas e inclinou o queixo dele para cima, para abrir suas vias aéreas. Também deveria erguer os braços do rapaz, mas estavam amarrados às laterais do corpo e não havia tempo para soltar as cordas. Havia uma urna de cerâmica vazia ali perto, e Xian a colocou sob os pés de Zhen, já que elevá-los ajudaria o sangue a voltar para o coração.

O rapaz não estava respirando. Os textos medicinais antigos orientavam a bloquear as narinas e soprar ar para dentro da garganta de uma pessoa através de uma flauta ou tubo de bambu. Xian não tinha nada disso, então se inclinou e pressionou a boca diretamente contra a de Zhen. Não se parecia em nada com as outras vezes em que suas bocas se tocaram; agora os lábios do outro rapaz estavam frios, quase sem vida, e tudo o que Xian conseguia sentir era pânico e desespero.

Não poderia deixar Zhen morrer, e não era por causa do antídoto.

Xian alternava entre soprar ar na boca de Zhen e pressionar ambas as mãos em seu peito. Por fim, um ruído emergiu da garganta do rapaz e ele soltou um trêmulo chiado.

O príncipe suspirou de alívio quando os olhos de Zhen se abriram. O olhar desfocado dele encontrou o de Xian. As feições pálidas de Zhen tinham um quê de incredulidade, como se pensasse estar sonhando.

– Xian? – sussurrou ele.

Ao ouvir seu nome saindo dos lábios de Zhen, algo se escancarou no coração do príncipe. Ele abraçou Zhen e o segurou com força, usando a mão espalmada para afagar o cabelo úmido do rapaz. Xian conseguia sentir que Zhen estava tremendo.

– Não se preocupe – falou no pé do ouvido de Zhen. – Eu estou aqui.

Uma pontada de dor atingiu Xian nas costas, perto do ombro. Ele esticou a mão para trás e puxou um dardo de duas pontas, cujas extremidades estavam manchadas com seu próprio sangue.

– Preciso agradecer Fahai por ser tão organizado. – Wang deu um passo na direção de Xian com um sorriso zombeteiro. – Estantes repletas de diferentes tipos de veneno, todos meticulosamente identificados.

Uma sensação gélida e ardente se espalhou pela escápula esquerda de Xian. O dardo estava impregnado com veneno de cobra. De repente, ele entendeu por que seu meio-irmão o atraíra até ali: para envenená-lo e colocar a culpa em Zhen.

– Seu filho da puta – vociferou Xian entredentes.

Wang riu.

– Quem é que não acreditaria que um espírito de serpente vingativo iria desferir um ataque mortal contra o príncipe que o capturou e o aprisionou? As duas marcas de perfuração no seu ombro serão toda a prova necessária.

Xian tentou ficar em pé, mas uma onda de tontura o atingiu e seus joelhos fraquejaram. A dor em seu ombro havia mudado para uma dormência, descendo sorrateiramente pelo braço esquerdo e subindo pelo pescoço. Ele tropeçou e caiu perto dos pés de seu meio-irmão, com o corpo dando espasmos involuntários enquanto a toxina se espalhava. Veneno de uma cabeça-de-cobre, a julgar pela potência. Não a chamavam de cem-passos a troco de nada.

– Poupe os esforços, irmãozinho. – Wang recolheu o dardo incriminador e o guardou dentro de sua manga. – O veneno está fazendo efeito. Vai ser mais fácil se você não tentar resistir.

Wang se virou para Zhen, que ainda estava amarrado. Uma pontada de temor subiu pela espinha de Xian.

– Coloque as mãos nele e eu vou destruir você – exclamou Xian. – Se não nesta vida, então eu juro que vou te encontrar na próxima.

– Não tenho intenção alguma de matá-lo – respondeu Wang, dirigindo-se às escadas. – Quando o encontrarem vivo ao lado de seu corpo, pode ter certeza de que nosso pai vai lamentar a perda do filho favorito e sentenciá-lo à morte mais horrível que se possa imaginar. – Ele inclinou a cabeça. – Será que espíritos de serpente vão para o mesmo pós-vida que os humanos? Provavelmente não. Que pena...

Impotente, Xian ficou estirado no chão enquanto o barulho dos passos de Wang sumia. Seu coração estava acelerado, bombeando o veneno com mais agilidade pelas veias. Um suor frio se formou ao longo de sua pele, e os músculos ficaram rígidos; a paralisia estava se assentando.

Um som arrastado o fez virar a cabeça.

Zhen havia rolado para perto da espada do príncipe, que ele deixara cair antes de pular dentro do reservatório. Zhen esfregou vigorosamente as amarras contra a lâmina até que as cordas desfiaram. Ele se desvencilhou e disparou até Xian.

– Zhen – chamou Xian, rouco. – Você precisa sair daqui antes que eles...

– Não tente falar. – Zhen inclinou-o de lado para expor seu ombro machucado. – Apenas se concentre em respirar.

Zhen baixou o colarinho da veste de Xian e pressionou ambas as mãos contra a ferida. Uma leveza familiar tomou o corpo do príncipe – havia sentido a mesma coisa quando Hei Xing tocara sua perna na caverna e a curara para que ele pudesse andar. Mas aquilo era diferente. O poder de Hei Xing parecia uma explosão de tempestade escura em um mar turbulento, mas a energia de Zhen era como ondas brancas e luminescentes confrontando o veneno em seu sangue...

Xian fechou os olhos e se agarrou à luz de Zhen, sua esperança em meio à escuridão.

Capítulo 32
ZHEN

ZHEN BAIXOU XIAN ATÉ o chão da câmara. Por sorte, Fahai havia removido a coleira feita de bīn de seu pescoço antes de submergi-lo. Seus poderes espirituais estavam muito enfraquecidos pelo reservatório de cultivação, mas de alguma forma ele havia reunido energia curativa o bastante para desviar o sangue dos meridianos de Xian e impedir que a toxina chegasse a seu coração. O príncipe havia perdido a consciência, mas sua respiração estava estável.

Precisava tirá-lo dali o mais rápido possível. Era apenas uma questão de tempo antes de Wang voltar com guardas do palácio a reboque. O sujeito não pararia até ver o meio-irmão morto. O que significava que a melhor maneira de assegurar que não viria atrás de ambos era fazê-lo achar que fora bem-sucedido.

Havia uma urna vazia por perto, e Zhen a colocou ao lado de Xian. Depois, fechou os olhos, concentrou-se e passou a palma da mão sobre o recipiente de cerâmica. Quando abriu os olhos, a urna havia desaparecido – e em seu lugar havia um corpo humano sem rosto. Um boneco.

Transmutação era uma das habilidades mais difíceis que ele havia aprendido através da cultivação, e o maior desafio era prolongar o tempo que os objetos ficariam em sua forma transmutada. No ano anterior, os itens que Zhen mudara conseguiam durar apenas algumas horas, como a folha de grama que havia transformado em moeda e entregado ao velho em troca de Qing. Com mais prática, os objetos transmutados poderiam manter a forma durante um dia inteiro. Com sorte, isso seria tempo o bastante para enganar Wang.

Zhen pegou o prendedor de cabelo ornamentalmente entalhado em bronze do coque de Xian e o colocou sobre a cabeça do boneco. Isso deveria ser prova suficiente da identidade daquele corpo.

Ele posicionou Xian em suas costas e amarrou os pulsos do príncipe em frente ao próprio peito com uma corda de tecido, para que o rapaz não saísse do lugar por acidente. Um enorme barril de óleo feito em pedra laqueada estava perto de um dos pilares, e Zhen o derrubou; o líquido inflamável se derramou, percorreu o chão e fluiu ao redor do boneco, preenchendo a câmara com um odor azedo e ardido.

Zhen pegou uma tocha acesa do suporte na parede e a jogou no óleo. As chamas saltaram, envolvendo o boneco. Enquanto o fogo se espalhava com rapidez por toda a câmara, Zhen lançou um último olhar para o reservatório de cultivação. Sua superfície perfeitamente redonda absorvia o forte brilho das chamas e não refletia nada.

O rapaz curvou os ombros para aguentar o peso de Xian de forma mais confortável e subiu os degraus irregulares até o laboratório de Fahai, no patamar acima. As portas de um armário de madeira haviam sido escancaradas, revelando garrafas meticulosamente identificadas de veneno.

Devia ser ali que Fahai fazia experimentos nas serpentes que Xian capturava. Jaulas vazias de bambu estavam empilhadas no lado oposto do cômodo. Muitas delas continham películas prateadas de trocas de pele. Serpentes trocavam de pele a cada três ou seis meses, o que significava que alguns dos antigos ocupantes daquelas jaulas haviam sido mantidos ali por mais tempo. Será que depois haviam sido soltos... ou mortos?

O odor pungente de fumaça subindo pelo lance de escadas era um aviso de que ele não poderia demorar. Zhen se virou para longe daquele abominável laboratório e se deslocou até o último lance de escadas que levava para fora do pagode.

Ele irrompeu pela porta de ferro e respirou profundamente, permitindo que seus pulmões se preenchessem com o cheiro familiar e inesquecível do Lago do Oeste. Durante todos esses anos, havia ansiado por voltar, mas a culpa que sentia pelo menino que abandonara na ilhota no meio do lago o havia mantido longe.

Agora, Zhen carregava aquele menino em suas costas, e não mediria esforços para mantê-lo a salvo.

Algo farfalhou ao longe e Zhen se virou, tenso. Um instante depois, Zhaoye trotou para fora das sombras, chacoalhando a crina escura enquanto se aproximava de Zhen.

Zhen não conseguiu conter um sorriso ao colocar uma das mãos no flanco de Zhaoye.

– Olá, meu amigo.

O cavalo do príncipe ficou obedientemente parado enquanto Zhen subia na sela com Xian. O príncipe não se mexia, mas Zhen conseguia sentir seus batimentos cardíacos contra suas costas.

Zhen ainda se lembrava do terreno ao redor do Lago do Oeste, em especial das passagens secretas pelos arvoredos, que apenas os animais conheciam. A floresta da qual ele viera se lembraria dos seus, e ela os protegeria.

Ele guiou Zhaoye até uma trilha íngreme e sem marcações que levava ao topo do Pico Feilai, com seus majestosos despenhadeiros de calcário se assomando sobre as montanhas de arenito ao redor. Eles se detiveram brevemente no cume, e Zhen olhou por cima do ombro.

Ao longe, a base do Pagode Leifeng fulgurava, uma chama flamejante na margem sul, com espirais de fumaça se erguendo feito incenso noite adentro.

Ele virou para a frente e continuou a cavalgar.

244

Chegaram a uma pequena cabana no meio da floresta duas horas depois. As paredes eram feitas quase inteiramente de bambu, o que mantinha o interior seco durante as tempestades e fresco durante os verões úmidos. Depois de se tornar um espírito de serpente, Zhen havia passado diversos meses vivendo sozinho ali. Não sabia quem construíra a cabana, mas a escassa mobília no interior indicava alguém que procurara uma reclusão modesta. A cor original de teca da mesa e da cama havia desbotado para um cinza-prateado.

Tanto as roupas dele como as de Xian ainda estavam molhadas por causa do reservatório. Naquela altitude, o vento era frio mesmo durante o verão, e ele não poderia deixar Xian pegar um resfriado. Zhen transmutou as sacas de juta em duas túnicas brancas simples. Ele se trocou e, com cuidado, vestiu o príncipe com a outra túnica. A perfuração dupla atrás do ombro esquerdo de Xian, onde o dardo havia acertado, já começava a sarar.

Uma corrente de ar frio passou pela janela aberta, e Zhen tossiu. Uma única gota carmesim caiu em sua manga. Ele pestanejou; levou a mão até a boca, onde o líquido acobreado se prendia ao seu lábio inferior.

Sangramentos nasais eram um sinal de desequilíbrio crescente no corpo, mas tossir sangue era um aviso sério de que uma enfermidade interna já havia se estabelecido. O poder da pérola era a única maneira de salvar Xian do veneno – mas resgatar Qing no ano anterior enfraquecera Zhen consideravelmente, e ser imerso no reservatório de cultivação drenara ainda mais as suas forças. Fahai dissera que a pérola equivalia a quinhentos anos de cultivação, o que significava que seu poder não era infinito. Zhen estava chegando perto demais de esgotar o que quer que restasse.

Iria se preocupar com aquilo mais tarde. No momento, estava mais apreensivo com Xian. Encostou dois dedos no punho do príncipe – sua pulsação estava fraca e fina, e Xian ainda não havia acordado. Quando Zhen o deitou na cama, o pingente de jade ao redor do pescoço do príncipe deslizou da dobra de sua veste.

Xian havia dito que a mãe lhe dera a jade como uma pedra protetora. Uma onda de emoção se elevou no peito de Zhen. Talvez aquele fosse o seu propósito... a sua penitência. Devia isso à mãe de Xian. Ficaria ao lado do filho dela e seria seu protetor.

Zhen saiu da cabana. Lá em cima, as estrelas estavam distantes e remotas, e a lua minguante parecia ter sido cortada em decrescente por uma faca. Ele sentira falta do tipo de noite densa que existia apenas em meio à mata, bem longe do alcance de lamparinas e tochas.

Ele foi até o poço atrás da cabana e retirou água para que Zhaoye bebesse antes de levar o cavalo a uma clareira gramada. Enquanto Zhaoye pastava, Zhen se embrenhou na mata para procurar o que precisava. Como serpente, sabia por instinto quais plantas evitar, como calêndulas e azaleias. Como humano, havia conhecido um gentil boticário que lhe ensinara a identificar ervas medicinais.

Ele recolheu diversas ervas e as levou até o jardim na frente da cabana, onde havia uma fogueira afundada no chão e cercada de pedras. Deixou os ingredientes de molho em água, os triturou e colocou em um caldeirão redondo de três pernas que ficava acima do fogo. O odor amargo que emanava das ervas no vapor lhe trazia memórias viscerais da poção de realgar que Fahai havia lhe preparado naquela noite do Festival Duanwu, mas Zhen afastou os pensamentos indesejados. Agora, Xian precisava de toda a sua atenção.

Assim que o remédio havia esfriado o bastante, ele serviu um pouco em uma tigela de barro e a levou para dentro da cabana. Quando se deteve ao lado da cama, Xian estava de olhos abertos.

O coração de Zhen deu um salto.

– Você acordou.

Xian parecia muito pálido, e seu olhar estava desfocado enquanto observava o entorno desconhecido.

– Onde estamos? – perguntou, com a voz sensível e rouca.

– Em uma pequena cabana nas florestas montanhosas do Pico Feilai – respondeu Zhen. – Estaremos seguros aqui, por enquanto.

– Ele gesticulou para a tigela de sopa. – Aqui. Beba isso antes de mais nada. Vai ajudá-lo a se sentir melhor.

Xian cheirou o conteúdo e fez uma careta para o odor de espinheiro, tão azedo e pungente que era frequentemente usado para reanimar pessoas desmaiadas.

– Foi você que preparou isso?

– Procurei pela floresta e encontrei zào jiǎo, huáng lián, huáng qín e um monte de outras ervas medicinais – respondeu Zhen. – Um boticário uma vez me contou que elas conseguem melhorar o fluxo sanguíneo e extrair toxinas.

A decisão de beber ou não o remédio indicaria se Xian confiava em Zhen... ou se ainda o via como um traidor. Zhen se perguntou se deveria se oferecer para tomar o primeiro gole, assim como Xian havia feito com a poção que Fahai preparara.

Um longo momento se passou antes de o príncipe se inclinar e levar os lábios até a borda da tigela. Zhen ergueu a tigela em uma das mãos e apoiou a parte de trás da cabeça do príncipe com a outra enquanto Xian bebia toda a sopa.

Quando ele terminou, limpou a boca com o dorso da mão e ergueu o olhar para Zhen.

– O que aconteceu? – perguntou. – Não me lembro de quase nada depois que tirei o dardo de Wang do ombro. Você me carregou para fora da câmara subterrânea?

Zhen assentiu.

– Também ateei fogo no lugar antes de irmos embora, para que pensem que você morreu e não mandem equipes de busca.

Xian franziu a testa.

– Mas quando apagarem o fogo e não encontrarem corpos queimados, vão saber que nós dois conseguimos escapar.

– Eu, há, transmutei uma urna em um boneco humano que era para ser você.

As sobrancelhas de Xian deram um salto.

– Você consegue fazer isso?

Zhen se encolheu.

– Desculpe, sei que soa horrível. Mas, naquele instante, não consegui pensar em mais nada. O boneco deve manter a forma durante pelo menos um dia. Deixei seu grampo de cabelo lá, para convencê-los de que é mesmo você.

Xian franziu a testa.

– Agora eu me lembro. – Ele esticou a mão para trás e tocou as feridas perfuradas no ombro. – Aquela luz... era você me curando.

Antes que Zhen pudesse responder, o olhar de Xian se voltou para o braço do rapaz. Para o horror de Zhen, uma porção de escamas brancas havia surgido em seu antebraço. Usar os poderes da pérola para curar Xian custara um preço mais caro do que imaginara. Ele girou o braço e tentou esconder a porção escamosa contra o corpo, embora soubesse que Xian já a tinha visto.

– Você vai voltar a ser uma serpente?

Era difícil decifrar o tom do príncipe.

As bochechas de Zhen arderam de vergonha.

– Não conseguiria me transformar nem se eu quisesse. Fahai tirou a coleira, mas assim que fui submerso no reservatório, fiquei preso na minha forma atual.

– O que aquele reservatório faz?

– Era para acelerar a cultivação – respondeu Zhen. – Mas Fahai alterou seu propósito para que as águas retirassem a essência da pérola quando ele me imergisse nelas.

O olhar de Xian ficou sombrio.

– Fahai obviamente não é a pessoa que eu achava que ele era. Ele jamais contou a mim ou a meu pai sobre a câmara ou o reservatório de cultivação.

– Sinto muito – sussurrou Zhen. – Por tudo. Eu não deveria ter mentido para você.

Xian ficou em silêncio por um momento antes de pegar a mão de Zhen e puxar o braço dele para longe do corpo.

– Quando descobri a verdade, eu quis te odiar – disse ele. – Eu tentei tanto. Mas eu só... não conseguia. E quando você sacrificou sua chance de escapar para ficar comigo... Eu sabia que a parte de mim que não conseguia deixar de se importar sempre esteve certa.

Depois o príncipe passou um dedo de leve sobre o rendilhado pálido de escamas no antebraço de Zhen.

Zhen ficou paralisado, chocado demais para se afastar. Xian sustentou seu olhar.

– Não tenho medo de quem você é – disse ele, com determinação. – Não mais.

Quem você é. Não *o quê*. Zhen não conseguia acreditar nos próprios ouvidos. Não percebeu que lágrimas escorriam sobre suas bochechas até que Xian esticou as mãos, as enxugou com os dedões e encurtou a distância entre a boca dos dois.

O beijo foi hesitante, quase casto, como se estivessem descobrindo um ao outro pela primeira vez. Uma explosão de ternura preencheu o coração de Zhen. Jamais havia imaginado que teria outra chance de abraçar Xian nesta vida, de beijá-lo de novo...

Zhen envolveu os braços no pescoço do príncipe, trazendo-o mais para perto e aprofundando o beijo. Enquanto estavam em Changle, ele tentara se agarrar a esses momentos, pois sabia que não durariam – mas agora queria memorizar cada um deles porque finalmente eram reais.

Quando se separaram, nenhum dos dois recuou.

– Também sinto muito. – Xian segurou o rosto de Zhen entre as mãos, com uma sombra de dor cruzando suas feições. – Quando te vi naquela câmara, pendurado acima do reservatório...

Zhen pressionou a testa contra a dele.

– Eu queria que você não tivesse me visto assim.

Xian meneou a cabeça.

– Foi culpa minha você ter acabado daquele jeito. Fui eu que o entreguei a Fahai. – O príncipe prendeu uma mecha solta do cabelo de Zhen atrás da orelha dele. – Não deixarei que ele volte a colocar as mãos em você, eu prometo.

Zhen baixou o olhar para a mancha de escamas brancas em seu antebraço, que denunciavam sua verdadeira natureza. Pela primeira vez, não sentiu o ímpeto de esconder quem era. Ele esticou a mão com timidez, pegando na de Xian. Sem hesitar, os dedos do príncipe se entrelaçaram aos seus.

– Naquela câmara subterrânea, Fahai me disse que o poder da pérola forneceria o equivalente a quinhentos anos de cultivação, e ele estima que ainda restam trezentos. – Zhen mordeu o lábio e respirou fundo. – Eu curei você do veneno do dardo de Wang... se me deixar, quero usar o poder da pérola espiritual para tentar curar sua mãe também.

Xian assentiu.

– Eu confio em você. Mas nós dois precisamos nos recuperar antes de voltarmos ao palácio. – A expressão dele se endureceu. – Tenho contas a acertar com meu meio-irmão... e vale a pena voltar dos mortos para isso.

Capítulo 33
XIAN

QUANDO XIAN ABRIU OS OLHOS, levou um instante para se lembrar de onde estava. Os eventos da noite anterior voltaram em trechos e fragmentos: a emboscada de Wang. A ferroada gélida do veneno seguida da cura de Zhen. Apenas uma rigidez prolongada restava em seu ombro machucado.

A aurora havia irrompido. Ao seu lado, a cama estava vazia, e Zhen não estava em lugar algum da pequena cabana. Quando Xian se sentou, a corrente ao redor de seu pescoço se mexeu. O príncipe levou a mão até o amuleto de jade que prometera à mãe que manteria sempre perto do coração.

Sete anos atrás, quase perdi você, havia lhe dito seu pai. *Vocês dois. No estado fragilizado de sua mãe, a perda a teria subjugado. Não permitirei que isso aconteça de novo.*

Xian torcia para que o pai mantivesse em segredo da mãe a notícia de sua suposta morte, ao menos até que ele pudesse retornar. Precisava de tempo para recuperar as energias, descobrir como deter seu cruel meio-irmão e, o mais importante, convencer o pai de que Fahai não era confiável.

Perigos ocultos espreitam nas proximidades... Você foi traído.

O sacerdote estava se referindo a Fahai. Durante todos aqueles anos, o conselheiro da corte havia escondido do rei suas verdadeiras intenções. Zhen disse que Fahai o havia imergido no reservatório de cultivação para extrair o poder da pérola. Xian não havia contado a ninguém o que acontecera no lago sete anos antes – então, como é que o conselheiro sabia que Zhen havia consumido a pérola? O que ele queria com a energia dela? E agora que alguém tinha descoberto e ateado fogo em sua câmara secreta de cultivação, o que ele faria a seguir?

Quando Xian saiu da cabana, Zhaoye emitiu um relincho do poste onde seu cabresto estava amarrado. O príncipe andou até o cavalo e afagou sua pelagem reluzente.

– Obrigado, meu fiel amigo.

Zhaoye cutucou o pescoço dele com o focinho e se pôs a vasculhar seu corpo, checando os bolsos atrás de frutas escondidas.

Xian soltou uma risadinha.

– Algumas coisas nunca mudam.

Quando ele ergueu os olhos, viu uma figura familiar em uma clareira a certa distância. O príncipe arquejou.

Usando uma veste branca idêntica à de Xian, Zhen estava pendurando as roupas de ambos para secar em uma corda que ele havia amarrado entre duas árvores. O cabelo escuro que caía sobre os ombros de Zhen havia acabado de ser lavado e escovado, e ele parecia quase etéreo com suas vestes brancas iluminadas por trás pela luz do sol matutino.

Xian se dirigiu até ele, e Zhen olhou em volta ao ouvir o som de passos se aproximando.

– Você acordou – disse o rapaz, com um sorriso. – Eu queria deixar você descansar mais um pouco.

Xian colocou uma das mãos na lombar de Zhen.

– Quando você falou que me levaria para cavalgar pela floresta em nosso primeiro encontro, eu não imaginei que era isso que você tinha em mente.

A risada de Zhen se ergueu sobre o tilintar e o zunir da floresta em torno deles.

– Lavei suas roupas para que você possa usá-las quando voltar ao palácio amanhã – disse ele. – Uma túnica transmutada de uma saca de juta não é apropriada para um príncipe de Wuyue. De qualquer jeito, ela não vai manter a forma até amanhã.

– Ah. – O príncipe se afastou um pouco e deixou seu olhar descer pelo corpo de Zhen. – Então, em algum momento, de repente, nós dois vamos ficar... completamente nus?

Zhen cutucou de leve a lateral do corpo de Xian.

– Flertar neste momento é bastante inapropriado, já que você não está em condição nenhuma de dar sequência.

Xian sorriu apesar de tudo que acontecera. Embora o resto do mundo acreditasse que ele havia morrido, estar ali com Zhen o fazia se sentir mais vivo do que nunca.

Ele e Zhen se aventuraram na floresta, colhendo uma variedade de frutas sazonais para o café da manhã: lichias, cunquates, espinheiros-brancos e gojis. Zhen insistiu em colher ervas para preparar mais sopa medicinal para o príncipe. Xian conseguiu apanhar uma enorme truta em um riacho de água doce, e eles a assaram sobre a fogueira em frente à cabana.

– Então, por acaso você já pensou no que vai fazer quando voltarmos para o palácio? – perguntou Zhen depois que haviam terminado de comer.

– A essa altura, eles já devem ter descoberto meu "corpo" carbonizado nos escombros do pagode, e Wang terá inventado a própria história para acusar você de causar minha morte com uma mordida envenenada – respondeu Xian. – Se o boneco que você transmutou mantiver a forma por um dia, com sorte vão colocar meu corpo em um caixão antes de ele voltar a ser uma urna.

– Hei Xing e Qing devem conseguir nos ajudar – comentou Zhen. – Hei Xing é um velho espírito de tartaruga. Ele viveu centenas de anos e sabe muito sobre cultivação e artes místicas. Deve ser capaz de descobrir o que Fahai realmente está tramando. Posso mandar uma mensagem para eles.

– Como? Os dois podem estar em qualquer lugar a essa altura.

– Há uma maneira secreta que espíritos de animais usam para conversar uns com os outros. – Zhen gesticulou para as árvores. – Estamos bem no meio dela. A floresta possui a própria rede de comunicação enorme e invisível sob nossos pés.

– Você quer dizer as raízes?

Zhen assentiu.

– É assim que as árvores falam entre si. Quando uma delas morre, ela envia quaisquer recursos que ainda tenha de volta ao solo, para as vizinhas. Claro, nem todas as árvores são tão altruístas. Nogueiras-pretas são conhecidas por distribuir substâncias nocivas para matar a concorrência.

– Tenho quase certeza de que Wang foi uma nogueira-preta na vida passada – comentou Xian.

Zhen andou até um velho e alto abeto. Ele colocou a palma da mão na casca, e seus lábios se moveram um pouco enquanto falava com a árvore em sua própria linguagem.

– Pronto. – O rapaz deixou a mão cair e se virou para Xian. – Pode ser que demore um tempo até que a mensagem se espalhe pela mata. Se Qing ou Hei Xing colocarem a palma da mão em uma casca de árvore, vão recebê-la. Ou talvez eles a ouçam ser sussurrada no farfalhar das folhas.

– Que mensagem você enviou? – perguntou Xian.

– Falei a Qing e Hei Xing que agora você e eu estamos do mesmo lado, que vamos voltar para o palácio em Xifu e que uma ajudinha viria a calhar. Não quis mencionar detalhes, para o caso de ouvidos hostis interceptarem a mensagem. Vamos deixá-los a par de tudo quando nos encontrarem no palácio.

– Conhecendo Qing, ela já deve estar a caminho de Wuyue pra te salvar.

– Você deve ter razão. – Zhen soou amargurado. – Ela nunca me escuta.

Zhen andou em direção a um penhasco e lançou o olhar sobre a vista de tirar o fôlego dos declives montanhosos cobertos de pinheiros e abetos. Xian o seguiu, deteve-se às suas costas e envolveu os braços ao redor da cintura de Zhen. O sol da tarde se infiltrava por entre os galhos lá em cima, sarapintando o solo aos pés deles.

Os dois permaneceram em um silêncio confortável, com as costas de Zhen quentes contra o corpo de Xian. O príncipe fechou os olhos e inspirou. Jamais imaginaria que ali, no meio do nada, ele enfim encontraria um lugar – não, uma pessoa a quem pertencia.

– Eu me abriguei nesta cabana durante meu primeiro inverno como espírito de serpente. – Zhen se aconchegou mais contra o peito de Xian. – Hei Xing me contou que não havia melhor lugar no mundo para cultivar do que o Lago do Oeste, que o qi no meio ambiente era mais puro e limpo do que em qualquer outro ponto em que ele tenha cultivado. Eu era só uma serpente comum naquela época, e costumava admirar como ele conseguia ficar perfeitamente imóvel durante horas, até dias, como tartaruga, nas margens do Lago do Oeste.

O príncipe apoiou o queixo no ombro dele.

– Então por que você foi embora?

Zhen virou o rosto para Xian até que suas bochechas se tocassem.

– Você – respondeu ele, baixinho. – Carreguei o fardo do que fiz com você todos os dias. Você foi o motivo de eu não voltar, e você é o motivo de eu estar de volta. – Os cantos da boca dele se ergueram. – Mas eu me sinto grato. Por termos nos encontrado de novo. Por eu ter tido a chance de confrontar o que fiz.

Xian torcia para que Zhen não se apegasse mais à culpa. Depois de tudo pelo que passaram, os dois haviam conquistado o direito de deixar o passado para trás.

O príncipe pressionou os lábios contra o pescoço de Zhen.

– Fico feliz por termos a chance de recomeçar.

Um suave suspiro informou a Xian que suas palavras haviam acertado em cheio. As mãos de Zhen deslizaram sobre as dele; os dois entrelaçaram os dedos sobre o abdômen de Zhen.

– Você acredita em destino? – perguntou ele.

– Eu acredito que destino é uma desculpa que as pessoas usam para não lutar pelo que realmente querem na vida – respondeu o príncipe.

Zhen se virou nos braços de Xian para que ambos ficassem frente a frente.

– E você vai lutar pelo que quer?

– Sempre. – Xian se inclinou e beijou o rapaz na boca. – Eu já te falei: que tipo de príncipe eu seria se não protegesse as pessoas com quem me importo?

A expressão de Zhen ficou furtiva.

– Você acredita que duas pessoas podem estar fadadas a se encontrar e ficar juntas, sem que nada no mundo possa separá-las?

Xian sorriu.

– Você quer dizer zhī jǐ?

– Já ouvi falar disso – disse Zhen. – Mas não tenho certeza do que significa.

– É um pouco difícil de definir – respondeu Xian. – É uma pessoa que sabe tudo sobre você, talvez até te conheça melhor do que você conhece a si mesmo, e que ficará ao seu lado não importa o quão lúgubre ou detestável você se sinta por dentro. Às vezes vocês vão se zangar um com o outro, mas você consegue se imaginar passando o resto da eternidade com essa pessoa, porque sabe que vocês dois jamais se cansarão um do outro... nem deixarão de se amar.

Zhen inclinou a cabeça.

– Como uma alma gêmea?

O sentimento intenso que inundou o peito de Xian era mais do que apenas atração ou afeto.

– Sim – concordou o príncipe. – Parecido com isso.

– Eu queria que pudéssemos ficar aqui mais um pouquinho. – Zhen parecia melancólico. – Só nós dois, longe do resto do mundo.

Estar ali com Zhen e mais ninguém a quilômetros de distância... a floresta que os cercava parecia um abraço protetor. Precisavam ir embora no dia seguinte, mas, no momento, o príncipe não desejava nada além de saborear a quietude, o repouso... o tempo que tinha com Zhen e que era apenas deles e de mais ninguém.

– Eu também – disse Xian.

A luz da lua se derramou pela janela, lançando um brilho tênue pelo rosto de Zhen enquanto os dois estavam deitados na cama. A cabeça de Zhen estava apoiada no braço esticado de Xian, e os longos cílios de suas pálpebras fechadas se espalhavam contra as bochechas pálidas.

– Consigo ouvir você pensando – disse Zhen, sem abrir os olhos.

Um sorriso repuxou a boca de Xian.

– Por acaso essa é outra de suas habilidades?

Os olhos de Zhen se abriram.

– Não. – Seu olhar escuro e expressivo provocou uma pontada de anseio em Xian. – Mas consigo sentir. Você está preocupado com o que vai acontecer quando voltarmos ao palácio.

– Hum, errou. – Xian se aproximou e encostou o nariz no pescoço de Zhen. – Na verdade, estava pensando em como você fica bonito de branco. E em quando as roupas transmutadas vão desaparecer. Deveria ser a qualquer momento agora, não é mesmo?

Zhen ergueu a sobrancelha.

– Por acaso você é galanteador assim com todos os rapazes que leva pra cama?

– Só com os que me ajudam a fingir minha morte e deter meu meio-irmão do mal.

Zhen passou um dedo para cima e para baixo do braço de Xian.

– Tá bom, pare de tentar fugir da pergunta. No que realmente estava pensando?

Xian o beijou na testa.

– Estava pensando que quando tudo isso acabar... quero que você seja meu consorte.

Os olhos de Zhen se arregalaram.

– Está falando sério?

Xian assentiu.

– Quero que seja oficial. Isto é, se você aceitar.

– Você é um príncipe. – Zhen ainda parecia incrédulo. – Não precisa pedir a permissão de ninguém.

Xian encontrou o olhar dele.

– Estou pedindo a sua.

Zhen sorriu. Ele se sentou e jogou uma perna sobre o corpo de Xian, acomodando-se em seu colo. Depois se inclinou e tomou a boca do príncipe em um beijo profundo.

Xian sorriu contra os lábios de Zhen quando ambos se separaram para respirar.

– Vou interpretar isso como um sim.

Zhen respondeu desfazendo a parte da frente da veste do príncipe e tirando-a de seus ombros.

Xian amava quando Zhen tomava a iniciativa – mais do que qualquer outra coisa, ele queria que o outro os visse como iguais. O príncipe precisou reunir todo o esforço que conseguiu para pegar nos pulsos dele e pará-lo.

O rosto de Zhen expressou a confusão que sentiu.

– Sei que me curar exigiu mais energia sua do que você quer deixar transparecer – disse-lhe Xian. – Mais cedo, você usou a desculpa de dar uma saidinha para que eu não te visse cuspindo sangue.

Zhen pareceu encabulado.

– Eu estou bem. Você já tem tanta coisa com que lidar. Não queria que se preocupasse.

– Vou me preocupar ainda mais se você não me contar as coisas – respondeu Xian, incisivo. – Quando voltarmos ao palácio, vou te levar à enfermaria. Nada de esforço físico até lá.

Zhen grunhiu e saiu de cima de Xian.

– Você é um grande estraga-prazeres.

Um leve rubor voltou às bochechas de Zhen, e o tênue brilho de suor que reluzia em seu pescoço era um bom sinal.

– Ainda podemos nos divertir um pouquinho.

Xian deslizou a mão até a frente das vestes de Zhen e passou a palma sobre seu abdômen nu. Zhen estremeceu de prazer, embora tenha se detido quando os dedos de Xian se colocaram sobre a cicatriz no lado esquerdo de seu torso.

– Alguém te machucou? – Xian sabia que, da última vez em que havia perguntado, o rapaz não estava pronto para lhe contar a origem daquela cicatriz.

– Fiquei preso em uma armadilha para cobras – respondeu Zhen. – Eu tinha certeza de que morreria ali, mas Hei Xing me resgatou.

– Já que ele salvou sua vida, acho que vou ter de perdoá-lo por ameaçar cortar minha mão fora. Mas pedir que você me deixasse cair no abismo foi bastante cruel. – Xian guiou a mão de Zhen até a marca curada em sua própria coxa direita. – Aqui. Eu também tenho uma.

Os dedos de Zhen tracejaram a cicatriz elevada.

– O que aconteceu?

– Wang me atraiu até o arsenal e me acertou na perna com uma flecha. Ele tinha nove anos, e eu tinha seis. – Xian sacudiu a cabeça de desprezo. – Jurei que jamais cairia em seus truquezinhos de novo. E, mesmo assim, caí.

– Sinto muito que ele tenha me usado para atingir você – disse Zhen.

– Você não tem nada pelo que se desculpar. – Distraído, Xian afagou o cabelo de Zhen. – Sabe, depois que você curar minha mãe, e quando ela estiver bem o bastante para viajar, quero levá-la ao pequeno palácio ao Leste, em Yuezhou, para que ela se recupere durante o inverno. Faria bem a ela passar um tempo longe das intrigas e políticas da corte real. Yuezhou fica perto da cidade natal dela, que é famosa pelo chá lóng jǐng.

– Isso não quer dizer "poço do dragão"? – perguntou Zhen.

Xian assentiu.

– Lóng jǐng é um tipo especial de chá verde torrado em panela que cresce apenas naquela região. Seu nome vem de um poço lendário cuja água é incomumente densa. Quando a chuva cai, as gotas mais leves boiam no topo, formando um padrão em espirais na superfície que se parece com um dragão se contorcendo.

Zhen bocejou e exibiu um sorriso sonolento.

– Você vai ter de me ensinar a preparar chá lóng jǐng direito algum dia.

Os olhos dele se fecharam, e, depois de alguns minutos, sua respiração se acalmou.

O príncipe ficou deitado de lado, observando o rapaz. Durante toda a sua vida, outras pessoas haviam ficado de guarda enquanto Xian dormia. No palácio, ele havia crescido em meio ao luxo, com os outros o servindo, cercado por tudo o que poderia querer.

Mas ali, sozinhos, Xian e Zhen não eram um príncipe e um espírito de serpente; eram dois rapazes que arriscariam a vida um pelo outro, repetidamente, sem pensar duas vezes.

– Zhī jǐ – sussurrou Xian. – Minha alma gêmea.

Capítulo 34
XIAN

ELES DEIXARAM A CABANA ao raiar do dia, com a aurora às suas costas enquanto cavalgavam a Leste, em direção ao palácio. Xian estava sentado à frente, segurando as rédeas de Zhaoye; Zhen ficou atrás dele, com os braços unidos em torno da cintura do príncipe.

Chegaram à cidade que margeava o palácio, que também se chamava Xifu, pouco depois das oito horas. Ao longo das ruas, vendedores ofereciam bolinhos de carne cozidos no vapor, batatas--doces assadas e nêsperas. Pessoas estavam sentadas em bancos e devorando ruidosamente o macarrão de tigelas de barro. Sapateiros consertavam calçados e uma mulher gritava injúrias para um grupo de crianças que haviam pisoteado os tecidos tingidos que ela tinha colocado no chão para secar.

Xian já conseguira escapulir do palácio para encontrinhos sem ser reconhecido; afinal, a maioria dos plebeus jamais vira a família real de perto. Agora, o príncipe escutava com atenção as conversas ao redor deles, na esperança de captar alguma novidade. As pessoas falavam sobre o incêndio que havia queimado a base do Pagode Leifeng, mas que fora apagado antes que as partes de cima da estrutura fossem danificadas. Estavam perplexos pelo fato de que os portões do palácio que separavam a corte interna da externa haviam permanecido fechados o dia inteiro, sem nenhuma explicação. Mas, para o alívio de Xian, não havia menção à morte do príncipe.

Na repartição de correspondências, Xian escreveu uma breve mensagem anônima, selou a carta e escreveu o nome de Feng na parte da frente. Seu melhor amigo reconheceria sua caligrafia. Ele usou um dos prendedores de prata das rédeas de Zhaoye para pagar pela entrega.

Quando o mensageiro se retirou para levar a carta, Xian se virou para Zhen.

– Venha, vamos nos livrar destas roupas velhas e pegar vestes novas.

Eles entraram em uma loja de vestimentas. Xian se trocou para uma túnica cor índigo e ficou de frente para um espelho de bronze na parede. Ele penteou o cabelo e atou o coque no topo da cabeça com um prendedor dourado. Ao seu lado, Zhen vestiu uma túnica branca que o príncipe havia escolhido para ele; as mangas largas esvoaçavam de maneira elegante contra as laterais de seu corpo.

– Venha aqui. – Xian penteou o longo cabelo de Zhen, torceu a parte de cima em um coque e passou um prendedor de jade no meio. Depois, o príncipe pegou um leque de papel branco e o colocou na mão do rapaz.

– O que eu deveria fazer com isso? – perguntou Zhen.

Além de espadas, lutadores de artes marciais às vezes gostavam de empunhar armas mais inusitadas: leques de papel, pincéis, até mesmo instrumentos musicais. Um leque era uma arma útil para um ataque de longo alcance; ele poderia voar em um arco amplo, cortar inimigos e voltar à mão de seu dono.

– Com seus poderes, você faria um belo estrago – respondeu Xian. – Experimente.

Zhen abriu o leque e o jogou em um ângulo para cima. O objeto voou pelos ares e chegou ao lado oposto da loja, assustando o proprietário, antes de voltar em direção a Zhen, que o apanhou com destreza.

Xian sorriu.

– Seu exibido.

O príncipe entregou uma fivela de ouro do cabresto de Zhaoye ao dono da loja, para pagar pelas compras. Os dois vestiram o capuz de suas vestes ao saírem do local. Ninguém virou a cabeça para olhar na direção do príncipe usando roupas de plebeu.

Eles saíram do mercado movimentado e se dirigiram a uma fazenda vazia nos arredores da cidade. A porta de ferro reforçado do silo vazio indicava o verdadeiro propósito da estrutura.

– Imagino que esta passagem leve ao palácio – especulou Zhen.

– É uma das rotas de fuga secretas, para o caso de o palácio ser atacado – explicou Xian. – A porta fica presa por um ferrolho por dentro. Se estiver trancada, ninguém consegue entrar. Quando eu me esgueirava para dentro e para fora do palácio para encontrar garotos à noite, tinha de rezar para que um vigia não passasse por aqui e encontrasse a porta destrancada.

Zhen sorriu.

– Suponho que nenhum desses rapazes sabia que estava vivendo um romance com o melhor partido do reino.

O grunhido dos trincos se abrindo fez os dois se virarem. As dobradiças guincharam em protesto enquanto a pesada porta do silo era aberta.

Feng estava no portal, com o rosto feito uma máscara de incredulidade enquanto encarava Xian.

O príncipe lhe mostrou um sorriso de canto.

– Você parece que acabou de ver um espírito.

Um som embargado escapou da garganta de Feng enquanto ele envolvia Xian em um abraço apertado.

– Eu quase não acreditei quando recebi sua carta – sussurrou ele em uma voz rouca ao ouvido de Xian. – Pensei que realmente tínhamos te perdido.

Xian soltou uma risadinha.

– Vai com calma, eu preciso respirar. Você não quer que eu sufoque e morra de verdade.

Feng o soltou.

– Como? – O guarda-costas não conseguia esconder o assombro. – Eu... vi com meus próprios olhos. Os seus... restos mortais. Só o seu prendedor de cabelo de bronze sobreviveu ao incêndio. Seu pai teve um colapso nervoso quando nós o levamos até ele.

– Wang me envenenou com veneno de cobra e tentou culpar Zhen. – O tom do príncipe ficou soturno. – Ele arrombou a caixa atrás da placa e encontrou meu nome. Queria me eliminar permanentemente, para que nosso pai o escolhesse em meu lugar.

Feng franziu a testa.

– Por acaso ele provocou o incêndio para cobrir o próprio rastro? Zhen se pronunciou:

– Não, isso fui eu. – Feng o encarou, horrorizado, e Zhen acrescentou: – Desculpe, mas era a única maneira de fingir a morte de Xian e nos dar a chance de escapar.

– Por acaso minha mãe pensa que estou morto? – intrometeu-se Xian. – O meu pai contou a ela?

Feng meneou a cabeça.

– Apenas alguns de nós sabem o que aconteceu. Seu pai nos fez jurar por nossa vida que não diríamos uma palavra a ninguém, muito menos para sua mãe. Toda a corte interna foi isolada para impedir que a notícia se espalhasse. Seu pai está na casa funerária agora, observando os monges performarem os ritos por você. Wang está com ele.

– Perfeito. – A boca de Xian se contorceu. – Chegou a hora de mostrar ao meu meio-irmão que os vivos podem ser bem mais assustadores do que fantasmas.

Eles entraram na passagem subterrânea. Xian havia usado aquele túnel tantas vezes que conseguiria percorrê-lo de olhos fechados. Eles emergiram da entrada secreta atrás do altar no Pavilhão da Benevolência. Xian olhou para Zhen; estar no palácio devia ser intimidante, dado o fato de o rapaz ter sido trazido a Wuyue acorrentado.

O príncipe tomou a mão de Zhen na sua.

– Você está comigo. Não vou deixar ninguém te machucar.

Zhen apertou a mão de Xian.

– Eu sei.

Os três se encaminharam até a casa funerária, onde caixões eram mantidos antes de os mortos serem sepultados no mausoléu real do lado de fora do palácio. A edificação possuía um telhado cinza sóbrio com lanternas brancas penduradas nos beirais. Versos taoistas estavam pendurados na vertical nos pilares de cor de osso, e na placa de madeira sobre a entrada estava inscrito o epíteto 義莊, "Mansão da Retidão".

As portas duplas da casa funerária estavam abertas. Lá dentro, um caixão repousava sobre dois bancos de madeira; um pequeno altar com incenso e uma vela branca acesa estavam na base. Monges taoistas ladeavam o caixão, entoando orações ao som estridente e dissonante do suǒ nà, um instrumento de sopro.

O rei estava no pátio, de frente para as portas abertas. Uma pessoa mais velha não tinha permissão de prestar respeito a alguém mais jovem, então o pai – e a mãe – de Xian não poderiam lamentar sua morte em público. Não poderiam nem sequer comparecer à procissão funerária, já que se acreditava que isso traria ainda mais azar e desastres para a família.

O general Jian estava à direita do rei. À esquerda, estava Wang. Seu meio-irmão não havia perdido tempo em reclamar a posição mais favorável. A ausência de Fahai chamava a atenção.

Xian tirou o capuz e deu um passo à frente.

– Meu pai.

O rei se virou. O choque em seu rosto abatido causou uma pontada em Xian. O luto de seu pai era real. O general Jian pareceu espantado; a incredulidade de Wang logo se transformou em um pânico que ele não conseguiu disfarçar.

– Xian? – sussurrou o rei. – Você… você é um espírito?

– Não, meu pai. – O príncipe se ajoelhou e curvou a cabeça, encostando a testa no chão. – Sou eu. Seu filho. Ainda estou vivo.

– Meu filho – repetiu o rei. Ele exalou às pressas e começou a avançar, com a mão esticada; então cambaleou, e o general Jian logo o estabilizou. – É você mesmo?

– Não é possível! – exclamou Wang. – O general Jian e eu vimos com nossos próprios olhos os restos mortais sendo colocados no caixão. – Ele lançou um olhar mortífero para Xian. – Quem quer que você seja, não é meu irmão. É um impostor. Um charlatão!

Xian permaneceu calmo.

– Há uma maneira bem simples de resolver esta questão. Por favor, me permita, meu pai.

Ele entrou a passos largos na casa funerária, e, surpreendidos, os monges se calaram em meio a um cântico. Xian andou até o caixão, colocou ambas as mãos na tampa de madeira e abriu-a com um empurrão. Os monges soltaram exclamações e deram um salto para trás, cobrindo o rosto com as mãos.

– Vejam por conta própria – disse Xian.

Havia uma urna de cerâmica dentro do caixão, cercada por papéis de incenso e envolta com o tecido amarelo que teria coberto o rosto do cadáver. Mais de um dia se passara desde o incêndio, e o boneco que Zhen havia transmutado retornara à sua forma original.

O pai de Xian agarrou o batente da porta, boquiaberto ao ver o caixão vazio.

Wang fitou a urna. Ele se virou para encarar o irmão.

– Você nos insultou! – vociferou. – Tornou nosso pai um motivo de piada, tornou a todos nós! Tem ideia de quanto ele se lamentou quando ouviu a notícia de seu falecimento? – Wang lançou um olhar duro e repleto de ódio para Zhen. – Que tipo de filho se alia à mesma espécie de serpente demônio que envenenou a própria mãe, que o envenenou?

– Que me envenenou? – retrucou Xian. – Com meu corpo tão carbonizado que ninguém me reconheceria, como você sabia que fui envenenado antes de supostamente queimar até a morte?

A expressão de Wang congelou. Surpresa cruzou o rosto do rei e do general Jian.

– Seu plano deu muito certo, até certo ponto. – Xian puxou para baixo o ombro esquerdo de sua veste, expondo as duas marcas de perfuração já cicatrizadas. – Você me atraiu até a câmara subterrânea onde Zhen estava aprisionado, e depois me atingiu com um dardo envenenado, sabendo que Zhen seria inevitavelmente culpado pelo veneno que me matou. Mas não esperava que o lugar inteiro pegasse fogo.

As narinas de Wang se dilataram. Ele se virou para o pai deles.

– O senhor certamente não acreditará nesse... nesse filho mentiroso e desalmado que fugiu com um monstro e o fez acreditar que estava morto durante um dia e uma noite inteiros! Um príncipe com tão pouca piedade filial não merece ser escolhido como seu herdeiro!

Um longo silêncio preencheu o ar antes que o rei se pronunciasse:

– Como você sabia que eu escolhi Xian para ser meu herdeiro?

Capítulo 35
XIAN

WANG EMPALIDECEU. SUA GARGANTA se agitou enquanto ele engolia em seco.

– Eu... não sabia. – Ele apontou um dedo para Xian. – Ele... me contou. É só disso que ele anda se gabando! Foi ele quem arrombou a caixa e encontrou o próprio nome lá dentro!

– Claro. Porque fingir estar morto e fugir é exatamente o que eu faria se descobrisse que seria o príncipe herdeiro – retrucou Xian.

Um espasmo de fúria cruzou o rosto de Wang. Ele partiu para cima do irmão, sacando a espada...

Zhen deu um passo adiante, abriu o leque branco e o segurou contra o pescoço de Wang, que parou bruscamente, surpreso. A borda afiada do leque cortou sua pele, extraindo um pequeno filete de sangue.

O general Jian colocou a mão sobre a própria arma, mas Feng se posicionou ao lado do pai e o deteve. Era a primeira vez que Xian via o melhor amigo defendendo Zhen. Também jamais vira Zhen em um modo protetor colérico, o que era incrivelmente atraente.

O rei lançou ao filho mais velho um olhar inflamado.

– Que demônio o incentivou a cometer esse ato inconcebível?

Derrotado, Wang deixou cair a espada.

– Eu sucumbi em um momento de fraqueza! – Ele desabou no chão. – Sou seu primogênito, o filho de sua esposa. Durante toda a vida eu fiz de tudo para receber sua aprovação...

– E ainda assim foi insolente o bastante para desafiar a única ordem que todos no reino conhecem! – esbravejou o pai. – A caixa atrás da placa era considerada sagrada por seus antepassados. Ao abri-la, você ofendeu não apenas a mim, mas também a seus ancestrais. Um pecado que merece a morte!

Wang rastejou de cotovelos e joelhos até os pés do rei.

– Por favor, meu pai, me perdoe! Decerto você mostrará clemência por sua própria carne e sangue, não?

Ninguém no pátio se pronunciou. Xian conseguia ver a expressão magoada no rosto do pai; apesar da malícia de Wang, o primogênito ainda era um de seus filhos favoritos.

Por fim, o general Jian deu um passo à frente.

– Se eu puder interceder, vossa majestade – disse ele com uma reverência. O rei assentiu, e então ele continuou: – A situação política no momento é especialmente delicada, e os Tang do Sul nos observam com atenção em busca de qualquer indício de fraqueza ou desavença. Outros reinos não seguem a mesma prática sucessória que Wuyue; eles seguem a tradição estrita de nomear o filho mais velho da rainha ou imperatriz como o príncipe herdeiro. Dessa forma, podem não entender completamente o significado da caixa por trás da placa. Caso se espalhe a notícia de que você executou seu primogênito por este crime, podem interpretar isso como um sinal de discórdia interna dentro de sua corte, o que os instigaria a atacar nossas fronteiras, na esperança de nos pegar em um estado de insurreição civil.

O rei ficou em silêncio. Xian prendeu a respiração. Wang estava deitado com o rosto no chão e a caixa torácica se erguendo e se abaixando enquanto aguardava seu destino.

– Muito bem. – O rei lançou um olhar mortífero e autoritário à silhueta prostrada do filho. – Você roubou algo de mim que não deveria ter roubado. Eu irei puni-lo como seu pai, não como rei.

Por sua falta de piedade familial, a oitava das dez abominações, em vez da morte você receberá a pena mais severa seguinte: ròu xíng, punição corporal. Receberá um golpe letal em sua mão direita, que é a sentença dada a um ladrão. Eu lhe darei a dignidade de receber sua punição em particular em vez de na corte externa, como outros oficiais receberiam. – Ele deu um aceno de cabeça brusco a Xian. – Será você a desferir o golpe, usando a espada de seu próprio irmão. Faça isso agora.

Xian pestanejou. *Ele* é quem levaria a cabo a punição de Wang?

Wang ergueu o olhar a Xian, temeroso. Obviamente ele não tinha dúvidas de que sairia daquele pátio permanentemente mutilado.

Xian pegou a espada caída do irmão. A arma fora um presente do pai deles no décimo sexto aniversário de Wang – a mesma espada que o próprio rei empunhara quando adolescente, que, por sua vez, ele recebera do pai. Muitos na corte real acreditavam que aquela espada era uma fazedora de reis, um forte indício de que Wang seria o herdeiro escolhido. Talvez isso fosse verdade na época – e Wang estava disposto a matar para reivindicar o favoritismo que costumava possuir.

– Apresente sua mão direita – ordenou o rei a Wang.

Wang se pôs de joelhos e esticou o braço trêmulo, com lágrimas escorrendo pelas bochechas. Enquanto dava um passo à frente, Xian lançou um olhar discreto ao redor; a expressão do pai deles estava estoica, enquanto a do general Jian estava sóbria. Zhen desviara o rosto, como se não conseguisse se forçar a assistir. Feng encontrou o olhar de Xian e lhe acenou com o queixo de maneira quase imperceptível. O rei havia se pronunciado, e Xian tinha a obrigação de executar suas ordens.

A tensão no ar era palpável enquanto Xian se assomava sobre Wang, agarrando o cabo da espada, cuja borla balançava contra seu pulso. Fazer um corte limpo em um membro era mais difícil do que parecia; medidas iguais de precisão e força eram necessárias para separar tendões, músculos, carne e osso em um único golpe.

Xian se concentrou no antebraço trêmulo de Wang – depois puxou a espada e a derrubou em arco.

Wang soltou um grito angustiado quando a lâmina fez contato com seu antebraço. Ele se debateu, desabou de lado e agarrou o braço, com o rosto contraído enquanto soluçava pateticamente. Sangue brotava na manga de suas vestes – mas, ao contrário das expectativas de todos, a mão continuava unida ao seu corpo.

O pai deles franziu a testa para Xian.

– Você desferiu um golpe leve de propósito?

– Não, meu pai. – Xian caiu de joelhos e colocou a lâmina manchada de sangue no chão diante do rei. – Desferi um golpe sério na mão dele, assim como o senhor ordenou, partindo por completo um importante tendão em seu antebraço. Ele jamais será capaz de empunhar uma espada de novo. – O príncipe olhou para Zhen, que não conseguia esconder seu espanto. – Alguém com quem me importo profundamente uma vez me disse que o pequeno ponto da cor oposta em cada metade do círculo yin-yang representa a escolha de agir não a favor de si mesmo, mas da outra pessoa.

O perdão de Zhen a Deng havia causado uma impressão duradoura em Xian – embora, conhecendo seu irmão mais velho, tal compaixão estivesse provavelmente equivocada. Um velho provérbio alertava que os fracos jamais perdoavam seus inimigos. Ainda assim, Xian quis fazer a mesma escolha que Zhen.

O pai inclinou a cabeça, e suas feições duras foram tomadas de compreensão. Ele se aproximou de Xian, que ainda se apoiava em um único joelho.

– As pinceladas gentis de um calígrafo não são um sinal de fraqueza, mas de controle. O caráter de um homem é revelado não por sua força, mas por sua misericórdia. – O pai removeu o anel de sinete de seu dedão direito e o ofereceu a Xian. – Eu escolhi bem, príncipe herdeiro de Wuyue.

Xian não conseguia acreditar nos próprios olhos. As expressões incrédulas do general Jian e de Feng confirmaram que ele não era o único. Seu pai estava lhe concedendo o anel – aquilo era ainda mais vinculador do que o nome na caixa atrás da placa. Não seria necessário revelar o sucessor. O rei estava declarando publicamente a sua escolha.

– Obrigado, meu pai. Eu não o decepcionarei. – Xian se prostrou, tomou o anel e, reverente, colocou-o no próprio dedão. Ele se pôs de pé. – Lamento que minha primeira ação como seu herdeiro seja informá-lo de que o seu... o nosso leal conselheiro Fahai nos traiu. Ele alegava estar em busca de uma cura para minha mãe no Pagode Leifeng, mas isso era apenas uma cortina de fumaça para seu verdadeiro objetivo: um reservatório secreto de cultivação em uma câmara subterrânea debaixo do laboratório dele, sobre a qual ele não contou a ninguém.

A testa de seu pai se franziu.

– Depois do incêndio, Fahai me explicou que a câmara subterrânea era uma prisão especial que ele havia preparado para conter o poderoso espírito de serpente. Quando encontraram seu prendedor de cabelo junto do cadáver carbonizado, Wang deu o próprio testemunho de que você insistiu em ir até o pagode para se encontrar com o espírito de serpente, indo contra o conselho de seu irmão. Ele disse que ficou preocupado, então o seguiu e viu a fumaça vindo do porão.

Xian olhou com repulsa para seu meio-irmão.

– Mentiroso.

Wang se encolheu, como se temendo que Xian decidisse pegar a espada e dar outro golpe em seu braço ensanguentado.

– Convoque Fahai. – O rei se virou para o general Jian. – Onde ele está?

– Ele foi até o Pagode Leifeng para tentar recuperar algo de seu laboratório – respondeu o general.

Xian segurou a mão de Zhen e o trouxe para junto de si.

– Zhen não é o inimigo que Fahai anunciou. Ele me curou do veneno mortal com que Wang me atingiu... o que quer dizer que ele também tem o poder de salvar minha mãe.

Eles foram interrompidos pela chegada do segundo em comando do general Jian. O chefe da guarda parecia atordoado de ver Wang se debatendo no chão, segurando o braço ensanguentado.

– Vossa majestade. – O chefe da guarda fez uma reverência para o pai de Xian. – Por favor, perdoe minha falta de modos, mas tenho notícias urgentes que não podem esperar: o bandido mascarado que estava envolvido no ataque à delegação do príncipe se entregou nos portões do palácio. Ele alega possuir uma mensagem importante que transmitirá apenas ao príncipe Xian e a seu companheiro.

Os olhos de Zhen se arregalaram. Ele olhou para Xian.

O príncipe logo deu um passo à frente.

– Meu pai, por favor, me permita tratar desse assunto. – O rei assentiu, e Xian se virou para o chefe da guarda. – Me leve até ele.

Xian, Feng e Zhen seguiram o sujeito até o departamento de assuntos militares, localizado a Oeste do portão Sul, que separava a corte interna da externa. O chefe da guarda os levou até a prisão subterrânea, onde uma figura familiar estava aprisionada em uma das celas.

– Hei Xing! – Zhen disparou até ele. – Onde está Qing? Ela está com você?

Pela primeira vez, Xian viu o rosto do homem sem máscara. Seus cabelos eram ásperos e grisalhos e, apesar das linhas de expressão, suas feições eram estranhamente joviais.

– Sinto muito ser o portador de más notícias, Zhen, mas Qing está em sérios apuros. – A expressão de Hei Xing era grave. – Eu vim aqui sem demora para alertá-lo.

Zhen parecia aflito.

– O que aconteceu com ela?

– Nós dois recebemos sua mensagem através das árvores, pedindo por nossa ajuda – respondeu Hei Xing. – Combinamos de nos encontrar do lado de fora do palácio e, quando chegamos, nas primeiras horas da manhã, os portões ainda estavam fechados. Eu quis ficar escondido até que o dia raiasse, quando encontraríamos uma maneira de lhe enviar uma mensagem. Qing se recusou e insistiu em incomodar os guardas para deixá-la falar com alguém próximo a você. Ela me pediu para aguardá-la longe das vistas, mas horas se passaram e ela não voltou.

– Com quem ela falou? – questionou Xian.

– Não sei. Eu nunca o vi antes. – Hei Xing fez uma pausa. – Se bem me lembro, ela falou que ele era um erudito.

Zhen e Xian se entreolharam, consternados.

– Fahai – disse Zhen. – Ele está com Qing. O general Jian mencionou que ele havia partido até o pagode. Deve estar mantendo-a prisioneira. Por favor, Xian... precisamos salvá-la.

O príncipe assentiu.

– Vamos até lá imediatamente.

– E você? – perguntou Zhen a Hei Xing. – Pode vir conosco?

– Infelizmente, não. – O sujeito indicou as correntes ao redor de seus pulsos e a cela em que estava trancafiado. – Eu não tive escolha a não ser me entregar para informá-los de que Qing está em apuros. Mas se conseguirem salvá-la a tempo, meu sacrifício terá valido a pena.

Xian se virou para Feng.

– Reúna a guarda do palácio agora mesmo. – Ele ergueu a mão com o anel de sinete, que cintilou de um azul-esverdeado feito malaquita. – Vou liderá-los até o Pagode Leifeng dentro de uma hora.

Capítulo 36
ZHEN

ZHEN ESTAVA PRÓXIMO À janela do quarto de Xian. No horizonte, nuvens de tempestade ameaçadoras se aglomeravam, tapando o sol por completo. Um ronco agourento de trovão reverberou feito uma badalada dentro do peito dele.

Não! A voz de Qing ecoou em sua cabeça. *Não vou a lugar nenhum sem você! Não vou te deixar!*

E se aquelas tivessem sido as últimas palavras que ela lhe dissera em sua vida?

Deveria ter tentado encontrá-la com mais afinco antes. Ou talvez não devesse ter enviado uma mensagem a ela e Hei Xing através das árvores – se não tivesse feito isso, Qing não teria vindo até o palácio e caído nas garras de Fahai.

Zhen jamais sentira tanto medo, tanta impotência. Mesmo enquanto estava acorrentado e enjaulado naquela carroça na jornada de volta a Wuyue... ao menos ele tinha, de certa forma, causado a própria desgraça. Qing não fizera nada de errado exceto dar ouvidos a seu pedido tolo de ajuda.

– Zhen? – A voz do príncipe interrompeu seus pensamentos.

Ele se virou quando Xian entrou no quarto. O outro rapaz havia trocado de roupa para uma túnica amarela feito um damasco, um

tom diferente do amarelo dourado que costumava usar. Amarelo-
-damasco devia ser a cor designada ao príncipe herdeiro.

Xian pegou a mão dele. O anel de sinete brilhou em seu dedão
enquanto ele entrelaçava os dedos com os de Zhen.

– Como você está?

– Estou aterrorizado – sussurrou Zhen. – Não consigo imaginar pelo que Qing está passando agora.

Xian apertou a mão dele de maneira reconfortante.

– Ela também é um espírito de serpente, não é? É por isso que
Fahai acha que ela também possui poderes que podem ser extraídos?

Zhen meneou a cabeça.

– Ela se tornou um espírito de serpente só porque eu a curei
usando o poder da pérola. Na verdade, ela não consumiu a pérola,
então Fahai não vai conseguir retirar nenhuma essência dela.

– Nesse caso, Fahai deve estar usando-a para nos atrair até lá.
– O tom de Xian era soturno.

Zhen ergueu o olhar para encontrar o do príncipe.

– Não me importo se Fahai está preparando uma armadilha,
de jeito nenhum vou abandonar Qing. *Mesmo se custar minha vida,
eu vou salvá-la.*

– *Eu sei* – respondeu Xian. – Por isso quero que fique com isso.

Ele pressionou a corrente com o amuleto de jade na palma da
mão de Zhen.

O rapaz pestanejou.

– Mas sua mãe deu isso para você.

– Fahai deseja a pérola, o que te torna o principal alvo – disse
Xian. – Isso me protegeu até o momento, e agora eu quero que
te proteja.

Xian passou o cordão em volta do pescoço de Zhen e o prendeu.

– Vou arrancar cada pedra do pagode se isso trouxer Qing de
volta sã e salva. – Os olhos de Xian estavam repletos de coragem, que fez Zhen entender por que o pai dele o havia escolhido
para ser o futuro rei. – E eu ficarei ao seu lado... – O príncipe se

inclinou e deu um rápido beijo nos lábios de Zhen. – Assim como você ficou ao meu.

Sons de cascos ecoaram em contraste aos trovões ribombantes enquanto Xian liderava a guarda do palácio pela estrada ao longo do lago até o Pagode Leifeng. Zhen cavalgava à sua direita, e Feng à esquerda. Rastros de raios listravam as nuvens impenetráveis, como fogo prateado iluminando a barriga de um colossal dragão cinzento. Os céus libertaram um aguaceiro enquanto eles se aproximavam da margem Sul, e estavam todos ensopados quando desaceleraram até se deterem em frente à base chamuscada do pagode.

Quando desmontaram, Zhen protegeu os olhos e observou os beirais largos e suportes parecidos com armaduras e escamas no corpo de oito lados da edificação.

Xian andou a passos largos até a entrada da frente, e Zhen e Feng o seguiram. A arcada era entalhada com flores de lótus e leões voadores, e em um pilar ao lado da porta estava pendurada uma faixa com uma série de ideogramas escritos em tinta preta.

– Ele está aqui. – O príncipe leu a mensagem na faixa. – Quer que apenas Zhen e eu subamos até o topo da torre. Ele está nos observando; se alguém mais tentar entrar no pagode, ele vai atirar Qing lá de cima.

Zhen sentiu o sangue sumindo de seu rosto.

– Não podemos subestimar um homem que acredita não ter nada a perder.

Feng franziu a testa.

– Isso não significa que vocês dois deveriam se jogar de cabeça nessa armadilha.

– No momento, ele está em vantagem – disse Xian ao guarda-costas. Depois sacou a espada. – Não invadam o pagode até que eu ordene.

Zhen pegou seu leque branco, e ele e Xian entraram. As paredes externas eram de tijolos, o que havia protegido as estruturas de madeira interna de serem arrasadas pelo fogo. Ao redor do enorme pilar central que sustentava o telhado fora construído um lance de escadas de pedra em espiral, que levava até os andares superiores.

Xian subiu os degraus curvos na frente, e Zhen estava logo em seu encalço. Conforme se aproximavam do topo, ouviram a voz de Qing, embora o som da chuva açoitando o exterior do pagode quase a abafasse. Ela estava falando com alguém, mas Zhen não conseguia ouvir a voz da outra pessoa.

Os dois trocaram olhares; ao sinal de Xian, eles irromperam pela entrada.

Diferentemente dos outros andares, que eram divididos em cômodos, o patamar mais alto era um único espaço. Pelos arcos das sacadas em cada ponto cardeal entrava um vento frio e cortante, mas não foi isso que fez os pelos de Zhen se eriçarem.

O campanário de metal grosso estava em uma plataforma elevada no centro; uma das extremidades estava afixada ao chão e a outra se erguia passando pelo meio do telhado hexagonal, terminando em um pináculo. Qing, vestida em um simples rú qún, fora amarrada ao campanário com uma corda. Uma figura encapuzada estava ao lado dela.

Os olhos de Qing se arregalaram quando ela viu Zhen e Xian.

– É ele! – gritou ela. – Cuidado...

A figura encapuzada se virou.

Zhen se deteve.

– Hei Xing? – exclamou, de repente. – Como... como foi que você saiu da prisão do palácio?

– Onde está Fahai? – questionou Xian. – Por acaso esteve trabalhando com ele esse tempo todo?

Hei Xing emitiu uma risada rouca.

– Suponho que dê para dizer que sim.

Ele puxou o capuz mais para baixo, obscurecendo seu rosto

por um momento, e quando o afastou de novo, o rosto de Fahai os encarava.

Fahai e Hei Xing eram a mesma pessoa.

– Hei Xing existia antes – continuou o homem. – Mas Fahai foi a pessoa que ele foi forçado a se tornar depois de ser traído.

O coração de Zhen martelava. Escapar da prisão do palácio teria sido fácil para uma poderosa criatura espiritual como Hei Xing, com suas centenas de anos de cultivação, pois usar ilusões para alterar sua aparência não seria uma proeza difícil. E ele conseguira desviar de qualquer suspeita ao comparecer ao palácio para lhes contar sobre a captura de Qing quando, na verdade, fora ele quem a capturara.

– Príncipe Xian, parece que você e eu temos algo em comum. – A boca de Fahai se contorceu enquanto seu olhar se voltava para Zhen. – Nós dois fomos enganados pela mesma serpente maliciosa e traiçoeira.

A veemência nos olhos de Fahai fez um arrepio percorrer a espinha de Zhen.

– O que eu fiz para você, Hei Xing? – perguntou ele. – Por que me odeia tanto?

– Ainda não sabe? – O rosto de Fahai se contorceu de fúria. – Eu lhe salvei a vida quando você ficou preso naquela armadilha, sua criatura imprestável. E, em troca, quando encontrou a pérola, a pérola pela qual você *sabia* que eu estava procurando para terminar meus mil anos de cultivação e ascender aos céus, você ficou com ela! Eu deveria tê-lo deixado morrer naquela armadilha!

– Eu só queria ser uma criatura espiritual, como você – sussurrou Zhen. – Eu te considerava meu mentor, e fiquei deslumbrado com todas as suas aventuras. Queria que fôssemos iguais...

– Nós *não somos* iguais! – rosnou Fahai. – Acha que eu algum dia fui um mero réptil comum feito você? Não! Eu era o chefe dos sentinelas no reino celestial, mas provoquei a ira dos deuses e fui banido para a Terra, onde eu precisava acumular mil anos de cultivação antes de conseguir voltar ao meu lugar. Fui proibido de colocar os pés nas sagradas Montanhas Kunlun, a entrada dos céus, o que significava que eu não poderia procurar uma pérola espiritual por conta própria. Sozinho em minha estadia neste mundo miserável, tomei a forma de uma tartaruga, a mais sábia e anciã das criaturas.

Antes que Zhen pudesse dizer alguma coisa, Xian ergueu a voz.

– Você está errado, Fahai. – O príncipe deu um passo à frente, com os olhos cintilando. – Você e eu não temos nada em comum. *Você* nos traiu. Meu pai e eu confiamos em você, e fomos enganados por anos! Esse tempo todo, o que esteve fazendo em seu laboratório no porão deste pagode nunca foi uma cura para minha mãe, foi?

– Eu mergulhei em livros de magia proibida e aprendi que, através de um longo e árduo processo envolvendo magia das trevas, um reservatório de cultivação poderia ser convertido ao oposto de seu propósito natural – respondeu Fahai. – E descobri que havia uma delas na câmara subterrânea do Pagode Leifeng. Eu me tornei humano, assumi a identidade do refinado erudito Fahai e me inseri na corte de seu pai como um conselheiro confiável. Quando me ofereci para, em segredo, procurar uma cura para sua mãe, ele ficou mais do que disposto a me dar acesso total ao pagode, onde tive tempo e privacidade para converter o reservatório de cultivação.

– Você ao menos foi consultar o oráculo no Monte Emei ou essa era outra de suas mentiras? – questionou Xian.

– Fui – disse Fahai. – O reservatório de cultivação estava finalmente pronto, e eu perguntei ao oráculo onde eu encontraria a serpente branca traiçoeira que havia tomado a pérola espiritual. A resposta do oráculo foi que a serpente branca estava em Changle, e que não seria eu, mas o príncipe de Wuyue, quem encontraria a criatura maldita. Eu falei a seu pai que o oráculo havia nos direcionado a Changle para encontrar a cura, sabendo muito bem que você insistiria em ser mandado para lá. Eu precisava da conexão que você havia forjado com a serpente branca sete anos atrás para me levar diretamente a ela. E tudo aconteceu como o oráculo previu.

Os olhos de Xian se estreitaram.

– Não surpreende que você tenha estado tão ávido para deixar Changle antes do resto de nós. Precisava de tempo para planejar a emboscada como Hei Xing.

Zhen enfim compreendeu.

– Mas sua emboscada não era para me resgatar.

– É claro que não – retrucou Fahai. – Se todos acreditassem que você havia escapado no trajeto de volta a Wuyue, o último lugar onde o procurariam seria no Pagode Leifeng. Eu teria tempo suficiente para extrair o poder restante da pérola sem ninguém saber. Mas você, Xian, arruinou meus planos.

Fahai não esperava que Xian se algemasse a Zhen para impedi-lo de fugir. Agora Zhen entendia por que Fahai – como Hei Xing – havia ficado genuinamente abalado por ele tê-lo impedido de decepar a mão do príncipe. Sem saber, os dois haviam frustrado a tentativa de Fahai de capturar Zhen e levá-lo em segredo de volta ao pagode.

– Depois do incêndio na câmara subterrânea, eu tive dúvidas quanto à sua suposta morte – continuou Fahai. – Tive fortes suspeitas de que vocês dois haviam escapado de alguma forma, o que se confirmou quando recebi pelas árvores a mensagem de que você e Zhen agora estavam trabalhando juntos. – Ele lançou um olhar mortífero para Xian. – Pensei que descobrir a verdadeira natureza dele como a maldita serpente branca responsável por prolongar a enfermidade de sua mãe o faria odiá-lo ainda mais. Não esperava que você corresse para os braços dele.

Xian se colocou diante de Zhen, protegendo-o de Fahai. Ele ergueu a mão com o anel de sinete.

– Eu jamais deixarei você voltar a colocar as mãos nele.

A expressão de Fahai rapidamente mudou ao ver o anel.

– Meus parabéns, príncipe *herdeiro* – respondeu ele, em um tom repleto de desdém. – Seu pai fez uma ótima escolha. Permita-me dar a você a posição elevada que merece.

Com um gesto amplo da mão de Fahai, um pedaço de corda

que estava no chão saltou feito uma serpente. Uma das extremidades se enrolou em uma forca ao redor do pescoço de Xian. Antes que Zhen pudesse reagir, a corda ergueu o príncipe no ar.

– Xian! – Zhen abriu seu leque de papel branco e o jogou para cima. Ele voou em um arco gracioso, cortou com precisão a corda conectada ao pescoço de Xian e voltou à mão de Zhen.

Mas, para o horror do rapaz, Xian permaneceu suspenso no ar, como se uma mão invisível ao redor de seu pescoço ainda o estrangulasse.

Fahai gargalhou.

– Não é muito agradável ser enganado, não é mesmo?

Um lampejo brilhante de relâmpago estalou, quase imediatamente seguido pelo estrondo de um trovão. Zhen se virou para o campanário onde Qing estava amarrada.

– Esse passou extremamente perto – disse Fahai, com um brilho no olhar. – Pode ser que o próximo atinja o campanário. As pessoas acreditam que um relâmpago que atinge o pináculo de um pagode pode destruir demônios... ou, neste caso, um espírito de serpente. Quem você vai escolher, Zhen? O príncipe que te deu seu coração ou a irmã que se recusou a te abandonar?

Xian se debateu, incapaz de falar. Suas pernas chutaram em vão, e ambas as mãos arranharam a forca invisível ao redor de seu pescoço. Outro relâmpago estalou feito um chicote celestial, iluminando tanto o céu que parecia meio-dia, e um estrondo ensurdecedor de trovão chacoalhou os alicerces do pagode.

O estômago de Zhen se contraiu. Fahai o estava forçando a fazer uma escolha impossível: salvar Xian ou salvar Qing. Não havia como salvar ambos; ele não era páreo para os setecentos anos de cultivação de Fahai.

Ele engoliu em seco e fez sua escolha.

– Me leve no lugar deles – disse a Fahai. – Você falou que o poder da pérola não pode ser retirado à força, e foi por isso que precisou usar o reservatório de cultivação. Você sabia que eu jamais a entregaria por vontade própria. – Ele respirou fundo. – Solte tanto Xian como Qing. Assim que os dois estiverem seguros longe daqui, eu lhe entregarei de boa vontade o que resta do poder da pérola em meu interior. Você me disse que devia haver pelo menos o equivalente a trezentos anos de cultivação. Você finalmente terá acumulado mil anos, e assim poderá voltar aos céus, ao lugar a que pertence.

– Não, Zhen! – gritou Qing. – Não entregue nada pra ele!

Fahai arqueou uma sobrancelha.

– Depois de todos esses anos, você ainda tem a habilidade de me surpreender. – Ele emitiu uma risada sarcástica. – O mestre Sun tinha razão: se esperar tempo o bastante à beira do rio, os corpos de seus inimigos passarão flutuando.

O coração de Zhen estava acelerado. O próximo relâmpago poderia matar Qing, e Xian já estava sufocando. Só poderia torcer para que a cobiça de Fahai falasse mais alto que seu despeito.

– Temos um acordo?

Com um movimento do pulso de Fahai, as cordas que amarravam Qing ao campanário caíram. Outro aceno, e a compressão invisível ao redor do pescoço de Xian abruptamente afrouxou. O príncipe desabou no chão, resfolegando.

Zhen correu até ele.

– Você está bem?

– Zhen! – Qing parou derrapando ao lado deles. – O que vai acontecer com você quando der o poder da pérola pra ele?

O silêncio dele era a resposta.

Xian ergueu a cabeça, com a respiração ainda entrecortada.

– Zhen, não faça isso. Por favor.

Qing pegou a mão dele.

– *Precisa* ter outra saída...

Fahai os interrompeu.

– Eu cumpri a minha parte do acordo. Agora, é hora de você cumprir a sua. Mande-os embora se não quiser que testemunhem o que vai acontecer a seguir.

Zhen pegou a mão de Qing e a colocou na de Xian.

– Cuide dela por mim – pediu ao príncipe. – Aconteça o que acontecer, não olhem para trás.

Nem Xian nem Qing se moveram. Zhen reuniu toda a sua convicção e os empurrou para longe.

– Saiam daqui – disse ele. – Vocês dois. Agora!

A impotência nos olhos de Xian era de partir o coração.

– Eu te amo – sussurrou ele.

A respiração de Zhen ficou presa na garganta. Ele não queria nada além de jogar os braços ao redor do outro rapaz, abraçá-lo uma última vez e lhe dizer que o amava também. Mas não poderia. Aquilo o destruiria. Destruiria a ambos.

Enquanto Xian arrastava Qing, que estava aos prantos, até a porta, Zhen se virou para Fahai. Ele cerrou as mãos com tanta força nas laterais do corpo que suas unhas deixaram marcas de lua crescente nas palmas. Como se ele estivesse se apegando desesperadamente a algo que, talvez, jamais fosse seu. Não nesta vida.

– O equilíbrio sempre se reencontra, Pequenino Branco. – Fahai ergueu a mão esquerda, trazendo à vida uma esfera rodopiante de luz negra. – É hora de pegar de volta o que é meu.

Zhen conseguia sentir a aura perigosa e volátil da esfera. Ela consumiria seus poderes espirituais e os entregaria a Fahai, e então Zhen morreria. Fahai afastou a palma da mão, e Zhen fechou os olhos enquanto a esfera negra giratória era atirada em direção ao seu coração.

Algo explodiu dentro de seu peito, e a pura força daquilo arrancou seus pés do chão. Ele esperava começar a flutuar para o alto, enfim sem peso, separado da parte de si que era mundana, mas, em vez disso, sentiu-se voar para trás...

Suas costas colidiram contra uma superfície dura, e ele despencou e foi ao chão. Seus olhos se abriram de repente, e ele ergueu o olhar para as vigas de madeira e os suportes entrelaçados que sustentavam o teto do pagode. Será que estava morto? Ou ainda em seu corpo humano?

Ergueu a cabeça. Do outro lado do cômodo, viu Fahai completamente ereto, como se petrificado por uma força terrível e imensa. Os olhos dele estavam arregalados e confusos, e sua mão esquerda continuava esticada, com os dedos curvados feito garras ao redor do vazio na palma de sua mão.

Zhen olhou para o próprio peito – o amuleto que Xian lhe dera reluzia com um brilho ofuscante, feito fogo de jade celestial.

Fahai soltou um coaxar gutural, apertando a própria garganta enquanto cambaleava para trás. Seu rosto começou a espichar em um formato retangular grotesco. Os olhos ficaram redondos feito contas, próximos um do outro, e o nariz derreteu para dentro da cavidade, mudando para duas narinas chatas...

– Zhen! – Xian reapareceu ao seu lado. – Você está bem?

Zhen não conseguia conter o horror enquanto encarava Fahai.

– O que está acontecendo com ele?

Fahai abriu a boca e soltou um guincho terrível e horripilante conforme seus dentes desapareciam e seu maxilar ficava mais parecido com um bico. Seu pescoço se alongou, esticando feito borracha. Sua pele ficou marrom e enrugada, e suas costas começaram a se curvar, inchando feito uma corcunda côncava... feito um casco.

Antes que Zhen ou Xian pudessem reagir, Fahai se virou e mancou em direção à sacada que ficava de frente para o lago. Pulou sobre a balaustrada, e sua transformação continuou no meio do ar: os braços e as pernas engrossaram feito tocos, os dedos das mãos e dos pés se projetaram em garras...

Então ele caiu, desaparecendo de vista. Segundos mais tarde, um barulhento jorro de água se ergueu do lago, e um bando de patos alçou voo com um chiado de pânico.

Zhen disparou até a sacada. Lá embaixo, a água havia se fechado sobre Fahai, engolindo-o em suas profundezas. O erguer e cair das marolas se espalhando pela superfície do lago foi tudo o que restou. Os guardas do palácio se aglomeravam à beira do lago, parecendo confusos.

– Zhen!

Qing correu adiante e soltou um pequeno ruído engasgado enquanto o abraçava com tanta força que Zhen tinha certeza de que seus ossos se quebrariam.

Ele devolveu o abraço apertado.

– Está tudo bem com você? Ele te machucou?

– Estou bem. – Ela fungou. – Como foi que você evitou a maldição de Fahai?

Zhen olhou para baixo, para o amuleto que levava diante do peito. A jade se partira ao meio.

– Deve ter quebrado quando repeliu o feitiço.

A compreensão cruzou o rosto de Xian.

– Minha mãe uma vez me disse que se um pedaço de jade usado durante muitos anos quebra de repente, quer dizer que a jade protegeu seu portador de um mal terrível.

Zhen tinha certeza de que não seria a última vez que veriam Fahai. Mas essa preocupação poderia ficar para depois. Por ora, todos estavam seguros. Era apenas isso que importava. Era tudo que ele poderia pedir.

Xian esticou a mão e puxou Zhen para um abraço fervoroso.

– Por um momento pensei que você... tinha morrido.

Zhen enterrou o rosto no pescoço de Xian e inspirou o perfume familiar. Algo em seu peito pareceu se desprender, se abrindo feito uma fechadura de garra de dragão que só poderia ser aberta por uma única chave no mundo.

– Não vou a lugar nenhum – sussurrou ele de volta.

Quando os três saíram do pagode, Feng correu até Xian, parecendo ansioso e aliviado. Depois, ele se virou para Qing e, inesperadamente, a abraçou.

Qing ficou corada de um vermelho vivo. Xian e Zhen trocaram sorrisos.

Eles cavalgaram até o palácio. Aquela era a primeira vez que Xian voltava vitorioso enquanto príncipe herdeiro, mas quando chegaram à corte externa, em vez das boas-vindas dignas de um herói, eles foram recebidos com expressões atormentadas.

Um dos médicos se aproximou de Xian e caiu de joelhos.

– Vossa alteza – lamuriou-se. – Sua mãe… ela faleceu.

Capítulo 37
ZHEN

ZHEN VIROU-SE REPENTINAMENTE para Xian. Ver a incredulidade e a desolação que se infiltraram no rosto do príncipe era centenas de vezes pior do que ser mergulhado no reservatório de cultivação.

E então Xian pareceu se recompor. Sem dizer uma única palavra, ele andou a passos largos até a corte interna.

Zhen começou a segui-lo, mas Feng o pegou pelo braço.

– Deixe-o. Ele precisa vê-la sozinho. – O guarda-costas se virou para o médico que havia informado a notícia. – O que aconteceu?

– Cerca de uma hora atrás, ela ficou profundamente transtornada – respondeu o sujeito. – Ficou perguntando pelo príncipe Xian, dizendo que precisava vê-lo. As criadas tentaram acalmá-la, mas ela ficou cada vez mais histérica antes de perder a consciência. Nós demos nosso melhor para salvá-la... mas não conseguimos.

Um arrepio cruzou a pele de Zhen. Uma hora atrás... eles estavam no Pagode Leifeng, e fora por volta dessa hora que Fahai havia tentado matar Zhen para pegar o poder da pérola. O amuleto de jade havia repelido o golpe, fazendo com que ele se voltasse para Fahai. A mãe de Xian devia ter sentido o mal que havia quebrado seu amuleto de proteção; ela pensou que algo terrível havia acontecido ao filho, e, em seu estado fragilizado, o pânico e a agitação a haviam dominado.

Zhen caiu de joelhos, desesperado. Xian poderia ter insistido para que ele curasse sua mãe antes de se dirigirem ao Pagode Leifeng para salvar Qing. Mas o príncipe não fizera isso.

Mesmo se custar minha vida, eu vou salvá-la, havia dito Zhen.

Eu sei, respondera Xian. *E eu ficarei ao seu lado.*

Naquela tarde, Zhen estava caminhando pelas ruas de Xifu com Qing. Aquilo o lembrava das vezes em que haviam passado os intervalos de almoço juntos em Changle – relaxando sob a sombra das acácias, compartilhando fofocas que ela escutara na cozinha e notícias que ele entreouvira no estábulo. Aquilo acontecera menos de duas semanas atrás, mas parecia uma memória distante.

As notícias da morte da consorte favorita do rei, a mãe do recém-nomeado príncipe herdeiro, se espalharam para além do palácio, e a atmosfera na cidade era lúgubre. Mercadores que vendiam carvão, chá, óleo e vinho falavam em tons baixos. Crianças estavam proibidas de correr por aí e tocar flautas nas ruas. Uma mulher repreendeu o marido por estar bêbado tão cedo.

Zhen olhou para Qing.

– Onde você estava quando ouviu a mensagem que eu enviei pelas árvores?

– Já estava a meio caminho de Wuyue para vir procurar você – respondeu ela. – Hei Xing... bom, a pessoa que eu pensei ser Hei Xing... pediu para me encontrar em um local isolado do lado de fora do palácio. Quando eu apareci, Fahai estava me esperando. Ele me dominou e me levou até o pagode. – Ela soava taciturna. – Desculpe por ter deixado ele te usar contra mim.

– Ele enganou todos nós – disse Zhen. – Quando eu peguei a pérola, ele esperava que eu a levasse para ele como pagamento por ter salvado minha vida. Deve ter ficado furioso quando descobriu que, em vez disso, eu a engoli, mas escondeu muito bem sua fúria. – Zhen suspirou. – Nada disso teria acontecido se eu tivesse dado a pérola a ele desde o começo. Mal sabia eu que acabaria provocando uma horrível série de acontecimentos que machucaria tanta gente.

– Foi você que me falou que tudo acontece por um motivo – observou Qing. – Sem a pérola, você e Xian não teriam se conhecido.

Ele meneou a cabeça.

– Eu preferia que ele jamais tivesse me conhecido e estivesse com a mãe ao seu lado, com boa saúde. Ele teria sido feliz… e isso bastaria.

Zhen teria vivido como uma simples serpente no Lago do Oeste, ignorante do fato de que logo além das muralhas do palácio vivia um príncipe que, em outra época e outro lugar, teria sido o amor de sua vida.

Em vez disso, havia tomado para si o que não lhe pertencia – incluindo o amor de Xian. O príncipe jamais deveria ter sido seu. Zhen havia roubado o coração dele, e o príncipe pagara o preço.

O equilíbrio sempre se reencontra.

Zhen se deteve diante dos degraus de pedra que levavam a um pequeno templo. Durante esse tempo em que viveu como humano, tinha evitado visitar templos pelo mesmo motivo que escolhera não voltar ao Lago do Oeste. Estar em um lugar de veneração o fazia se sentir ainda mais indigno.

A muralha externa do templo estava pintada de vermelho; os pilares eram pretos. Havia três portas. Acima das portas, à direita e à esquerda, um par de quadros de madeira no formato de um pergaminho desenrolado exibiam dois diferentes conjuntos de ideogramas entalhados que Zhen não sabia ler: 寶蓋 e 慈航.

– Eu queria ir lá dentro um pouquinho – disse ele a Qing.

– Claro – concordou ela. – Eu vou com você.

– Na verdade, eu preferiria ir sozinho – respondeu Zhen. – Tem algo que preciso perguntar. Pode esperar por mim aqui fora? Não vou demorar.

Não prestara muita atenção em por qual das três portas as pessoas costumavam entrar e sair do templo. Não havia ninguém para seguir, então, por precaução, ele entrou pela do meio, que era a mais larga.

Um velho monge lá dentro o encarou, espantado, e Zhen presumiu que havia feito a escolha errada.

O monge se aproximou dele e curvou a cabeça raspada. Usava uma veste cor de açafrão de colarinho transpassado, bordada com o símbolo de yin-yang.

– Não é todo dia que temos a honra de receber um espírito – disse ele, com reverência. – Como posso lhe servir, meu senhor?

Zhen se perguntou como o monge sabia que ele era uma criatura espiritual em forma humana.

– Tenho uma decisão importante a tomar – respondeu. – Gostaria de pedir o conselho dos deuses.

O monge ofereceu dois blocos em formato de lua crescente pintados de vermelho.

– Talvez o jiǎo bēi revele a resposta deles.

Zhen pegou os blocos de bambu curvados. Tinha visto pessoas jogando-os no ar e observando-os cair – parecia que a maneira como os blocos aterrissavam no chão era a resposta ao que quer que fosse perguntado.

Ele fechou os olhos e fez a pergunta em sua mente.

Ainda sou capaz de salvar a vida da mãe de Xian?

Depois jogou os blocos no ar.

Quando abriu os olhos, um bloco crescente estava virado para cima, e o outro para baixo.

Zhen olhou para o monge, procurando a interpretação.

– Shèng jiǎo – disse o sujeito. Se ele ficou perplexo por um espírito não saber ler divinação, não demonstrou. – Os deuses estão de acordo com o que você perguntou.

O peito de Zhen se contraiu. O destino era cruel. Justo quando pensava que ele e Xian haviam finalmente superado os obstáculos, a esperança de que poderiam ter um futuro juntos se dissipou feito incenso entre os dedos esticados.

Quando Zhen saiu do templo, Qing comia uma fatia suculenta de melancia. Ela lhe entregou um espetinho de bambu com bagos de espinheiro-branco caramelizados.

– Experimenta, é uma delícia.

Zhen mordeu um pedaço da fruta rosa-escura coberta de caramelo, que dava aos azedos bagos de espinheiro-branco uma cobertura adocicada.

Qing limpou a boca com o dorso da mão.

– Então, encontrou a resposta que estava procurando?

Uma mágoa cruzou o corpo de Zhen, mas ele a conteve.

– Encontrei.

Capítulo 38
ZHEN

NAQUELA NOITE, ZHEN ENTROU no quarto de Xian carregando uma travessa com uma tigela de mingau de arroz preparada pela cozinha do palácio. Feng havia informado que Xian se recusara a comer naquele dia; o príncipe se recolhera em seus aposentos depois de voltar da casa funerária, proibindo a entrada de qualquer um além de Zhen.

O quarto estava escuro, exceto por uma única lamparina a óleo, e as janelas estavam todas fechadas. Uma figura curvada usando vestes amarelo-damasco estava sentada no chão ao lado da cama de estrado, com os joelhos encostados contra o peito. Partia o coração de Zhen ver Xian dessa forma. Não queria nada além de cruzar o quarto e abraçá-lo, mas não ousava fazer isso.

Xian falou em meio à escuridão:

– Os monges acabaram de realizar os rituais desta noite na casa funerária. – Sua voz estava embargada, rouca. – Os ritos continuarão amanhã cedo.

Com cuidado, Zhen deixou a travessa na mesa.

– Eu trouxe comida para você.

O príncipe ergueu a cabeça. Seus olhos estavam inchados e injetados de sangue.

– Por que você não veio mais cedo?

Zhen pestanejou.

– Feng disse que você precisava de um tempo sozinho. E... eu não achei que você iria querer me ver.

– Por que eu não iria querer te ver?

Zhen mordeu o interior da bochecha. Ele andou até Xian e caiu de joelhos ao lado do príncipe. Os dois estavam a alguns centímetros de distância, mas parecia haver um abismo entre eles.

Zhen deslizou a mão para dentro do bolso da manga, retirou a corrente com o amuleto quebrado e o ofereceu a Xian.

– Eu sinto muito – sussurrou.

Lembrou-se da primeira vez em que havia dito aquelas palavras, quando seu nariz sangrara depois de Xian lhe mostrar o estojo com os instrumentos para apanhar serpentes e ele se dera conta de que o príncipe era o menino de quem Zhen havia tomado a pérola espiritual.

Naquela época, havia torcido para que Xian jamais descobrisse pelo que ele estava se desculpando.

Agora, Zhen não tinha mais nada a esconder. Ele não era apenas a causa do sofrimento desnecessário da mãe de Xian nos últimos sete anos – também era o motivo de ela ter morrido de aflição, achando que o filho corria grave perigo.

Um longo momento se passou antes de Xian esticar a mão e pegar o amuleto.

– Nada do que você disser vai aliviar a dor e a tristeza de perder minha mãe – disse o príncipe. Uma pontada aguda cruzou o peito de Zhen, mas então Xian continuou a falar: – Poderia só me abraçar?

A profunda emoção que subiu pela garganta de Zhen era quase insuportável. Ele colocou os braços ao redor de Xian com gentileza, como se o príncipe fosse um pássaro com as asas quebradas. Foi Xian quem o puxou para mais perto e o abraçou apertado. Ele enterrou o rosto no pescoço de Zhen, e seus ombros tremiam com soluços silenciosos.

– Ela perguntou de mim. Mas eu não estava lá, do lado dela... no final. – A voz de Xian estava abafada. – Sou um filho vergonhoso.

– Não, você não é. – Zhen manteve Xian perto, torcendo para soar tão fervoroso quanto se sentia. – Pode me culpar se quiser. Mas não atormente a si mesmo. Não aguento ver você desse jeito.

Xian se afastou. Ele olhou para Zhen com os olhos vermelhos.

– Meu único arrependimento é que ela nunca teve a chance de conhecer você.

Zhen sentia como se seu coração tivesse sido partido ao meio, da mesma forma que o amuleto de jade. Ele tomou a mão de Xian, ajudou-o a ficar de pé, levou-o até a cama e o deitou ali. Zhen se esticou ao lado de Xian e carinhosamente afastou as mechas soltas de cabelo que se agarravam à umidade nas bochechas do príncipe.

– Me conte tudo sobre ela – pediu Zhen.

Xian adormeceu em meio a uma história de quando ele era pequeno e sua mãe havia lhe dito que comer tāng yuán, bolinhas de arroz glutinoso cozidas em sopa, durante o solstício de inverno o faria ganhar mais um ano de vida. Mais tarde, naquela noite, ele havia se esgueirado até a cozinha e se empanturrado com tantos tāng yuán que acabou vomitando. Quando sua mãe perguntou por que ele havia feito algo tão tolo, Xian lhe contou que queria crescer mais rápido e ter uma barba como a do pai.

Agora Zhen observava Xian em seus braços. As sobrancelhas do príncipe estavam franzidas, e os cantos de sua boca virados para baixo de pesar. A última vez em que haviam compartilhado uma cama tinha sido na cabana de bambu no meio da floresta, onde seus corpos estiveram entrelaçados. Aquela noite fora perfeita, como se apenas os dois existissem, perdidos um no outro em seu mundinho particular, onde nada nem ninguém poderia separá-los.

Zhen certa vez assistira a uma ópera de rua em outra cidade. Sentara-se sozinho na última fileira, maravilhado com a história do pós-vida que se desdobrava no palco provisório. A alma de uma pessoa partia em jornada para o submundo, passava pelas dez cortes do inferno e enfim se encontrava com Meng Po, a deusa do esquecimento. Ela dava a cada alma uma tigela de mí hún tāng, o caldo da perda de memórias. Bebê-lo fazia o sujeito se esquecer de todas as suas lembranças, tanto as ruins quanto as boas, para que pudesse realmente deixar para trás as vidas passadas antes de renascer.

Ao final, o artista principal havia sussurrado em voz alta, de forma conspiratória, que alguns amantes conseguiam evitar beber o caldo da perda de memórias de Meng Po. Eles renasciam com as lembranças da pessoa amada e encontravam o caminho de volta um para o outro na vida seguinte.

Será que isso era possível para ele? Será que espíritos de serpente passavam por reencarnações assim como humanos? Ou será que ele perderia as lembranças de tudo desta vida?

Será que se esqueceria de Xian?

Zhen passou o restante da noite observando o rosto adormecido do príncipe, memorizando cada ângulo, cada imperfeição. Parecia que haviam compartilhado uma vida inteira no intervalo de poucas semanas – era mais do que Zhen poderia pedir, e ainda assim não bastava. Não chegava nem perto.

Você acredita em destino?, havia perguntado Zhen.

Eu acredito que destino é uma desculpa que as pessoas usam para não lutar pelo que realmente querem na vida, respondera Xian.

E você vai lutar pelo que quer?

Sempre.

Ao raiar do dia, Zhen cuidadosamente retirou o braço que estava sob Xian e baixou a cabeça do príncipe até o travesseiro sem acordá-lo. Xian não se moveu; seus dedos se curvaram por reflexo ao redor do pedaço de jade quebrada, como se estivesse se apegando à última lembrança da mãe que acabara de perder.

– Zhī jǐ. – Zhen se abaixou e depositou um beijo na testa de Xian. – Minha alma gêmea.

Na cabana nas montanhas, Xian havia pensado que Zhen estava dormindo quando ele sussurrou aquele apelido carinhoso, mas o rapaz o escutara. Havia carregado aquelas palavras no coração. E sempre as levaria consigo.

Quando Zhen saiu do quarto, Feng estava esperando do lado de fora. Ele cumprimentou Zhen com um movimento abrupto do queixo e, juntos, os dois passaram pelos portões do solar real.

Enquanto entravam no terraço, Feng perguntou:

– Como ele está?

– Dormindo – respondeu Zhen. – Está exausto.

A expressão de Feng estava séria.

– Ele não sabe o que você vai fazer?

Zhen meneou a cabeça.

– Você também não deve contar para Qing. – Ele fez uma pausa. – Tenho mais um favor para pedir.

Capítulo 39
XIAN

XIAN ACORDOU COM UM SOBRESSALTO.

O silêncio ecoava em seu quarto. Do lado de fora da janela, o céu já havia clareado. Sua cabeça parecia preenchida de algodão. Seus lábios estavam ressecados; as bochechas pegajosas pelas lágrimas secas. Seu coração retumbava, e os ossos pareciam pesados com um mau pressentimento.

Ele esticou a mão – o lugar ao seu lado estava vazio. Zhen havia sumido.

Ele agarrava algo na palma da outra mão. Xian abriu os dedos. Era o cordão com o amuleto quebrado de jade.

O príncipe pulou para fora da cama, ainda usando suas vestes amarelo-damasco do dia anterior, e saiu num rompante de seus aposentos, assustando os guardas.

– Onde está Zhen? – questionou. – Quando ele saiu?

– Ao amanhecer, vossa alteza – respondeu um dos guardas. – Feng, o guarda-costas real, o escoltou para fora da residência.

– Aonde eles foram?

– Não sei, vossa alteza. Eles não disseram.

Xian franziu a testa. Aonde será que aqueles dois poderiam ter ido juntos?

Um pensamento horrível surgiu em sua mente.

Não. Não poderia ser.

Por instinto, ele começou a correr, ignorando os olhares pasmos que atraía enquanto disparava de pés descalços pelos terraços do palácio. Seu peito parecia uma mola contraída ao extremo, firmemente torcida de temor.

Mesmo tão cedo, uma pequena multidão já se reunira no pátio externo da casa funerária. Qing estava gritando o nome de Zhen a plenos pulmões, esmurrando os punhos nas portas fechadas na frente da casa funerária enquanto Feng tentava acalmá-la. Os guardas ficaram parados, incertos quanto ao que fazer.

Xian parou bruscamente.

– Ele está lá dentro?

Qing agarrou o braço de Xian.

– Ah, ótimo, você está aqui... Ele vai te dar ouvidos. Faça-o ter bom senso!

– Zhen? – Xian chacoalhou as portas trancadas. Ele se virou para os guardas. – Derrubem as portas. Agora.

Feng se pronunciou:

– Zhen fez uma barricada e selou as portas e janelas usando seus poderes. É inútil tentarmos forçar a entrada.

Xian virou-se bruscamente para o amigo.

– Você... você *sabia* que ele iria fazer isso? E não me contou?

A expressão de Feng titubeou.

– Xian, eu...

– Não dificulte as coisas para ele. – A voz de Zhen veio de lá de dentro. – A escolha foi minha. E ele a respeitou.

O príncipe se virou enquanto o rosto de Zhen aparecia do outro lado da janela de treliça ao lado da porta. Ele e Qing correram até lá.

– Não quero que nenhum de vocês culpe Feng – continuou Zhen. – Ele é a única pessoa que sei que preza pelo melhor interesse de ambos, mas que consegue ser objetivo o bastante para entender por que isso precisa ser feito.

– Não faça o que eu acho que você vai fazer – implorou Qing. – Eu jurei que jamais sairia do seu lado. Não ouse me fazer quebrar essa promessa de novo… Não vou te perdoar desta vez!

Zhen conseguiu soltar uma risadinha.

– Serpentezinha boba – disse a Qing. – Sou eu que vou quebrar minha promessa. Eu falei que sempre te protegeria. Sinto muito que não conseguirei mais fazer isso.

– Qual é o seu problema? – gritou Qing. – Eu te falei, você não pode salvar todo mundo…

– E eu te falei que preciso tentar – respondeu Zhen. – Me ouça, Qing, isto é importante. Quero que você continue sua jornada até o Monte Emei enquanto o milefólio medicinal está desabrochando. Lembre-se de escolher as flores em botão. São mais eficazes do que as que já desabrocharam. – Ele mostrou a ela um sorriso débil. – Dizem que as nuvens perto do pico da montanha assumem o formato dos espíritos de serpente que se foram antes de nós. Acene para o céu se você me vir.

Qing se desfez em lágrimas. O coração de Xian se contraiu. Zhen gesticulou para Feng, que se aproximou e colocou um braço reconfortante em volta dela. Ele levou Qing para longe, dando a Xian e Zhen um momento a sós.

– Zhen, por favor. – Xian agarrou a janela de treliça com os dedos. – Você não precisa fazer isso.

O rapaz meneou a cabeça.

– Ver a sua dor e não poder tirá-la de você… essa sensação é pior do que a morte. Não quero que você acabe me odiando.

– Odiando você? – Xian o encarou, perplexo. – Eu falei que não te culpo pelo que aconteceu…

– Mas ainda culpa a si mesmo. – O tom de Zhen era baixo. – Por me ajudar a resgatar Qing em vez de insistir que eu curasse sua mãe primeiro. Por não estar por perto para se despedir dela. Por deixar que Fahai me torturasse na câmara subterrânea. Por perder a pérola, para início de conversa. Por tudo isso, e durante tempo demais. Eu consigo ver a culpa te consumindo. Isso precisa parar, Xian.

– Não me faça escolher entre a sua vida e a da minha mãe – sussurrou Xian. – E se não funcionar? E se eu perder vocês dois?

Os olhos de Zhen reluziram.

– Eu daria qualquer coisa para ficar com você. Para passar o resto de minha vida ao seu lado. Sou grato pelos últimos sete anos… principalmente porque isso me levou até você. Mas preciso devolver o que desde o início nunca foi meu.

– E você ia simplesmente partir sem se despedir? – Xian tentou invocar a raiva, mas não conseguia. Ele sabia por que Zhen havia escapulido de seu quarto sem dizer nada. Ele não queria que a despedida deles fosse assim.

– Ontem, lá no pagode, quando você falou que me amava… Eu não falei de volta. – Um olhar pensativo perpassou o rosto de Zhen. – Eu não quis tornar o adeus mais difícil do que precisava ser para nós dois. Por isso fui embora sem te acordar. Agora sei por que os espíritos de serpente cultivavam sozinhos no Monte Emei durante mil anos: para que pudessem deixar a vida mortal para trás sem nenhum pesar. – Ele fez uma pausa. – Mas você me ensinou como ser corajoso. E eu me arrependeria para sempre se não aproveitasse esta última oportunidade para dizer: eu te amo, Xian.

O príncipe pressionou a testa contra a treliça que os separava.

– Deve haver outra coisa que possamos fazer. – Ele estava passando mal de negação, de desespero. – Ainda podemos encontrar uma maneira de te salvar…

Zhen sorriu.

– Você já me salvou.

Havia um seixo liso e cinza no batente da janela entre os dois. Zhen pegou o seixo e o cobriu com os dedos – quando abriu a mão mais uma vez, no lugar da pedra havia um talismã de jade branca.

– Uma vez você me disse que jade branca é um símbolo de amor. – Os dedos de Zhen roçaram nos de Xian enquanto ele passava o talismã entre a treliça. – Pegue isto como um sinal de minha promessa: na próxima vida, eu farei de tudo para voltar para você.

Xian encarou o talismã transmutado no formato de um "S": uma serpente. Antes que ele pudesse responder, Zhen se afastou da janela e baixou a persiana, bloqueando a vista do interior.

– Zhen, pare! Volte aqui! – Xian bateu a palma das mãos com toda força contra o batente da janela, mas sabia que era inútil. Lá na ponte, enquanto o príncipe estivera pendurado mais de trezentos metros acima do nada, Qing gritara para que Zhen escapasse com eles. Mas ele havia se recusado a partir. Quando Zhen colocava na cabeça algo que acreditava ser correto, não havia como fazê-lo mudar de ideia. Nem mesmo por aqueles que ele amava.

Xian se virou para os guardas.

– Encontrem alguém que consiga quebrar o feitiço nestas portas!

Antes que os guardas conseguissem cumprir a ordem de Xian, uma luz intensa piscou através das janelas de treliça, e uma brusca rajada de vento fez com que todos tropeçassem para trás. E então as portas que estavam barricadas soltaram um sonoro clique. Haviam-se destrancado por conta própria, o que só poderia significar uma coisa...

Xian empurrou as portas e disparou para dentro.

Zhen estava caído no chão diante do caixão aberto da mãe do príncipe. Xian correu até ele. Os olhos do rapaz estavam fechados, e sua pele estava estranhamente fria e seca, feito a de uma serpente, como se todo o calor e a vida tivessem sido abruptamente extraídos de seu corpo.

– Zhen? – sussurrou Xian. – Consegue me ouvir?

– Zhen! – Qing se aproximou dele em seguida. Ela agarrou os ombros de Zhen e o sacudiu com violência. – Zhen, acorda!

A cabeça do rapaz pendeu para um lado, e um filete de sangue escorreu do canto de sua boca. Antes que Xian pudesse tentar revivê-lo, Qing o empurrou para o lado.

– Eu posso usar meus poderes para salvá-lo como ele fez comigo! – Ela pressionou as palmas das mãos contra o peito de Zhen e fechou os olhos bem apertados, com lágrimas escorrendo deles enquanto se concentrava ao máximo.

Uma tosse fraca fez a cabeça de Xian se erguer de repente. Ele se pôs de pé num salto bem a tempo de ver as pálpebras de sua mãe tremulando e se abrindo.

– Niang Qin? – Ele ofegou, incrédulo.

Os olhos desfocados de sua mãe dispararam de um lado a outro em confusão antes de se fixarem no rosto do filho.

– Xian'er?

O príncipe colocou os braços ao redor dela e a ajudou a se sentar.

A mãe pareceu aterrorizada quando percebeu que estava em um caixão.

– O que aconteceu? Como foi que eu…

O grito estridente e frustrado de Qing a interrompeu.

– O que eu estou fazendo de errado? – Qing se jogou sobre o corpo de Zhen, esmurrando o peito dele com tanta força que Xian tinha certeza de que ela quebraria algumas costelas. – Mas que droga, por que você não acorda?

Feng se aproximou e a pegou pelos pulsos. Ela rosnou e se debateu contra ele antes de enfim se dissolver em soluços barulhentos e incontroláveis.

– Meu filho? – A mãe de Xian colocou a mão sobre a dele. – Quem é esse rapaz?

Xian se ajoelhou e recolheu o corpo sem vida de Zhen em seus braços, abraçando-o apertado contra o próprio peito enquanto lágrimas se derramavam de seu rosto.

Com a voz embargada, ele disse:

– O nome dele era Zhen.

Capítulo 40
XIAN

O FUNERAL DE ZHEN foi realizado no Lago do Oeste ao raiar do dia seguinte. Enterros eram mais comuns do que cremações, mas era no lago que Zhen costumava viver como serpente, era lá que ele havia se tornado um espírito de serpente. Onde ele e Xian haviam se encontrado pela primeira vez. Parecia apropriado que ele fosse sepultado em suas águas.

O ar estava limpo e cristalino, e o céu, lavado de chuva por conta da tempestade da noite anterior. Xian ordenara que o funeral fosse privado, e que apenas os poucos que conheciam Zhen comparecessem. Um largo perímetro em torno do lago fora isolado, e guardas do palácio mantinham os curiosos a uma distância respeitável.

Lá na casa funerária, antes de terem fechado o caixão de bétula, Xian havia colocado o leque branco de Zhen fechado em sua mão esquerda, apontando para baixo. Em seguida, tinha colocado o amuleto de jade quebrado de sua mãe na palma da mão direita de Zhen. Aquele amuleto havia protegido o rapaz em vida; embora estivesse quebrado, Xian torcia para que continuasse a protegê-lo na etapa seguinte de sua jornada... onde quer que fosse.

O príncipe manteve-se à beira da água enquanto o esquife era colocado no lago. Uma faixa em um mastro afixado ao esquife soprou ao vento. Lia-se: *Zhen, amado consorte do príncipe herdeiro Xian.*

Xian engoliu o nó na garganta e olhou para a frente. Quando o esquife se aproximou da Ilhota Ruangong – a menor das três ilhas no meio do lago onde Zhen, enquanto serpente, havia impedido Xian de se afogar –, o príncipe assentiu para um arqueiro de prontidão. O arqueiro atirou uma flecha flamejante, que acertou o alvo e ateou fogo no caixão.

Qing e Feng estavam atrás do príncipe. Os três permaneceram quietos enquanto a fumaça do esquife em chamas se erguia, lançando uma mortalha cinzenta que se refletia no lago feito nuvens de eflorescências de algas embaixo d'água. As chamas consumiram o caixão e o esquife, enfim se extinguindo quando a madeira carbonizada afundou sob a superfície. A faixa com o nome de Zhen se soltou do mastro e pousou no lago, de frente para a aurora.

Qing falou:

– Uma vez ele me contou que, quanto mais forte a emoção, mais fortes ficam os poderes espirituais. – Com o rosto molhado de lágrimas, ela olhou para Xian. – O que possibilitou que ele ressuscitasse a sua mãe... foi o amor que sentia por você.

Mas aquilo também o havia matado. Xian teria de carregar esse conhecimento consigo pelo resto da vida.

– Você vai continuar a jornada até o Monte Emei, como ele pediu que fizesse? – perguntou ele a Qing.

Ela assentiu.

– O milefólio medicinal desabrocha apenas no verão, então preciso partir logo. Ou terei de esperar mais um ano.

– Se quiser, pode ir imediatamente – disse-lhe Xian. – Feng vai cuidar dos preparativos. Ele também vai escoltá-la na ida e na volta.

Qing não conseguiu esconder a surpresa.

– Mas ele é o seu guarda-costas.

– E você é a irmã de Zhen. – Xian virou-se para o amigo. – Você fez uma promessa a ele. Vá com Qing e a mantenha a salvo.

305

Indique outro guarda-costas para ficar em seu lugar no palácio até que você esteja de volta.

Feng hesitou, com uma preocupação implícita nos olhos.

Xian assentiu. Ele ficaria bem. Precisava ficar bem. Agora, era o príncipe herdeiro.

Um príncipe não chorava. Não demonstrava fraqueza. Um príncipe não deveria ficar de coração partido.

Depois que Feng e Qing se retiraram, Xian ficou sozinho à beira do lago. Tudo estava tranquilo mais uma vez. Calmo. Amentos brancos oscilavam à brisa. Lótus flutuavam na água, balançando as flores rosas no alto de seus caules. A torre queimada do Pagode Leifeng estava na margem oposta, uma vela lastimável e apagada mantida de pé por uma base de cera carbonizada.

É Zhen quem salvará a vida de minha mãe?, era o que o príncipe havia perguntado no templo.

Zhen fizera exatamente isso... às custas da própria vida.

Apesar de toda a culpa que Xian carregava, fora Zhen quem sentira ainda mais – o que o levara àquela trágica decisão final.

Se Xian tivesse sabido o que o outro rapaz planejava, teria impedido Zhen? Teria escolhido perder o rapaz que amava há menos de uma estação para salvar a mãe, a quem amou sua vida inteira?

Xian deslizou a mão para dentro da manga e retirou o talismã em formato de serpente que Zhen havia transmutado. A última coisa que Zhen lhe dera. Tudo o que restava dele.

Um soluço escapou da garganta do príncipe. Seu lábio inferior tremeu, e ele o mordeu com tanta força que sentiu gosto de sangue. Seus dedos se fecharam em torno do talismã. A pressão se avolumou atrás de seus olhos, e ele tentou contê-la, tentou manter-se firme – mas já não conseguia mais.

Algo em seu interior se fissurou, uma rachadura se escancarando. As lágrimas explodiram, jorrando para fora dele. Ele desabou de joelhos à beira da água, com soluços irrompendo em fôlegos ofegantes e fraturados. Parecia que seus pulmões haviam sido perfurados e jamais sustentariam o ar da mesma maneira que antes, e Xian não tinha certeza se conseguiria aprender a respirar mais uma vez.

Quando as lágrimas enfim se abrandaram, ele abriu a palma da mão.

Em vez do talismã de jade branca, tudo o que restava era um seixo cinzento.

Epílogo

Cem dias mais tarde

DE PÉ NO MEIO da Ponte Quebrada, Xian ergueu o rosto para o sol matinal.

O outono chegara – os bordos haviam ficado de um laranja flamejante enquanto os pinheiros e ciprestes ainda estavam perenes. As lótus haviam definhado, e suas pétalas caídas e caules murchos flutuavam em um mar de folhas marrons. Barcos pesqueiros de madeira estavam ancorados à lateral do lago, com seus cascos refletidos nas águas calmas. Logo a geada de inverno se assentaria sobre o Lago do Oeste, tornando-o branco, ermo, desolado... da mesma maneira que Zhen havia deixado o coração de Xian havia exatos cem dias.

No parapeito da ponte, havia uma travessa com um bule de argila roxa e duas xícaras de porcelana sem decoração. O bule havia perdido um pouco do calor nesse meio-tempo, mas o chá que o príncipe servira em cada xícara ainda estava quente. Xian o havia preparado por conta própria antes de partir.

Cem dias depois da morte de alguém, familiares e amigos próximos se reuniam para lembrar a pessoa e celebrar a passagem dela para uma nova vida. Qing ainda estava no Monte Emei com Feng, então Xian decidiu passar o dia no lugar onde ele e Zhen haviam se conhecido pela primeira vez, sete anos antes.

– Chá lóng jǐng – anunciou o príncipe. – Era para nós saborearmos uma xícara juntos, lembra? Eu preparei um pouco hoje para dividirmos.

Ele levou a xícara aos lábios e bebeu. O amargor que sentiu não tinha nada a ver com o sabor do chá.

– Eu sinto sua falta, Zhen – disse Xian, em voz baixa, olhando ao longo das águas espelhadas do lago. – Não consigo beber uma xícara de chá sem pensar em você. Eu me recuso a voltar a caçar. Não toquei em um tabuleiro wéi qí nos últimos três meses. Nada é igual sem você.

Ele pegou a outra xícara e derramou o chá na água, da direita para a esquerda, como era costume quando as pessoas bebiam em homenagem aos mortos.

Cem dias. Ele havia sentido a ausência de Zhen em cada um deles.

Xian se abaixou e pegou uma pequena gaiola ao lado de seus pés. Ali dentro havia uma cobra d'água marrom que ele resgatara de um mangusto perto do lago no dia anterior. A serpente o encarou com seus olhinhos redondos e a língua se projetando para fora da boca.

– Você precisa tomar mais cuidado – disse o príncipe à serpente enquanto abria a gaiola e a deixava deslizar em direção à liberdade. – Cuidado com quem você anda. Fique perto de seus amigos. E não confie em tartarugas.

– Ótimo conselho – disse uma voz familiar às suas costas.

Xian se virou. Seus olhos se arregalaram. Será que estava de fato sonhando, ainda deitado e adormecido na cama em vez de estar ali na Ponte Quebrada?

– Zhen? – sussurrou.

Zhen andou em sua direção. Ele parecia transcendental em uma veste branca esvoaçante, bordada com fios de um prateado metálico. A parte de cima de seu cabelo estava torcida em um coque preso por um grampo de jade branca, enquanto o restante se derramava de maneira elegante por seus ombros.

Xian o encarou, ainda paralisado. Suas mãos tremiam enquanto as esticava para tocar no rosto do rapaz. Esperava que Zhen sumisse feito uma miragem no momento em que estendeu a mão, assim como acontecera inúmeras vezes em seus sonhos. Mas seus dedos roçaram na maçã do rosto dele, que não desapareceu.

– É... é você mesmo?

Os cantos da boca de Zhen se curvaram para cima.

– Eu prometi que não mentiria mais para você.

Xian puxou o ar abruptamente, incrédulo.

– Mas... como?

A expressão de Zhen ficou contemplativa.

– Lembra do significado do pequeno ponto da cor oposta em cada metade do círculo yin-yang? – disse ele. – Já que abri mão do que restava de poder na pérola para trazer sua mãe de volta, me permitiram escolher: ou voltar como um espírito de serpente e ficar isolado no Monte Emei durante mil anos, depois ganhar imortalidade e ascender aos céus; ou voltar como humano, sem meus poderes, e ser completamente mortal.

– Você... você abriu mão da eternidade para voltar para mim? – perguntou Xian, ofegante.

Zhen sorriu.

– Nunca houve outra escolha.

Xian o abraçou apertado. Continuava com medo de acreditar que aquilo era real. Mas Zhen parecia sólido contra seu peito, e o coração dele tamborilou em contraponto com o seu próprio.

– Eu falei que abdicaria de qualquer coisa para ficar com você – disse Zhen em seu ouvido. – Para passar o resto de minha vida ao seu lado.

Xian tomou o rosto de Zhen entre as mãos e o beijou. O beijou como se não houvesse amanhã, e mesmo se de fato não houvesse, não importaria – tinham encontrado um ao outro, e ele não desejaria nada além de passar seu último dia na Terra com sua alma gêmea.

Zhen se afastou, de olhos preocupados.

– Como está sua mãe? Está bem? Se recuperou por completo?

Xian assentiu.

– Os médicos dizem que o qi dela precisa de tempo para circular depois de tantos anos, mas ela tem dado caminhadas mais longas e ganhado mais força a cada dia. Meu pai nos deu permissão para passar o inverno no palácio Leste, em Yuezhou. – Ele se inclinou até que suas testas se tocaram. – Eu contei a ela sobre você. Mal posso esperar para que ela finalmente te conheça.

Xian jamais imaginaria ter a chance de apresentar à mãe a pessoa que dera a ela uma nova chance de viver.

Zhen olhou ao redor.

– E quanto a Qing? Ela ainda está no palácio?

– Feng informou que ele e Qing chegaram ao Monte Emei a tempo de colher o milefólio de verão – respondeu o príncipe. – Agora que o outono chegou, eles devem iniciar em breve a jornada de volta.

Zhen balançou a cabeça, admirado.

– Não acredito que Qing realmente me deu ouvidos.

– Talvez isso tenha a ver com você não ter estado por perto para discutir com ela.

Zhen tomou a mão de Xian.

– Obrigado por permitir que Feng a acompanhasse. Fico mais tranquilo sabendo que tem alguém do lado dela. Não que ela precise de proteção; eu acho que ele vai passar a maior parte do tempo livrando-a de problemas.

– Feng me contou que ele te prometeu que cuidaria dela. – Xian sorriu. – Tenho a sensação de que ele quer fazer isso pelo resto da vida.

Zhen soltou uma risadinha.

– Fico feliz de ter voltado a tempo para o casamento. – Os olhos dele ficaram anuviados de emoção enquanto tocava o seixo cinzento que estava pendurado em um cordão em torno do pescoço de Xian. – Você ainda está usando isso. Não é adequado para um príncipe.

– Achei que nunca mais te veria de novo. – Xian esticou a mão e colocou uma mecha de cabelo atrás da orelha de Zhen. – Mas eu simplesmente não conseguia te abandonar.

Zhen ficou mais sério.

– Desculpe tê-lo deixado sozinho. Não vai acontecer de novo.

Xian envolveu-o com os braços.

– Vai manter sua palavra desta vez?

Zhen sorriu. Ele puxou Xian para mais perto, até que seus lábios se tocaram.

– Eu prometo.

Ali, na Ponte Quebrada, os dois haviam enfim completado o ciclo. Fora ali onde seus caminhos se cruzaram pela primeira vez – e, sete anos mais tarde, era ali que o resto de suas vidas teria início.

Agradecimentos

Obrigada, de coração, a Alexandra Cooper, editora-executiva na Quill Tree Books, por acreditar nesta minha história querida. Minha agente literária, Jessica Regel, dona do Helm Literary, que é a melhor apoiadora que uma autora poderia pedir. Jenny Meyer, minha agente de direitos estrangeiros, por levar este romance para diversos lugares do mundo.

Meus editores internacionais: Emma Jones e Charlie Castelletti, na Macmillan Children's Books (Reino Unido); Leonel Teti, na Ediciones Urano (Espanha); Rodrigo Manhita, na Penguin Random House (Portugal); Thaíse Costa Macêdo, na VR Editora (Brasil); Valeria Muti, na Mondadori Libri (Itália); Julia Jung, na Edel (Alemanha). Como uma autora de fora dos Estados Unidos, edições traduzidas me trazem uma alegria singular.

Sou grata por todo o apoio que recebi na HarperCollins Publishers: em particular, de Rosemary Brosnan, vice-presidente e *publisher* na Quill Tree Books; Allisson Weintraub, assistente editorial; Joel Tippie, assistente de direção de arte; Michael D'Angelo, do departamento de marketing; Patty Rosati, Mimi Rankin e o restante da equipe de marketing para escolas e bibliotecas; Abby Dommert, da publicidade; Tracy Roe, copidesque; Christine Ma, revisora; Heather Tamarkin, produtora editorial; Tim Smith, coordenador editorial; Sean Cavanagh e Vanessa Nuttry, produtores; Kerry Moynagh e equipe, do departamento de vendas.

Agradecimentos especiais a Kuri Huang, que criou a arte de capa dos meus sonhos. Sarah Rees Brennan, Vanessa Len, Ehigbor Okosun e Sarah Underwood, autores que eu admiro, que leram este romance antecipadamente e compartilharam seus maravilhosos elogios.

Muito amor à minha família e aos meus amigos: meus pais, por seu carinho e apoio inabaláveis. Meus amados filhotes de corgi, Clover e Spade – sem suas interrupções, eu teria feito correções bem mais rápido, mas os dias teriam sido bem menos repletos de risadas e caos.

Meu marido, Fred, que esteve presente nesta história desde o início – lendo os primeiros rascunhos, pensando ideias de enredo e compartilhando seu vasto conhecimento de temas de xianxia. Você é o melhor companheiro do mundo. Este livro é nosso.

SUA OPINIÃO É MUITO IMPORTANTE

Mande um e-mail para **opiniao@vreditoras.com.br**
com o título deste livro no campo "Assunto".

1ª edição, nov. 2024

FONTES Iowan Old Style Roman 11/16,3pt;
　　　　Mussica Regular 16/14pt;
　　　　Mussica Swash Regular 18/21,6pt
PAPEL Polen Bold 70g/m²
IMPRESSÃO Geográfica
LOTE GEO021024